KB064266

완전 부부 범죄

완전 부부 범죄

황세연 소설

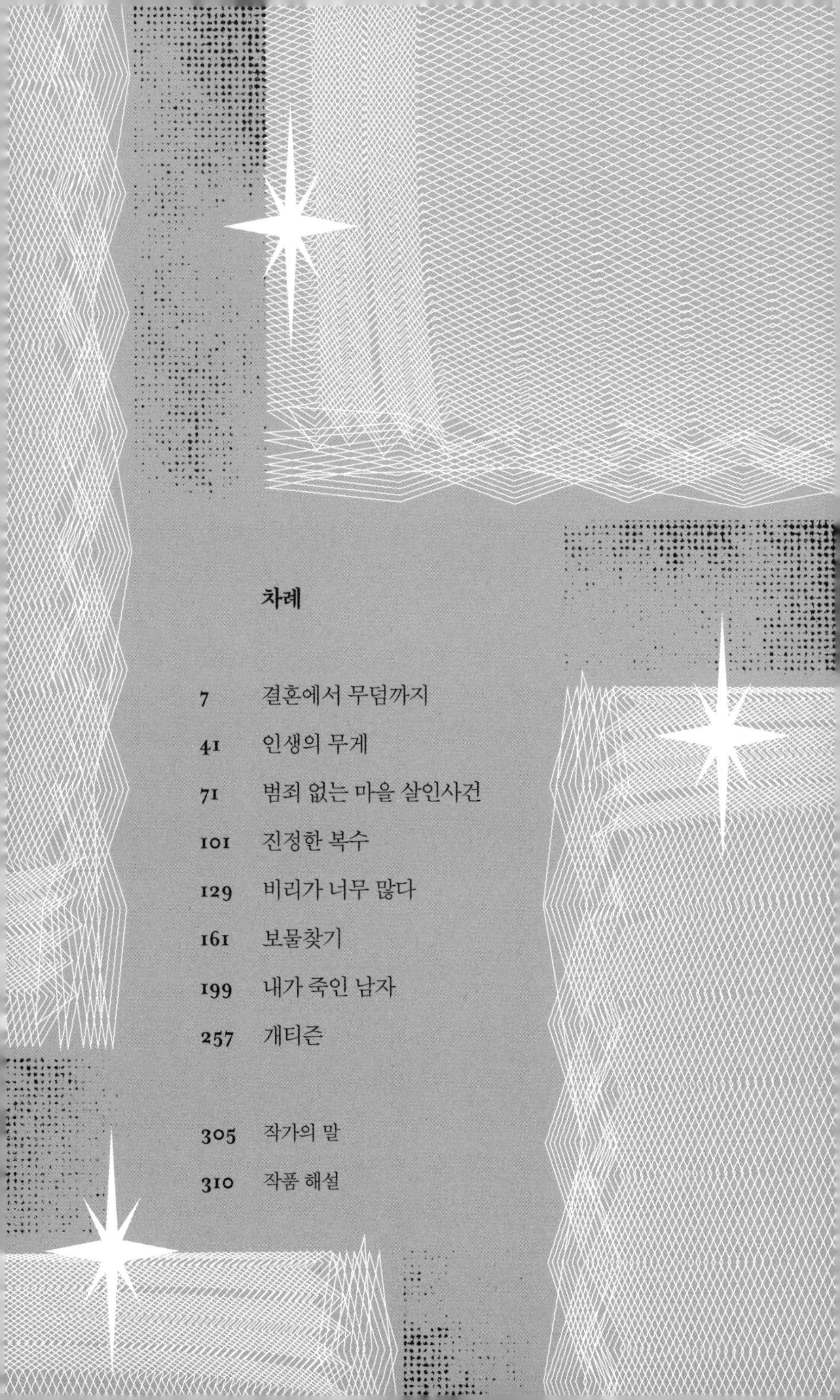

차례

결혼에서 무덤까지

팟!

머릿속이 또 리셋되었다. 증상은 늘 비슷했다. 잠깐 멍해졌다가 머릿속이 하얗게 변하며 근래의 모든 기억이 싹 사라졌다. 점심을 먹었는지 안 먹었는지는 물론, 방금 무엇을 하고 있었는지, 왜 이곳에 서 있는지조차 전혀 기억나지 않았다.

하정은 심한 현기증에 눈을 감았다가 떴다.

"허엇!"

하정은 눈앞에 펼쳐진 광경에 기겁하며 주춤 물러났다. 침대 위에 남자가 엎드려 있었는데 머리가 온통 피투성이였다. 남자 옆에 피 묻은 골프채 하나가 떨어져 있었다.

이, 이 사람은?

광경이 낯설다 보니 죽은 사람도 낯설었다. 그런데 피로 물든 옷이 눈에 익었다. 회색 파자마에 후줄근한 줄무늬 셔츠. 그리고 여긴 우리 안방!

"여보!"

하정은 피투성이 남편에게 달려들어 붉은색 고무장갑을 낀 손으로 몸을 흔들었다. 어떤 반응도 없었다. 죽은 것 같았다.

"여, 여보!"

죽었든 살았든 빨리 구급차부터 불러야 했다.

전화기를 찾았다.

문갑 위에 있는 남편의 휴대전화를 집어 들었지만 비밀번호가 생각나지 않았다. 남편의 지문으로 잠금을 해제하기 위해 급히 뒤돌아섰다. 남편의 손이 온통 피투성이였다.

내 휴대전화는 어딨지?

하정은 급히 몸을 더듬었다. 앞치마를 입고 있었다. 앞치마 앞주머니에서 뭔가가 만져졌다. 주머니에 손을 넣어 휴대전화와 반으로 접힌 A4용지를 꺼냈다. A4용지는 두 장이었다.

그렇지! 비상시 연락처, 집 주소, 현관문 비밀번호, 아들딸 전화번호 등 생활에 꼭 필요한 내용들을 적어놓은 비망록일 것이리라.

하정은 A4용지를 급히 펼쳤다.

여우같이 생긴 젊은 년이 남편을 꾀어 우리 전 재산을 빼앗으려 하고 있음. 그년의 꼬임에 넘어간 남편은 나를 죽일 계획까지 세우고 있음. 기억이 안 나면 남편의 핸드폰(비번

4488) 카톡 대화방, 내 핸드폰 몰카 영상 참고. 당하기 전에 내가 먼저 남편을 죽이고 그년을 범인으로 만들어야 함.

반드시 아래의 계획대로 행동할 것.

[11월 17일 금요일 계획]

-오후 3시: 남편이 늘 커피를 마시는 시간이니, 남편이 그년과 바람피울 때마다 내게 먹인 수면제 두 알을 남편 커피에 넣어 잠재울 것. 수면제는 안방 문갑 속에 있음.

-오후 3시 30분: 남편이 잠들면 남편과 그년의 단톡방에 접속해 남편인 척 행세하여 그년이 저녁 7시에 우리 집에 오도록 유인. 돈을 밝히는 년이니 돈이나 보석을 미끼로 쓸 것.

-오후 4시: 우리 집을 방문한 그년이 한 짓으로 보이도록 현관에 있는 골프채로 남편을 살해하고 모기향 방화 장치 설치(그림 참고). 모기향은 여러 번 실험을 거쳐 두 시간 30분 동안 타도록 잘라 문갑 속에 넣어놨음.

-오후 4시 30분: 모기향에 불을 붙이고, 안방 창문을 열어두고, 집에서 나갈 것. 밖으로 나가는 즉시 이 메모를 없애고 휴대폰 속의 몰카 영상도 지울 것.

-오후 5시 30분: 김숙진을 만나 저녁 먹고 예약해 놓은 영화 관람.

손이 덜덜 떨리는 내용이었다. 메모 내용대로라면 눈앞 피투성이 남편을 살해한 사람은 바로 자신이었다.

그런데 왜 손으로 직접 쓰지 않고 인쇄했지?

이런 은밀하고 중요한 계획은 손으로 써서 작성했어야 할 것 같은데 컴퓨터로 써서 프린트한 게 이상했다. 내가 작성한 게 맞나?

뒷장의 그림을 살펴봤다. 파란 볼펜으로 그린 조잡한 그림. 그림만큼은 자기가 그린 게 틀림없다.

볼펜 그림을 들여다보던 하정은 허리를 숙여 침대 밑 발화 장치를 살폈다. 설계도 그대로였다. 침대 밑에 불쏘시개로 쓰일 구겨진 종이와 옷가지들이 가득했다. 그 위에 두루마리 휴지가 두 개 놓여 있었고, 두 개의 휴지 위에 모기향이 각각 하나씩 놓여 있었다. 불에 타지 않아 증거가 될 수 있는 쇠로 된 모기향 거치대는 없었다. 모기향의 맨 안쪽 부분에 맞닿은 휴지 심 가운데와 그 주변에는 성냥개비가 수북이 쌓여 있었다.

모기향을 받치고 있는 휴지 하나에는 하얀 실이 묶여 있었다. 그 실은 방문 앞으로 늘어져 있었다. 설계도에는 그 실이 방문 안쪽 손잡이에 걸려 있었다. 집을 방문한 '그년'이 안방 문을 열면 실에 묶인 두루마리 휴지가 방문 쪽으로 끌려가고 고정된 모기향이 바닥으로 떨어지면 주변의 성냥개비에 불이 붙고 그 불은 종이와 옷가지, 침대로 옮겨붙게 되어 있었다.

긴 심지에 불을 붙이고 있다가 방아쇠를 당기면 그 심지가 화약에 불을 붙여 총알이 발사되는 화승총과 비슷한 원리였다.

모기향 하나는 변수가 생길 것에 대비한 예비용으로 보였다. 희박한 가능성이었지만 모기향이 타다가 꺼질 수도 있고, 안방 문을 열어 집에 불을 질러야 하는 '그년'이 집 안으로 들어오지 않거나, 집 안으로 들어와도 안방 문을 열어 보지 않을 수도 있으니까. 그런 변수가 생기더라도 그년이 하정의 집 근처에 있을 때, 그리고 하정이 집에서 멀리 떨어진 극장에 있을 때 집에 불이 나야만 그년을 범인으로 몰 수 있고, 하정은 알리바이를 확보할 수 있었다. 그년이 안방 방문을 열지 않더라고 저녁 7시 30분이 되면 집에 불이 날 것이다.

그런데 이 계획이 성공하려면 불이 아주 빨리 옮겨붙어 순식간에 번져야 한다. 느리게 옮겨붙으면 문을 열고 안방으로 들어선 그년이 재빨리 불을 끌 수도 있다. 물론 소화기는 이미 눈에 띄지 않는 곳에 치워놨겠지만 불을 끄는 방법은 다양하니까.

아! 그럼 그렇지!

시너 냄새가 났다. 하정은 알츠하이머가 발병한 이후 후각이 둔해져서 냄새를 잘 맡지 못하는데, 분명 페인트칠할 때 나는 시너 냄새가 났다. 침대 밑 옷가지와 침대를 살펴보니 이미 시너가 잔뜩 뿌려져 있었다. 성냥골에 불이 붙는 순간 폭발하듯 불이 번져서 순식간에 안방이 불길에 휩싸일 것이리라.

안방 창문은 이미 활짝 열려 있었다. 아마도 모기향 냄새와 시너 냄새를 밖으로 빼내려는 의도 같았다. 또 불이 났을 때 신선한 공기가 유입되어야 불길이 빨리 번질 테니까.

불길에 집이 전소된다고 해도 경제적인 피해는 거의 없을 것이다. 남편이 오래전에 화재보험을 들어놓았다. 또 남편이 내연녀에게 살해된 것이니 남편의 생명보험 보험금도 받을 수 있을 것이다. 그럼 지금보다도 더 여유롭게 살 수 있다.

그런데 도대체 남편이 무슨 짓을 했기에 내가 남편을 죽였고, 남편의 내연녀에게 누명을 씌우기 위해 이런 복잡한 짓을 하는 거지?

살인 방화 계획서 앞부분에 쓰여 있는 글, 남편이 바람을 피우고 있고 그년에게 재산을 넘기려 한다는 말은 과거 경험으로 볼 때 가능성이 충분했지만, 남편이 자신을 죽이려 한다는 말만큼은 도저히 믿기지 않았다. 남편은 성격 자체가 그럴 인간이 못 되었다.

휴대전화에 저장되어 있다는 도촬 영상을 확인하지 않을 수 없었다.

휴대전화 화면을 켰다. 고무장갑을 낀 손가락으로도 화면 터치가 되었다. 30년 동안 사용해 온 비밀번호를 입력했다. 하정은 최근 일은 금방 까먹었지만 오래된 기억은 잘 유지되는 편이었다.

동영상들을 살피다가 찍은 기억도, 본 기억도 없는 낯선 동영상 하나를 재생했다.

도촬 영상은 하정이 카메라가 켜진 휴대전화를 식탁 위에 세워놓으면서 시작되었다. 카메라가 거실 전체를 넓게 잡았다.

한 시간 20분짜리 동영상을 꼼꼼히 살펴볼 수는 없었다. 플레이바를 움직여 빠르게 탐색했다.

동영상이 반쯤 지났을 때, 시종일관 소파에 앉아 우두커니 텔레비전을 보고 있는 하정에게 남편이 물과 약을 건넸다. 하정은 재생 속도를 늦췄다.

"이 작은 거 두 개는 무슨 약이지?"

하정이 남편의 손바닥을 가리키며 물었다.

"영양제."

하정이 카메라 쪽을 한 번 쳐다보고 나서 별말 없이 약을 먹었다.

곧 하정이 꾸벅꾸벅 졸기 시작했다. 남편이 하정을 깨워 방에 들어가 자라고 말했다.

하정이 안방으로 들어가자 잠시 뒤 남편이 안방으로 따라 들어가 하정이 잠든 것을 확인했다. 남편은 휴대전화를 들고 안방에서 가장 먼 곳인 부엌 식탁으로 와서 도촬 카메라 앞에서 누군가에게 전화했다.

"나야! 잘 지냈어?"

"우리 자기! 왜 이리 오랜만에 전화한 거예요?"

귀가 어두운 남편이 휴대전화 볼륨을 최대로 해놔서 통

화 상대의 목소리까지 또렷이 녹음되었다. 목소리가 탱탱한 젊은 여자였다.

"나 보고 싶었어?"

"얼마나 보고 싶었는데요. 자그마치 13시간 25분 만이에요."

"하하. 시간까지 일일이 세고 있었어. 내가 보낸 선물 받았지?"

"그럼요. 너무 좋아요! 너무 잘 어울려요."

"아, 얼마나 잘 어울리는지 영상통화로 확인해야겠다. 잠깐만."

자리에서 일어난 남편은 다시 안방으로 가서 문을 빼꼼히 열고 하정을 살폈다. 안방 문을 조심스럽게 닫고 난 남편은 작은 방으로 들어가 태블릿을 가져왔다.

남편이 태블릿으로 전화 걸자 곧바로 마흔 살 정도 먹은 여자가 웃으며 전화를 받았다.

헉! 여자의 얼굴을 보는 순간 하정은 온몸에 소름이 돋았다. 남편이 하정과 결혼하기 전에 사귀던 여자와 닮아도 너무 닮았다. 얼굴 생김새, 머리 모양, 촌스러운 옷차림새까지 거의 같았다. 하지만 그 여자가 아직도 저리 젊음을 유지하고 있을 리는 없었다. 혹시 그 여자의 딸인가?

"나 어때요?"

여자가 카메라에서 조금 물러나 쓰고 있는 챙 넓은 모자와 신고 있는 빨간 구두, 입고 있는 원피스를 보여줬다. 여자는 뒤로 돌아 뒤태도 보여줬다. 철에 맞지 않게 등이 파인 원피스를 입고 있었다.

“역시 우리 이진영! 너무 잘 어울린다! 그런데 새 옷 사준 게 후회되는걸.”

“예? 왜요?”

“진영이는 예쁜 옷을 입었을 때보다 아무것도 입지 않고 홀딱 벗었을 때가 더 예뻐! 한마디로, 알몸이 제일 예뻐.”

“아이, 그런 농담 마세요. 얼굴 화끈거리잖아요.”

“우리 사이에 뭐 어때서 그래. 우리 저번처럼 알몸으로 통화할까?”

남편은 낮은 소리로 말하며 하정이 자는 안방 쪽을 살폈다.

“에이, 또 짓궂은 거 시키려고요? 그런 거 하려면 총알이라도 팡팡 쏴주셔야죠.”

“아, 알았어. 예쁜 애인에게 돈을 안 쓸 수야 없지. 그래, 기분이다. 오늘 백만 원 쏘지!”

“호호호, 고마워요. 저는 요즘 우리 자기에게 잘 보이려고 몸매 열심히 가꾸고 있어요. 배에 걸그룹 같은 멋진 복근도 생겼어요. 보고 싶지 않으세요? 호호호.”

“당연히 보고 싶지.”

불여우였다. 만 원짜리 한 장 쓰는 것도 벌벌 떠는 구두쇠 영감을 어떻게 구슬렸기에 1백만 원을 저리 망설임 없이 쏘게 만든 걸까? 저년이 우리 전 재산을 털어먹는 건 시간문제였다. 아니, 이미 남편 앞으로 된 재산 상당 부분이 저년에게 넘어갔을 수도 있었다. 하정은 치매에 걸리고 나서 사기라도 당할까 봐 집과 땅 등 재산 대부분을 남편 앞으로 돌려놓았다.

"내가 네년 밑구멍에 털어 넣으려고 그리 악착같이 재산을 모은 줄 알아. 어림없다!"

다른 도촬 영상을 열었다. 그 영상에서는 남편이 컴퓨터 앞에 앉아서 그년과 영상 채팅하며 막걸리를 마시고 있었다. 술이 오른 남편이 그년과 나누는 이야기는 듣는 사람이 민망할 정도로 음란하기 짝이 없었다. 그년도 화상 채팅하며 맥주를 홀짝이고 있었는데 취했는지 얼굴이 벌게져서 실실 웃어가며 남편이 요구하면 허연 허벅지 안쪽을 슬쩍슬쩍 보여주기도 하고 가슴 일부를 감질나게 보여주기도 했다.

다른 도촬 영상이 몇 개 더 있었지만 남편의 시체를 앞에 둔 채 모든 동영상을 살펴볼 수는 없었다. 도촬 영상은 하정 자신의 휴대전화에 저장되어 있는 것이니 시간을 두고 살펴본 뒤 지워도 되었다.

집을 나서기 전에 살펴봐야 하는 건 남편의 휴대전화였다.

고무장갑을 낀 손으로 남편의 휴대전화 화면을 켜고 '계획서'에 적혀 있는 비밀번호를 입력했다. 잠금이 해제되었다.

최근 통화목록부터 살펴보았다. 남편은 '이진영'과 날마다 몇 번씩 통화했다. 통화 대부분은 남편이 혼자 산책하는 시간이거나 수면제를 먹은 하정이 정신없이 낮잠을 잘 때 이루어졌다. '이진영'이 바로 '그년'이었다.

사진첩에서 그년과 남편이 같이 찍은 사진은 눈에 띄지 않았다. 하긴, 아내가 두 눈 시퍼렇게 뜨고 살아 있는데 바람피우는 여자와 다정하게 찍은 사진을 휴대전화에 떡하니 저장해 두지는 않았을 것이다. 어딘가 자기만 볼 수 있는 곳에 숨겨 놨을 것이다.

카카오톡도 살펴보고……. 아! 남편과 이진영 둘만의 카톡 대화방이 있었다. 남편과 그년은 통화하지 않을 때는 카톡 대화방을 통해 밀회를 즐겼다. 그년은 벗은 건지, 입은 건지 모를 야한 셀카 사진을 틈틈이 남편에게 전송했다. 남편의 옛 여자친구를 닮은 그년은 하정이 보기에도 얼굴이 개성 있게 예뻤고 몸매도 모델처럼 쭉 빠졌다.

남편은 처음부터 불여우 같은 그년에게 집안의 비밀과 사생활을 있는 그대로 털어놓았다. 하정과 관련된 이야기도 수없이 했다. 마치 우울증 환자가 정신과 의사에게 상담한 것 같은 거리낌 없는 글이 이어졌다. 남편이 정을 통하고 있는 년에게 자기 이야기를 은밀한 부분까지 그대로, 아니 흉까지 봐가며 떠벌린 글을 읽으며 하정은 심한 수치심과 모욕감을 느꼈다. 내가 술 마신 고릴라처럼 코를 곤다고?

꼼꼼히 살펴볼 시간이 없었다. 계획표대로 하려면 곧 집을 나서야 했다.

빠르게 넘기며 눈에 띄는 문장들을 읽었다.

'긴 병에 효자 없다고, 나도 체력과 정신력에 한계가 온 거 같아. 아내 병이 점점 심해지니 너무 힘들고 외롭다.'

'제가 말했잖아요. 인제 그만 아내를 요양병원이나 정신병원에 입원시키세요. 자기까지 병나면 나는 어떡하라고요?'

'아무래도 그래야 할 거 같아. 그런데 마누라가 자기를 요양병원에 입원시키려 한다는 걸 알면 나를 죽이려고 들 텐데……. 아이들도 말릴 거 같고.'

'몰래 강제로 입원시켜야죠.'

'치매 걸린 아내나 남편을 살해하는 사람들 이야기가 남 이야기 같지 않아.'

'드디어 아내를 죽이기로 결심한 거예요?'

'뭐라고? 하긴, 숨길 일도 아니다. 사실 요즘 아내가 폭력적으로 변할 때면 죽이고 싶다는 생각이 들기도 해.'

'모든 걸 긍정적으로 생각하세요. 아내 죽으면 나랑 결혼하기로 했잖아요. 그럼 지금보다 훨씬 행복해지실 거예요.'

'하하. 그 이야기 들으니 불끈 힘이 나는군.'

'불끈요? 호호, 어디가요?'

'진영이가 20년만 일찍 태어났다면 나는 정말 그 어떤 여자도 아닌 진영이와 결혼했을 거야. 네가 없으면 지금 내가

어찌 살겠냐. 사랑해!'

지랄!

나도 다시 태어나면 바람둥이 너 같은 건 결혼은커녕 쳐다도 안 본다. 나 좋다고 죽어라 따라다닐 때는 언제고…….

하정은 남편과 그년이 며칠 주기로 만나 모텔을 드나들었는지, 남편이 그 대가로 그년에게 뭘 줬는지 등을 확인하고 싶었지만 그럴 시간이 없었다.

그냥 쭉 넘겨서 오늘 날짜의 맨 마지막 채팅을 살폈다.

'오늘 저녁에 시간 낼 수 있어?'

'자기를 만나는 일이라면 시간이야 당연히 내야죠.'

'7시에 우리 집에 올 수 있어?'

'예? 그게 무슨 말씀이세요? 집으로 오라니요?'

'이벤트로 뭘 하나 준비했어. 꽤 비싼 거야. 만나서 직접 손가락에 끼워주고 싶어서 그래.'

'아이! 저도 마음이야 가고 싶지만 제가 거길 어떻게 가요?'

'왜? 우리 마누라 때문에? 아내는 외출했다가 저녁 늦게 들어올 거야.'

'아내가 혼자 외출한다고요? 치매가 심한 분이 혼자 밖에 나가도 돼요?'

'누굴 만나기로 했대. 정말 중요한 일이야. 7시에 시간 맞

춰 꼭 와줘. 내가 준비한 선물을 보면 진짜 깜짝 놀랄 거야. 올 거지?'

'호호. 무슨 말인지 알겠어요. 깜짝 놀랄 선물이라니, 도대체 그게 뭘까 너무너무 궁금해요. 영상통화로 할까요?'

'아니, 지금은 안 돼. 이따가 7시에 만나자고.'

'그래요. 그럼, 이따가 7시에 연락드리죠.'

'우리 집 주소 알지?'

'집 주소야 당연히 알죠. 저는 한번 들은 건 절대 안 잊어버려요. 칠갑휴양타운 203호죠?'

'맞아! 혹시 모르니 현관 비밀번호도 알려줄게. 468024야. 적어놔.'

'왜 제게 현관 비밀번호를 알려주는 거예요?'

'아내나 다름없는 사람이니 알려주는 거야. 알아둬서 나쁠 건 없잖아. 비상 상황이 발생할 수도 있는 거고. 이따가 7시에 보자고. 약속 꼭 지켜야 해.'

'예, 그럼 이따가 봬요. 7시에.'

대화방의 맨 마지막 채팅은 남편과 그녀의 대화가 아니었다. 하정이 남편에게 수면제를 먹이고 죽이기 직전에 그녀을 집으로 유인하기 위해 남편인 척 행동한 것 같았다.

대충 빠르게 살펴본 거지만 남편의 휴대전화와 도촬 영상에는 남편을 골프채로 때려 죽여야 할 정도의 사건은 없었다. 하정이 귀찮다고 거부하기 시작하면서 부부관계도

끊긴 지 오래고, 잠조차 따로 자는 다 늙어빠진 남편이 젊은 년하고 바람 좀 피운다고 죽일 것까지야. 어쩌면 이미 남편을 죽였기에 마음속 분노가 사라져버린 것인지도 몰랐다.

역시, 계획서 서문에 적힌 대로 재산을 지키려고 죽인 걸까? 남편이 우리 재산 전부를 그년에게 주려고 해서 그걸 막으려고?

하정은 어려서 월세방을 전전하며 가난하게 자랐다. 중학교 교사인 남편과 결혼한 이후에도 돈을 모으기 위해 비가 새는 달동네 낡은 집을 전전했다. 밤낮으로 이것저것 안 해본 일이 없었다. 개나 소나 다 가는 동남아 여행 한 번 가지 않고 돈을 모았다. 그렇게 평생 고생해서 모은 재산을 누군가가 날름 가로채려 한다면 가만히 있을 하정이 아니었다. 살인보다 더한 일도 할 수 있었다.

하정은 늘 자식들이 우선이었기에 모은 재산을 틈틈이 자식들에게 물려주려고 했다. 하지만 늘 남편이 반대했다. 늙어서 가진 재산이 없으면 주변 사람들에게 무시당하고, 자식들에게 무시당한다는 이유였다. 자식들에게조차도 물려주지 않은 그 아까운 재산을 그 음흉한 년이 남편에게 알몸 몇 번 대주고 꿀꺽 삼킨다면 죽이는 게 마땅했다. 주먹에 힘이 들어갔다.

'지금은 이러고 있을 때가 아냐! 남편은 이미 죽었어. 지금은 남편을 죽인 이유 같은 건 전혀 중요하지 않아. 오로지 결과가 중요해. 실수하지 않도록 정신을 똑바로 차려야 해.'

계획서대로 하려면 이제 집에서 나가야 할 시각이었다.

하정은 들여다보던 남편의 휴대전화를 죽은 남편 옆에 던져 놓았다.

아니지! 불에 타서 모든 증거가 사라지면 안 되지.

하정은 남편의 휴대전화를 다시 집어 들고 나가 부엌 싱크대 위에 올려놨다. 안방에서 가장 먼 곳이 부엌이었다. 부엌 싱크대까지 불이 번져 남편의 휴대전화가 불타기 전에 소방관들이 와서 불을 끌 것이다.

입고 있는 앞치마와 상의, 하의를 벗어서 안방 침대 위에 던져놓았다. 고무장갑도 불에 타도록 침대 위에 놔뒀다.

딩동! 딩동!

초인종 소리였다. 가슴이 철렁했다.

'누구지?'

누구 올 사람이 있던가?

거실로 나가 월패드를 들여다봤다. 문 앞에 어디서 본 듯하지만 기억나지 않는 40세쯤의 여자가 말쑥한 차림으로 서 있었다.

대답하지 않자 여자는 초인종을 한 번 더 누르고 나서 사라졌다.

옷방으로 쓰는 문간방으로 가서 최대한 빠른 동작으로 외출복을 입었다. 다시 기억이 리셋되기 전에 집 밖으로 나가야 했다. 기억 리셋은 자주 일어나는 일은 아니었지만 불규칙했다. 언제 다시 일어날지 몰랐다.

외출 준비가 끝나자 하정은 라이터를 들고 안방으로 가서 침대 밑 두 개의 모기향에 조심스럽게 불을 붙였다. 실수하여 시너에 불이 옮겨붙으면 큰일이었다.

두 개의 모기향에 무사히 불을 붙이고 난 하정은 안방에서 나와 문을 10센티 정도 남겨놓고 닫은 뒤 문틈으로 손을 넣어 모기향 밑 휴지와 연결된 실을 문 안쪽 문손잡이에 묶고 문을 꼭 닫았다.

이제 그년이 안방 문을 열면 시너가 뿌려진 침대에 불이 붙고 순식간에 안방 전체가 불길에 휩싸일 것이다. 그 불길에 모기향, 옷가지, 실 등 모든 증거가 불타 사라질 것이다.

하정은 지문을 닦은 라이터를 현관에 떨어트려 놓고 신발을 신은 뒤 현관에 서서 집 안을 살펴봤다. 아! 거실 문갑 속에 아이들의 어렸을 때 사진이 들어 있었다. 불에 타지 않을 만한 곳으로 옮겨놓아야 할까? 아니, 그러면 안 되었다. 작은 걸 욕심내다가 큰일을 그르칠 수 있었다.

그대로 집을 나와 현관문을 닫았다.

범행 계획서와 발화 설계도를 아주 잘게 찢어서 걸어가며 길옆에 조금씩 버렸다.

마을버스 정거장에 도착한 하정은 핸드백에서 미리 준비해 둔 메모지를 꺼냈다. 그 종이에는 하정의 이름과 집 주소, 남편과 아들딸의 연락처가 적혀 있었고 오늘 만날 후배 김숙진의 연락처와 약속 시간도 적혀 있었다. 택시를 부를 수 있도록 콜택시 번호도 있었다. 기억이 리셋될 때를 대비해 준비해 둔 것이었다.

하정은 전화를 걸어 콜택시를 불렀다.

하정은 약속 장소에 10분 늦게 도착했다.

김숙진은 하정과 70년 동안 알고 지낸 친동생 같은 고향 후배였다. 숙진은 하정의 집안 사정과 그녀가 알츠하이머에 걸려 기억이 자주 리셋된다는 사실도 잘 알고 있었다. 다행히 하정은 기억이 리셋되어도 과거의 기억은 대부분 그대로 남아 있어, 과거 경험을 다수 공유한 숙진과는 별 어려움이 없이 대화할 수 있었다.

그동안 둘이 만날 때는 늘 숙진이 하정의 동네로 왔지만, 오늘은 하정이 우겨서 숙진의 동네에서 만나기로 약속을 잡았다.

하정과 숙진은 이른 저녁으로 카페에서 스테이크를 먹었다.

"황세현은 잘 지내지? 웬일로 언니를 혼자 내보냈네?"

황세현은 하정의 남편 이름이었다. 하정의 남편은 하정보다 두 살 연하였고 숙진과 초등학교 동창이었다. 그래서 숙진은 지금도 형부 등의 호칭 대신 이름을 부르고 있었다.

"오늘 집에서 무슨 중요한 할 일이 있다고 하던디."

"세현이도 언니 때문에 고생이 많네. 아, 아니지! 언니야말로 젊었을 때 세현이 바람기 때문에 마음고생 많았지. 세현이와 헤어지느니 죽는 게 낫다고 집까지 찾아와 자살 쇼

한 여자도 있었잖아. 그년 이름이 뭐라고 했더라?"

"다 옛날이야기지, 뭐. 이제 바람피울 힘이나 있겠어."

"언니, 그건 몰라! 남자는 숟가락 들 힘만 있어도 온갖 여자들하고 섹스할 생각을 한다잖아? 그게 수컷들 본능이야. 신이 그렇게 만들어놓은 거야."

하정이 숙진과 보기 위해 예매해 놓은 영화는 6시 50분에 시작했다. 극장으로 들어간 하정은 휴대전화를 끄지 않고 진동으로 해놓았다. 결과를 조금이라도 더 빨리 알고 싶었다. 계획대로라면 영화가 끝나기 전에 경찰이나 마을 이장으로부터 전화가 걸려 올 것이다.

광고가 이어지는 동안 하정은 손에 꼭 쥐고 있던 휴대전화의 화면을 세 번이나 켜서 시간을 봤다.

"언니, 무슨 급한 일 있어?"

옆자리의 숙진이 낮은 목소리로 물었다.

"아, 아니."

광고가 끝나고 스크린에 비상 대피로 안내가 떴다.

지금쯤 그년이 집 앞에 도착해 초인종을 누르고 있을 것이다. 그러다 대답이 없으면 남편에게 전화할 테고, 전화를 안 받으면 내가 알려준 비밀번호로 출입문을 열고 들어가 집 안을 살펴볼 것이다. 남편 이름을 부르며 조심스럽게 안방 문을 열면 남편의 피투성이 시체가 보일 테고 그년의 비명소리와 함께 침대 밑에서 불길이 확 피어올라 순식간에 안방이 불길에 휩싸일 것이리라.

극장의 보조조명이 꺼지며 영화가 시작되었다.

이제 빠르면 30분, 아무리 늦어도 영화가 끝날 때쯤에는 결과를 알 수 있을 것이다.

하정은 영화 내용이 머릿속에 들어오지 않았지만 불안을 떨치기 위해 집중하려고 노력했다.

영화는 해양 스릴러였다. 어느 날 우연히 시골 어부들이 군산 앞바다에서 태평양전쟁 말기 미군의 폭격으로 침몰한 일본군 731부대 병원선을 발견한다. 그 침몰선에 금괴가 실려 있다는 소문이 돌자 어부들은 인양팀을 꾸려 금괴 수색에 나선다. 하지만 침몰선에는 금괴만이 아니라 731부대의 비밀 실험물이 같이 실려 있다. 어부들은 바닷속에서 하나 둘 731부대의 치명적인 생물학 무기에 노출된다.

영화가 반쯤 지났을 때, 하정이 손에 쥔 휴대전화가 요란하게 진동했다. 급히 화면을 확인했다. 아들이 건 전화였다.

경찰관이 아들에게 먼저 연락한 걸까? 그랬을 거 같지는 않았다. 안부 전화 같았다.

"언니, 전화기 꺼!"

숙진의 혼내는 듯한 목소리에 하정은 재빨리 수신 거부를 터치하고 화면을 껐다. 하지만 바로 다시 휴대전화가 진동했다. 이번에는 마을 이장의 전화였다.

"아이구, 이를 어째! 이 언니네 집에 불이 났대요. 빨리 좀 가주세요."

숙진은 자기네 집에 불난 사람처럼 안절부절못했다.

택시가 30분 만에 칠갑휴양타운에 도착했다.

마을 입구 길가에까지 소방차와 경찰차들이 늘어서 있었다.

"저기, 불난 집 앞으로 가주세유."

하지만 경찰관이 일반차량의 진입을 통제하고 있었다. 경광봉을 든 경찰관이 택시를 향해 우회하라는 신호를 보냈다.

"여기서 내릴게유."

하정은 숙진의 부축을 받으며 택시에서 내렸다.

집을 향해 종종걸음을 쳤다.

불이 몇 시에 났을까? 7시? 7시 30분? 집은 얼마나 탔을까? 그년은 어떻게 되었을까? 화상을 입었을까? 현장에서 잡혔을까?

빨리 가서 결과를 확인하고 싶었다. 하지만 한편으로는 집이 가까워질수록 두려운 마음이 커졌다. 죽은 남편의 끔찍한 모습이 떠올랐다. 불에 심하게 탔을 테니 이제 더 끔찍한 모습으로 변했으리라.

불은 완전히 꺼져 있었다. 집주변이 온통 물바다였고 유리창이 모두 깨져 있었다. 안방 창문 주변은 안방에서 치솟아 나온 불길에 지붕까지 시커멓게 그을려 있었다.

하정과 숙진이 경찰 통제선을 넘어 활짝 열려 있는 현관문 쪽으로 다가가자 경찰관 한 명이 급히 앞을 가로막았다.

"집주인이에요."

숙진이 경찰관에게 말했다.

"현장을 보존해야 해서 지금은 들어가실 수 없습니다."

"우리 남편은 어딨슈? 우리 남편 어딨냐고유?"

하정이 떨리는 목소리로 물었다.

하지만 경찰관은 대답하지 않고 난감하다는 표정으로 주위를 둘러보다가 집 안에서 나오는 사복경찰을 불렀다.

"이 경위님! 유족입니다!"

"우리 남편은 어떻게 됐슈?"

하정은 다가오는 형사에게 다시 급히 물었다.

"그게, 집 안에서 시신 한 구가 발견되었습니다."

"예에?"

하정은 바닥에 철썩 주저앉으려 했으나 팔을 잡고 있던 숙진이 급히 부축했다.

"집, 집에 다른 사람은 없었슈?"

"집에 사람이 더 있었나요?"

"누가 올 거라고 했었는디……."

"집 안에서 발견된 시신은, 남자 시신 한 구뿐입니다."

제길! 그년은 재빨리 도망간 거 같았다.

숙진은 넋이 나간 표정의 하정을 택시로 40분 정도 걸리는 딸네 집에 데려다줬다. 딸은 3년 전에 결혼해서 두 달쯤 전 손자를 낳았다.

전주에 사는 아들도 어머니가 있는 여동생네 집으로 달려왔다.

아들과 딸은 하정의 눈치를 봐가며 이것저것 물었다.

"혹시, 최근에 아버지와 싸운 사람 있어요?"

하정은 아들의 질문이 형사의 심문처럼 느껴졌다.

"너희 아버지가 누구하고 싸우고 다닐 사람이더냐?"

"그럼, 최근에 아버지가 가깝게 지낸 사람은요?"

"글쎄? 나이 먹어가며 점점 친구가 줄어들어서 근래에는 딱히 만나는 사람도 없었는디."

물론 '그년'은 예외였다. 하지만 아들에게 그년에 대해 이야기할 수는 없었다.

"오늘, 누굴 만나기로 했다는 말 못 들으셨어요?"

"글, 글쎄다?"

"오빠. 엄마 요즘 최근 일은 잘 기억 못 하시잖아. 어떨 때는 방금 밥 먹은 것도 기억 못 하시는데……."

"그래, 맞다. 머릿속이 갑자기 하얘지고 나면 아무것도 생각이 안 나. 그런 증상이 일주일에 두세 번은 일어나는 거 같아."

"오늘 일은 다 기억하세요?"

"아니. 아까, 외출하기 전에 머릿속이 하얘지는 증상이 있었어. 머릿속으로 하얀 어둠 같은 게 밀려들었는디, 기억을 지우개로 깨끗이 지우기라도 한 것처럼 그 이전 일들은 전혀 기억나지 않여. 오늘은 유독 심한 거 같어."

아들의 표정이 더욱 어두워졌다.

"아버지 장례는 어떻게 할까요? 부검이 끝나면 장례를 치러야 할 텐데."

"선산 있잖아, 오빠. 거기 어머니랑 합장하려고 묘터 잡아 놨잖아."

"아, 안 돼!"

하정이 갑자기 크게 소리쳤다. 아들과 딸이 놀란 표정으로 하정을 쳐다봤다.

내 손으로 죽인 남편과 합장한다고? 뼈가 다 삭아서 사라질 때까지 그 오랜 세월을 자기가 살해한 남편 옆에 누워 있으라니, 지옥도 그런 지옥은 없을 것이다.

"비명횡사잖니. 화장해야지. 그리고 나도 죽으면 화장해줘. 나라도 좁고 땅값도 비싼디 죽은 사람들이 땅을 차지하고 누워 있으면 되겠냐."

"아버지는 선산에 묻어달라고 말씀하셨는데……."

"하여튼 나는 싫다! 나는 화장해 바닷가에 뿌려줘."

"예. 알았어요."

"피곤들 할 텐데 가서 자라."

하정은 몸이 몹시 피곤했지만 잠이 오지 않았다. 하정은 몸을 뒤척여대며 이런저런 생각을 했다.

그년은 어떻게 된 걸까? 집에 왔었는데 아직 안 잡힌 걸까? 화상은 입었을까? 아니면 아예 집에 오지 않았던 걸까?

내일 형사들을 만나봐야 알 수 있는 일이었다.

아침에 하정은 아들 차를 타고 경찰서로 달려갔다. 하지만 형사들 대부분은 자리에 없었다. 출근을 안 한 게 아니라 퇴근하지 않고 외근 중이었다.

하정은 아무 경찰이나 잡고 이것저것 물었지만 담당 형사가 돌아올 때까지 기다리라는 대답뿐이었다.

막연한 기다림이 시작되었다.

10시쯤 아들은 대전과학수사연구소에 가서 아버지의 부검을 참관해야 한다며 하정과 사위를 남겨놓고 자리를 떴다.

하정은 두 시간 남짓 기다린 끝에 경찰서로 막 복귀한 담당 형사를 만날 수 있었다. 어제 하정이 집 앞에서 만났던 그 이유석 경위였다.

"많이 기다리셨죠? 밤새 밖으로 나돌다가 이제 막 돌아왔습니다. 마침 궁금한 게 있어 찾아뵈려던 참이었습니다."

"범인 잡았슈?"

"죄송합니다. 아직 못 잡았습니다. 하지만 금방 잡힐 겁니다."

"저, 어제 남편이, 저녁때 누군가가 집에 올 거라고 말했던 기억이 나서, 그 말을 하려고 서둘러 온 거유. 내가 치매가 있어서, 기억이 왔다 갔다 해유."

"집에 오기로 한 사람이 누구죠?"

"그것까지는 잘……. 그건 경찰분들이 조사해 보면 금방 알 수 있는 거 아뉴?"

“밤새 인근 CCTV하고 자동차 블랙박스 싹 다 확인했는데, 사람이 왔다 간 흔적은 없었습니다. 어르신 외출하기 전에 면사무소 여직원 한 명이 왔었는데 초인종을 눌러도 대답이 없어서 그냥 갔다고 하고, 그 이후에는 아무도 오지 않았습니다.”

“예? 그럴 리가요? 못 찾아낸 거 아뉴? 분명 저녁 7시에 누가 오기로 했다고 했는디……. 자세히 말하지 않는 게, 여자인 거 같기도 하고…….”

“남편분이 정말 누가 올 거라고 말했습니까?”

“예! 우리 남편 핸드폰은 살펴봤슈? 거기, 오기로 한 사람과 연락한 기록이 있을 거 같은디? 핸드폰도 불에 탔슈?”

“아닙니다. 불을 빨리 꺼서, 휴대전화는 멀쩡합니다. 저 혹시, 남편분이 치매가 있으셨나요?”

“아, 아뉴. 정신은 멀쩡했슈.”

“이상하군요. 전문가들이 남편분의 휴대전화를 밤새 조사했습니다. 디지털 포렌식이라고 하죠. 조금 전에 1차 포렌식이 끝났는데, 남편분이 최근 한 여자와 자주 통화하고, 대화했더라고요.”

“아, 맞아유! 남편이 요즘 어떤 여자와 자주 통화하는 거 같았슈. 주로 내가 잘 때 하던디. 젊었을 때 같으면 바람피우는 게 아닐까 의심했을 정도로 자주 통화했슈.”

형사가 잠시 뭔가를 생각하다가 입을 열었다.

“어쩌면 그렇게 느끼셨을 수도 있겠군요. 바람……. 바로 그 여자 이름이 이진영인데, 어제 남편분이 이진영에게 현관 비밀번호까지 알려주며 저녁 7시에 꼭 집으로 와달라고 하셨더라고요. 왜 그랬을까요?"

"예? 왜 그러다뇨? 마누라가 집 비운다니까 그사이에 불륜녀를 집으로 불러들인 건가유? 이런 미친 영감탱이!"

"불륜녀라고 하기에는 좀……."

"그럼, 그런 관계가 불륜 아니면 뭐유?"

"하여튼 남편분은 이진영에게 집으로 오라고 간곡히 말했으면서 정작 돌아가실 때는 수염조차 깎지 않은 상태였고, 옷도 평소 집에서 입던 그대로 입고 있었습니다. 뭔가 이상하죠?"

"뭐가유?"

"불륜녀가 곧 집에 올 텐데 복장이……."

하정은 가슴이 뜨끔했다. 하지만 작은 실수일 뿐이었다.

"제 딴엔 그걸 야성미라고 생각했나 보쥬. 남편이 좀 변태기가 있었슈. 하여튼 그년, 우리 집에 왔었슈, 안 왔었슈?"

"왔을 리가 없죠."

"예? 왜유?"

형사는 말을 하지 않고 하정의 얼굴을 뚫어지게 쳐다봤다.

"혹시, 외국에 사는 여자인가유? 아니면 보이스피싱 조직?"

"정말 모르셨군요? 이진영은 사람이 아니라 AI 서비스로 가상 인간입니다.”

“예에? AI 서비스유? 그, 그게 뭐쥬?”

“요즘 텔레비전에서 광고도 하던데 못 보셨어요? 요즘 딥페이크인지 뭔지 이미지 합성 기술을 비롯해 인공지능 기술이 급격히 발전하고 있잖아요. 한 달에 3만 원인가 얼마를 내고 유료 서비스에 가입하면 AI 가상 인간이 애인이나 아내, 남편, 비서, 친구, 심지어 가족 역할까지 대행해 준다더군요. 이진영이든 박진영이든 고객이 원하는 대로 이름을 지어 붙일 수 있고, 외모와 나이도 고객의 취향대로 설정할 수 있고요. 이 가상 인간은 고유의 전화번호와 이메일 주소 등이 있어 언제든 영상통화나 영상 채팅이 가능하고, 심지어 텔레그램이나 페이스북 같은 데에 고객이 정한 캐릭터에 맞춰 글과 사진도 올린다더군요. 제 친구 한 명도 이 서비스를 쓰는데, 저는 그 친구가 말해주기 전까지는 진짜 인간 미인을 사귀고 있는 줄 알고 부러워했었습니다. 어? 괜찮으세요?”

“괜찮아요. 머리가 좀 어지러워서…….”

“정말 대박 서비스죠! 요즘 혼자 사는 외로운 사람들 많잖아요. 혼자 사는 노인분들의 경우 온종일 말 한마디 하기 어려운 게 현실인데, 비록 가상 인간이지만 심심할 때 아무때나 전화할 수 있고, 또 틈틈이 전화 걸어 안부 물어주고, 건강 체크해 주고, 말 상대 해주니 아들딸보다 낫지 않겠습니까? 제 친구도 잠자리 빼고는 실제 애인보다 낫다고 말하더군요. 남편분도 좀 외로우셨던가 봅니다."

이 경위가 의자를 끌어당겨 하정의 앞으로 바짝 다가앉았다.

"표정이 안 좋으신데, 달달한 커피 한잔하시겠습니까?"

"예. 한잔 줘유."

이 경위가 사무실 밖으로 나가 커피를 뽑아 왔다. 시간이 오래 걸린 걸 보면 담배라도 피우고 온 모양이었다.

"자, 그럼 이제 본론으로 들어가겠습니다. 어제저녁 AI 이진영은 정확히 7시, 그리고 10분 뒤인 7시 10분에 돌아가신 남편분께 전화를 걸었습니다. 남편분이 와달라고 한 말을, 몸이 가는 건 불가능한 일이니, 전화해 달라는 말로 이해하고 영상통화를 시도한 거죠. 하지만 남편분은 전화를 받지 않았습니다. 이미 돌아가셨으니 전화를 받을 수 없었겠죠."

"예에? 남, 남편이 그때 이미 죽어 있었다고유? 불이 났을 때 죽은 게 아니고유? 범인이 살인을 저지르고 나서 꽤 있다가 불을 지른 건가유?"

"맞습니다. 불이 나기 전에 남편분이 죽어 있는 걸 본 목격자들이 있습니다."

"목, 목격자유? 누, 누가유?"

"AI 이진영은 남편분이 연락하라고 한 시각에 연락을 시도하다가 안 되자, 남편분이 손목에 차고 있던 스마트워치 등의 데이터를 수집해 남편분 상태가 위험하다고 판단했습니다. 그래서 119에 도움을 요청했습니다. 그다음에는 어떻게 되었는지 짐작 가시죠? 이진영이 신고한 지 10분쯤 지난 7시 20분쯤 댁에 도착한 구급대원들은 이진영이 알려준 현관 비밀번호를 이용해 집 안으로 들어갔습니다. 그리고 곧장, 안방 침대 위에서 피투성이로 죽어 있는 남편분을 발견했죠. 불이 어떻게 시작되었는지, 그 과정도 똑똑히 목격했고요. 불이 빨리 진화된 이유가 바로 구급대원들이 현장에 있었기 때문입니다."

하정은 머릿속이 하얘지는 걸 느꼈다. 하지만 치매의 리셋 증상과는 다른 것이었다.

"인제 그만 사실대로 말씀하시죠! 어르신이 집을 나온 뒤로 아무도 집에 들어가지 않았습니다. 그리고 우리 과학수사대가 엎드려 있는 남편분을 향해 범인이 골프채를 반복해 휘두른 각도, 비산혈이 튄 각도 등을 분석해서 범인이 왼손잡이이고 힘이 약한 여자일 가능성이 크다는 분석까지 내놨습니다."

그 말을 들은 하정은 왼손에 들고 있던 커피잔을 떨어트리듯 테이블 위에 내려놨다.

"현관에 있는 왼손잡이 여성용 골프채 세트, 누구 거죠?"

하정은 대답하지 않고 머리를 푹 숙였다.

"최하정 님 거, 맞죠?"

하정은 머리가 아프다는 표정을 지으며 두 손으로 관자놀이를 눌렀다.

"대답하세요!"

형사의 호통에 놀란 하정이 감았던 눈을 뜨며 머리를 번쩍 쳐들었다.

"빨리 대답하세요! 그 골프채 누구 겁니까?"

"골프채라니유……? 누, 누구세유? 여긴 어디유?"

겁먹은 표정의 하정이 주변을 둘러봤다.

"내가 왜 경찰서에 있는 거유? 우리 남편은 어딨슈?"

하정은 핸드백에서 휴대전화를 꺼내 남편의 오래된 휴대전화 번호로 전화를 걸었다. 남편의 휴대전화는 꺼져 있었다.

"이놈의 영감탱이, 또 무슨 짓 하느라 전활 꺼놓은 거야?"

인생의 무게

지영은 냉장고의 문을 열고 얼음을 꺼내 술잔에 가득 집어넣었다. 석 잔째였다. 머릿속의 불길한 생각을 떨쳐 버리려고 해도 오싹한 기운이 그림자처럼 따라다녔다. 그럴 리가 없다. 남편이 그럴 리가 없다. 내가 미쳐가는 건가? 편집증일 것이리라…….

그녀는 얼음이 녹기도 전에 술만을 단숨에 들이켜고 나서 다시 한번 확인하기 위해 서재에 있는 남편의 컴퓨터 앞으로 갔다. 컴퓨터 파워 버튼을 누르자 귀에 거슬리는 희미한 소리가 들리며 화면이 떠올랐다. 컴퓨터가 부팅되자 워드 프로그램을 띄운 뒤 수많은 소설 파일 중에서 '아내의 무덤'을 클릭했다.

비밀번호? 1464…….

자판을 확인하며 독수리타법으로 천천히 숫자를 쳐 넣고 엔터키를 쳤다. 파란불이 번쩍이며 컴퓨터 하드디스크가 돌아가기 시작했다. 그녀는 책상 위에 놓았던 잔을 다시 들어 술이라고는 하나도 남아 있지 않은 얼음 녹은 물을 쪽쪽 소리가 나도록 빨아댔다.

(전략)

아내와 매리, 둘은 떼어놓을 수 없는 존재였다. 아내는 용민의 밥을 챙겨주는 것은 잊어도 옷까지 말끔히 차려입힌 쥐새끼를 닮은 푸들, 매리에게 밥 주는 것은 한 번도 잊은 적이 없었다.

또한 그녀는 언제나 육중한 비곗덩어리를 소파에 비스듬히 누이고 바보상자에만 매달려 살았다. 그렇다고 뉴스나 교양 프로를 보는 것도 아니었다. 결혼 후 한 번도 창의적인 생각을 한 적이 없었던 것처럼 취향 역시 변하지 않고 연속극으로 시작해 연속극으로 끝났다.

게다가 그녀는 인생의 값어치가 주렁주렁 걸고 있는 목걸이와 귀걸이, 비싼 옷가지들 이외에는 없다고 생각하는 것 같았다. 무엇이든 사들이는 것이라면 사족을 못 썼다. 눈에 띄기만 하면 세일이라고 사고, 외제라고 사고, 예쁘다고 사고, 소장 가치가 높다고 사고……. 하지만 그렇게 아내가 사들인 것들은 며칠 뒤 예외 없이 창고에 처박혀 다시는 밖으로 나오지 않았다.

며칠 전에도 그랬다. 용민이 퇴근을 하고 집에 들어서며 보니 베란다 밑 화단에 못 보던 커다란 고철 덩어리 하나가 놓여 있었다. 그 물건은 '고슴도치'라는 명찰을 달고 있었는데 소쿠리를 엎어놓은 것 같은 둥그런 통에 창같이 뾰족한 침들이 수없이 박혀 있었다. 그는 그것이 무엇인지 아내에게 물어보지 않고도 단박에 알 수 있었다. 아내가 또 어디선가 엿장수도 주워 가지 않을 고철 덩어리를 예술작품이라는 사기꾼의 말에 속아 누가 사갈세라 허겁지겁 웃돈까지 얹어주고 구매했을 터였다. 그리고 분명 그 대금은 카드로 결제했을 테고, 그 카드값을 갚기 위해서 용민은 몇 달 치 월급 대부분을 고스란히 밀어 넣어야 할 게 틀림없었다. 늘 그래 왔듯이.

몇 번이나 그런 것들을 사들이지 말라고 경고했는데도 같은 일이 반복되자 화가 난 그는 아내를 보자마자 당장 이 고철 덩어리를 눈앞에서 치우라고 호통쳤다. 그러나 아내는 죽으면 죽었지 절대 그렇게는 할 수 없다며 오히려 그에게 예술의 '예' 자도 모르는 무식한 인간이라는 핀잔을 늘어놓았다.

아내의 그런 무시성 발언에 더욱 화가 났지만, 그는 더 이상 아내와 싸워봤자 소귀에 경 읽기이며 목만 아프다는 생각으로, "분명 당신 입으로 그렇게 훌륭한 예술작품이라고 말했으니, 앞으로 이것을 보이지 않는 곳으로 치운다거나 다른 곳으로 옮길 생각은 추호도 하지 마! 이걸 조금이라도 움직여 봐라, 그때는 정말 가만히 있지 않을 테니……" 하고 엄포를 놓은 뒤 뒤도 돌아보지 않고 집 안으로 들어갔었다. 늘 그랬듯, 아내는 분명 며칠도 지나지 않아 고슴도치가 꼴도 보기 싫다며 다른 훌륭했던 예술작품들처럼 창고에 처박으려 들 것이 틀림없었다. 이렇게라도 해서 변덕을 묶어놓는 것이 그가 아내에게 내릴 수 있는 최대의 벌이었다.

이런 것 저런 것, 용민은 아내에 대한 불만이 3박 4일을 말해도 다할 수가 없을 정도로 많았다. 그중에 아무리 시간이 흘러도 절대 용서 못 할 일은 하나뿐인 자식 상용의 죽음이었다. 집에서 온종일 빈둥거리며 노는 여자가 어떻게 다섯 살짜리 어린아이에게 라면을 사 오라고 심부름시켜 교통사고를 당하게 만들었단 말인가?

아내를 생각하며 신물 나 고개를 좌우로 흔들던 용민은 몇 달 전에 이웃집으로 이사 온 여자 하지은을 떠올렸다. 생글생글 눈웃음치는 생기 넘치는 얼굴, 한 손에 잡힐 듯한 가는 허리와 미끈한 다리, 지성과 교양이 진득하게 묻어 나오면서도 애교가 넘치는 말투. 그녀와 아내는 같은 여자이면서도 모든 것이 극과 극이었다.

용민에게 인생의 가장 큰 실수이자 후회되는 일을 단 하나만 꼽으라고 한다면 말할 것도 없이 결혼이었다. 그때는 어찌도 그리 세상 물정에 어두웠는지. 하지만 어떤 남자라도 그런 상황이면 아내에게 속지 않을 수 없었을 터였다. 그 접대용 목소리와 철저히 위장된 행동들……. 아내는 집에서 하는 행동과 밖에서 하는 행동이 '지킬박사와 하이드 씨'보다도 더 판이했다. 집 안은 돼지우리 같이 어질러놓고 살면서 대문 밖이나 골목은 날마다 청소해 동네 사람들로부터 칭

찬이 자자했다. 그리고 외출할 때는 옷에 머리카락이라도 하나 붙었을까 봐, 눈에 눈곱이라도 끼었을까 봐 수십 번도 더 옷매무새를 확인하고 거울을 들여다보며 화장을 고쳐댔다. 그럴 때는 꼭 결벽증이라도 있는 여자 같았다. 그러나 집에 돌아와서는 세면은 고사하고 입고 있던 옷을 벗어 아무 곳에나 휙 내팽개치며 속옷 바람으로 소파에 벌렁 드러눕기 일쑤였다.

또 아내는 집에서는 동네 여자들을 갖은 쌍소리로 흉보면서도 정작 당사자를 만나면 입이 부르트지 않을까 싶게 아부하고 칭찬해 댔다.

목소리도 그랬다. 집에서는 '놀람 교향곡'을 틀어놓은 것처럼 톤을 높였다 낮췄다 하며 튀어나오는 대로 말을 내뱉다가도 전화만 오면 금방 접대용 목소리로 바뀌 음악 프로의 DJ 같이 옥 굴러가는 소리를 냈다.

용민은 이런 아내를 볼 때마다 마치 휴전선 너머의 선전용 가옥들을 보는 것 같다. 한마디로 아내는 세평에는 민감하지만 내면은 형편없는 여자였다. 그는 결혼 후 아내의 실체가 하나씩 드러날 때마다 환멸을 느끼며, '인생의 무덤'이니 '사기당했다'라느니 하는 말이 다름 아닌 바로 이런 거구나 하는 비애를 느꼈다.

결혼 이후 용민이 가장 듣기 싫어하는 말이 바로 '천생연분'이었다. 사람들은 그런 형편없는 아내와 자신이 어디가 닮았다고 둘이 같이 있는 걸 보기만 하면 천생연분이라고 말하곤 했다. 용민은 지나치게 큰 눈과 긴 코 등 외모라면 몰라도 내면까지 아내와 닮았다는 건 절대 인정할 수 없었다. 그 무엇을 보더라도 자기는 지식과 교양을 두루 갖춘 지성인이고, 성격도 치밀하고 꼼꼼했다. 또 마음먹은 일은 반드시 해내고야 마는 의지의 인간이었다. 하지만 아내는 절대 그렇지 않았다. 그저 곰처럼 단순 무식하고, 게으르고, 한없이 털털하기만 했다. 그런데도 사람들이 둘이 닮았다고 말하는 것은 아내가 그 철저히 위장된 행동으로 사람들을 속이고 있기 때문이었다.

용민과 아내는 분명 천생연분이 아니라 '천생악연'이었다. 결혼 전에는 그런 여자를 수개월씩이나 따라다니며 같이만 있을 수 있다면 죽어도 좋다고 목을 매었으니, 정말 한심하고 한심한 일이 아닐 수 없었다.

(중략)

사이가 급진전되고 있는 이웃집 여자 하지은이 아니더라도 용민은 분위기조차 파악하지 못하고 시도 때도 없이 귀가 따갑도록 잔소리만 늘어놓으며 돈만 축내는 아내를 죽이기로 작정했다. 생각해 보면 진작 했어야 하는 일이었다. 지금까지 그런 여자를 데리고 말없이 살아온 자신이 참으로 바보 같다는 생각까지 들었다.

다행히 아직 늦지 않았다. 지금이라도 밥버러지 같은 아내가 소리 없이 사라져만 준다면 이혼 위자료를 줄 필요도 없고 재산을 반반 나누지 않아도 된다. 게다가 수억 원의 보험금까지 손에 들어온다. 쓰레기 처리하고 돈 벌고 마음에 드는 여자와 마음껏 사귈 수도 있다. '일거삼득'이라는 말은 아마도 선조들이 이런 상황을 적절히 표현하려고 만들어놓은 것이 틀림없었다.

용민은 아내의 사망보험금이 손에 들어오면 생활고에 시달리다 얼마 전부터 어쩔 수 없이 나가게 된 출판사에 사표를 던진 뒤 모든 것을 정리하고 고향으로 내려가 낚시질이나 하며 소설을 써야겠다고 생각했다. 아내가 죽기만 하면 편하게 여생을 즐기며 자연스레 옆집 하지은을 만날 수 있을 것이다.

짜릿한 생각을 하자 그는 오랜만에 몸에 힘이 솟구쳤다.

그런데 아내를 자연사나 사고사로 위장해 죽이려면 어떻게 해야 할까?

그는 고심 끝에 며칠 뒤 휴가를 내기로 마음먹었다. 한적한 시골에 가서 낚시나 하며 그 방법을 연구해 보려는 속셈이었다.

용민이 아내를 감쪽같이, 그리고 우아하게 죽이는 방법을 생각해 볼 것.

소설은 여기서 멈춰 있었다.

지영은 남편이 쓰다만 소설을 다시 한번 꼼꼼히 읽고 나서 컴퓨터를 껐다. 손이 떨려왔다. 무엇인가 잘못되어 가는 것이 틀림없었다.

지영은 한동안 컴퓨터 앞에 멍하니 앉아 있다가 갑자기 일어나 컴퓨터를 쓴 흔적을 없애기 위해 키보드의 위치를 원래대로 해놓고 책상 위에서 치웠던 담뱃갑과 재떨이도 있던 대로 놓아두었다.

서재 불을 끄고 거실로 나갔다. 술잔을 쥐고 있기 힘들 정도로 손에 땀이 흥건했다.

괘종시계가 저녁 8시를 알렸다. 곧 남편이 돌아올 시각이었다. 술잔을 치운 뒤, 평소처럼 올리브를 안고 소파에 앉아 리모컨으로 텔레비전을 켰다. 채널을 돌려 막 시작하는 연속극을 틀었다.

연속극이 중반쯤 지났을 때 밖에서 언덕을 올라오는 자동차 소리가 났다. 남편이었다. 그가 차에서 내리자 미리 약속이라도 한 것처럼 옆집 여자가 쓰레기봉투를 들고 나와 웃으며 인사하는 것이 창문 너머로 보였다. 둘은 무슨 할 얘기가 그리 많은지 가로등 밑에서 한참 동안 시시덕거리며 대화를 나누다 헤어졌다.

남편의 발소리를 들은 올리브가 지영의 품에서 벗어나 출입문으로 달려갔다.

"당신, 말도 없이 어딜 쏘다니다가……."

지영은 남편을 보자마자 무의식적으로 잔소리를 한바탕 퍼부으려다가 급히 말을 얼버무렸다.

"뭐라구?"

"아, 아니에요."

남편은 평소처럼 양말을 벗어 들고 화장실로 들어갔다.

남편이 화장실에서 나온 것은 연속극이 거의 끝나 갈 무렵이었다.

"나 내일모레쯤 며칠 대천에 다녀와야겠어."

"예, 대천엘요? 왜 갑자기……."

"바닷가에 가서 쓰다만 소설도 생각해 보고, 머리도 식힐 겸 해서 내일부터 며칠 휴가 냈어."

남편은 무뚝뚝한 말투로 그렇게 말하고 나서 서재로 들어갔다. 지영은 온몸에 소름이 쫙 돋았다. 소설이 현실이 되어가고 있었다.

국문과를 나온 남편은 지영을 만나기 전부터 소설을 썼다. 이제 지치고 지겨울 만도 한데 남편은 아직도 소설에 대한 열정과 집착이 스토커 수준이었다. 남편은 소설의 소재가 될 만한 일이 있으면 어디든 쫓아갔다. 어떤 사건이 일어나면 몇 달씩 집을 비워가며 형사나 보험회사 직원들보다 더 깊숙이 사건을 조사하고 추적했다. 얼마 전에는 우크라이나와 러시아 전쟁을 직접 가서 보고 체험해야 한다며 폴란드까지 갔다가 국경을 통과하지 못하고 되돌아왔다.

지영이 남편의 미완성 소설을 몰래 읽기 시작한 것은 약 1년쯤 전이었다. 남편은 쓰고 있는 소설을 다른 사람이 보지 못하도록 문서파일에 항상 암호를 걸어놨다. 어느 날, 심심했던 그녀가 암호를 푸는 데는 채 몇 분도 걸리지도 않았다. 처음에는 그의 전화번호를 입력해 보고 다음으로 생년월일을 입력했다가 안 되자 주민등록번호 뒷자리 숫자를 입력하니 암호가 풀렸다. 남편은 주민등록번호 뒷자리 숫자를 모든 파일의 암호로 사용하고 있었다.

처음에 지영은 남편의 소설을 재미와 호기심으로 몇 번 훔쳐봤었다. 그러나 언젠가부터는 어떤 의문 때문에 계속 볼 수밖에 없었다. 사건 진행이 궁금해서가 아니라 '###'로 시작되는 문장 때문이었다. 남편은 소설을 쓰다가 막히거나 더 조사해 봐야 할 부분에 '###'로 시작되는 간단한 메모를 해놓고 자료를 찾아본다거나 연구하여 계속 소설을 썼다. 그 메모는 미심쩍은 부분이나 더 생각해야 할 부분, 더 자세히 알아봐야 할 부분에 붙여놓는 것 같았다.

한번은 사람이 사람의 피를 마시는 부분에서 소설이 중단되고 '### 사람이 사람의 피를 먹어도 괜찮은지 알아볼 것' 하는 메모가 적혀 있던 적이 있었다. 그 뒤 어느 날, 외출했다가 집에 돌아온 지영은 깜짝 놀라지 않을 수 없었다. 남편이 화장실에서 구토하고 있었는데 변기 안이 온통 피투성이였다. 그리고 부엌 싱크대 위에는 혈액이 반쯤 남아 있는 병원용 혈액 주머니와 피 묻은 유리컵이 놓여 있었다. 그때 지영은 그것이 건강에 좋다는 사슴 피라는 남편의 말을 듣고 아무렇지도 않게 넘어갔었다. 그런데 그날 밤 남편이 밤새워 쓴 소설에는, '사람의 피는 최토성(催吐性)이라서 사람이 한 컵 정도만 먹어도 토한다'라는 내용이 있었다.

지영은 밤새 한숨도 못 잔 탓인지 머리가 지끈지끈 아팠다. 하지만 오늘 하루는 바쁘게 보낼 생각이었다. 그녀는 잠자리에서 빠져나오자마자 우선 남편 머리맡에 우유를 가져다 놨다. 다른 때 같으면 그녀가 먼저 일어났을 경우 남편을 깨워 청소라도 하라고 들볶았을 테지만 오늘은 늦잠을 자도록 내버려 뒀다.

지영은 모처럼 돼지우리 같은 집 안을 직접 쓸고 닦았다. 청소가 끝나자 그녀는 오랜만에 정성 들여 밥과 반찬을 만들었다. 식사 준비가 모두 끝났을 때까지도 남편은 잠을 자고 있었다.

지영은 평소보다 좀 이른 시각이었지만, 집 앞을 청소하기 위해 버릇대로 빗자루를 잡았다가 다시 놓았다. 대신에 그녀는 뜰로 나가 줄넘기를 찾았다. 줄넘기는 보리수 가지에 걸려 있었다. 언제 쓰고 안 썼는지 쇠로 된 고리는 녹으로 덮여 있었고, 플라스틱으로 된 부분은 바스러지기 직전이었다.

줄넘기를 시작했다. 그러나 '줄 넘기'를 하는 것이 아니라 '줄 밟기'를 하고 있었다. 매번 두세 번째에서 줄이 발에 걸려 짜증 났다.

"오늘은 일찍 일어나셨네요?"

어울리지 않게 분홍색 미니스커트에 노란색 스웨터를 입고 출근하던 옆집 여자가 웬일로 먼저 인사를 다 건넸다.

"아, 예. 건강을 생각해서요."

옆집 여자는 별일도 다 있다는 듯이 고개를 갸웃거리고는 창문 너머로 남의 집 거실을 흘끔거리며 언덕을 내려갔다.

지영은 운동을 끝내고 줄넘기를 원래 있던 보리수 가지에 걸다가 화단 중앙에 보란 듯이 놓여 있는 철제 조각상 '고슴도치'를 보자 짜증이 났다. 집 안에서 베란다 근처로만 가도 정면으로 내려다보이는 고슴도치는 며칠 전부터 눈엣가시 같았다. 처음에는 한눈에 반할 정도로 무척이나 아름다운 예술작품으로 보였는데, 보면 볼수록 눈이 멀었었다는 생각이 들었다. 어쩌다 저런 끔찍한 고철 덩어리를 비싼 돈을 주고 사다가 집 안 한가운데에 놓게 되었는지……. 누가 자신의 싸구려 감상벽을 눈치채기 전에 그것을 보이지 않는 곳으로 치우고 싶었으나 지금은 남편의 신경을 건드릴 수 있는 상황이 아니었다.

식사 시간 내내 휴대전화를 들여다보며 밥알을 세던 남편은 식사가 끝나자 서재로 들어갔다. 남편은 오늘도 다른 휴가 때처럼 온종일 서재에 틀어박혀 공상에 잠겨 있을 것이리라.

지영은 오전 내내 집 안을 유심히 살폈다. 가스관은 이상 없는지, 가스레인지가 폭발할 위험은 없는지, 목욕탕의 온수가 나오는 수도꼭지는 어떤지, 2층으로 올라가는 계단은 미끄럽지 않은지…….

오후에 그녀는 시장에서 돌아오다 서점에 들러 '자동차 구조학'이라는 제목의 전문 서적 한 권을 사서 시장바구니 밑에 찔러 넣었다.

다음 날 남편은 짐가방을 들고 현관을 나섰다.

"며칠 있다 오실 거예요?"

"한 3, 4일 정도."

"자동차 가져가실 거예요?"

"왜?"

"대천이면 기차를 이용하는 것이 편하지 않겠어요? 내가 자동차를 좀 써야 하는데……."

"그럼 그러지, 뭐."

지영은 속으로 일이 잘 풀린다고 생각했다.

"다녀올게, 집 잘 봐!"

"잘 다녀오세요."

남편이 떠난 뒤 지영은 거실로 돌아와 침대 밑에서 어제 사다 놓은 책을 꺼냈다. 자동차에 대해서는 아는 것이 너무 없어 몇 번씩 읽어도 내용이 머리에 들어오지 않았다. 다른 방법을 연구해 볼까 싶었으나 시간이 없었다. 곰을 잡으려면 곰이 즐기는 먹이로 유인하거나 평소 다니는 익숙한 길에 덫을 놓는 게 좋았다. 얼마 전에 안전 검사까지 받은, 매일 타고 다니는 자동차가 갑자기 문제를 일으키리라 생각하는 사람은 많지 않다. 지영의 남편이라고 예외일 리는 없었다.

정말 남편이 나를 죽이려는 것일까?

남편의 소설 다음 부분만 알 수 있다면 모든 게 확실해질 텐데 아직 쓰이지 않은 소설의 내용을 알 수는 없었다. 그리고 그 소설이 완성되었을 때는 이미 그녀는 이 세상 사람이 아닐 수도 있었다. 문제는 바로 '죽느냐 사느냐'였다. 최선의 방어는 선제공격뿐이었다. 죽기 전에 먼저 죽여야 했다.

사실 그녀도 남편에게 너무나 지쳐 있었다. 아들 영석이 죽은 뒤로 남편은 언제나 소설을 쓴답시고 방에만 틀어박혀 집안이 어떻게 돌아가는지, 쌀이 떨어졌는지 돈이 떨어졌는지 한 번도 신경 쓴 적이 없었다.

아들 영석이 죽던 날도 남편은 소설의 배경을 답사한다고 집을 나가서 일주일째 소식이 없었고 그녀는 독감에 걸려 온종일 앓아누워 있었다. 세상의 어느 부모가 어린아이를 길거리로 내몰겠는가? 어린 아들 반찬 만들어줄 힘조차 없어 어쩔 수 없이 라면을 사 오라고 심부름 보냈던 거였다. 분명, 아들의 죽음은 그녀만의 책임이 아니었다. 그런데 남편은 모든 책임을 그녀에게 돌리고 있었다. 게다가 남편은 직접적인 표현은 안 했어도 그녀가 얼굴이 못났다느니, 뚱뚱하다느니, 무식하다느니 하는 불만이 대천해수욕장의 모래알보다도 많은 듯했다. 싫다는데도 죽어라 따라다닐 때는 언제고…….

지영은 자유롭고 화려하게 살고 싶은 욕구가 그 누구보다 강했다. 삶에 치여 오래도록 가꾸지 않아서 이 모양 이

꼴이지만, 여건만 조성되면 누구보다도 훤한 인물로 변할 자신이 있었다. 간섭하는 사람이 없고 돈만 많다면…….

또 남편은 어쩌다 그녀가 취미인 쇼핑이라도 할 양이면 허파에 바람이 들어서 쓸데없는 물건만 사들인다고 늘 핀잔을 늘어놓고 구박했다.

지영은 지금까지 살아온 날들을 생각하자 한숨만 나왔다. 그러나 다행히 인생은 아직 살아온 날보다 살아갈 날들이 많았다. 남편이 조용히 사라져 그의 저작권과 재산, 보험금을 손에 넣게 된다면……. 이제부터라도 클럽을 드나들고, 백화점에서 우수고객 대우받으며 마음대로 쇼핑하고, 꿈에서나 가능했던 해외여행도 자유롭게 하며 여유 있는 삶을 살 수 있으리라. 남편은 결혼 후 지금까지 해외는커녕 제주도 한번 데려가 준 적이 없었다. 그녀는 아내가 아니라 무료로 부려 먹는 가정부였다.

생각이 여기에 미치자 서둘러 공구 상자를 찾았다. 공구 상자는 현관 신발장 속에 있었다.

지영은 작업을 시작하기 전에 자동차 블랙박스를 껐다.

자동차 밑은 생각보다 좁아 뚱뚱한 그녀가 기어들어 가기에는 무리였다. 생각 끝에 벽돌 몇 장을 가져다 쌓아놓고 자동차 바퀴를 벽돌에 올려놓은 뒤 작업을 시작했다.

작업은 꽤 어려웠다. 자동차의 브레이크가 평소에는 괜찮다가 어느 정도 고속으로 주행하거나 급정거할 때 압력을 받아 파열되도록 만들어야 했다. 그리고 파열된 부분이 자연적인 결함으로 보여야 했다.

작업은 저녁때가 다 되어서야 겨우 끝났다.

지영은 자동차를 원래대로 해놓고 모든 지문을 닦아냈다. 공구의 지문도 닦아 원위치시켰다. 그녀는 작업 시 입었던 옷을 세탁기에 던져 넣고 세탁 버튼을 누른 뒤 실수한 것이 없는지 생각해 보았다. 없었다. 완전 범죄 여부는 이제 하늘의 뜻이었다.

거실로 돌아온 지영은 양주에 얼음을 넣어 들고 소파에 앉아 텔레비전을 켰다.

대천에 갔다 온 남편은 기분이 좋은 모양이었다. 오래간만에 서재에서 콧노래 소리가 들려왔다. 그러나 좀처럼 외출할 기미는 보이지 않았다. 지영은 남편이 대천에서 무슨 계획을 세워 왔는지 모르기에 남편이 몹시 무서웠다.

다음 날 지영은 아침부터 시장을 보러 간다며 집을 나가 좋아하지도 않는 시장 바닥에서 평소보다 몇 배 더 시간을 보냈다. 남편과 단둘이 있는 것이 불안해 집으로 가기가 꺼려졌다. 내일은 무슨 핑계를 만들어 친정에 가 며칠 있다가 와야겠다고 생각했다.

지영은 온종일 목덜미가 서늘했다. 반찬을 만들거나 설거지할 때도 자주 뒤를 돌아보았다. 남편이 갑자기 달려들어 목이라도 조를 것 같았다. 그러나 남편은 보통 때와 같이 서재에 틀어박혀 어떤 수상한 행동도 하지 않았다.

저녁이 되자 지영은 평소처럼 텔레비전을 켰다. 하지만 신경은 텔레비전이 아닌 서재에 가 있었다. 다른 때 같았으면 그녀는 쉬지 않고 채널을 돌리고, 텔레비전의 볼륨을 높였다 낮췄다 하고, 깔깔대며 웃었을 테지만 오늘은 볼륨을 최대로 낮춘 채 졸린 고양이처럼 조용히 앉아 서재에서 들려오는 소리에 귀를 기울였다.

그녀는 마음이 초조해지자 손으로 스웨터 주머니를 더듬었다. 주머니 속에는 작은 주머니칼 하나가 들어 있었다.

소파에 누워 텔레비전을 보던 지영은 남편이 자러 안방으로 들어가고 난 새벽녘에 깜빡 잠들었다가 한 시간쯤 자고 깨어났다. 거울을 보니 얼굴이 푸석푸석하고 눈이 충혈되어 10년은 더 늙어 보였다. 그래도 그녀는 밤새 자신에게 아무 일도 일어나지 않은 것에 안도했다.

지영은 늦은 아침밥을 먹고 있는 남편에게 친정에 갔다 오겠다는 말을 하기 위해 눈치를 살폈다. 자연스럽게 할 수 있는 얘기인데도 쉽게 입 밖으로 나오지 않았다.

"여보, 나 오늘 공주에 다녀와야겠어."

밥알을 세며 휴대전화를 들여다보던 남편이 고개도 들지 않은 채 갑자기 말을 꺼냈다.

"공주요?"

"그래. 여기 특이한 기사가 하나 났어. 사람이 개를 물어 죽였다는군."

남편의 말에 지영은 하려던 말을 깨끗이 잊어버렸다. 남편이 집에서 나가만 준다면야 그녀가 도피할 이유는 없었다.

"좋은 소설 거리네요. 차 가져가실 거죠?"

"그래야지."

"오늘이 휴가 마지막 날인 일요일이니 저녁에는 돌아오겠네요?"

"좀 늦을 거야. 바람도 쐴 겸, 드라이브하는 셈 치고 같이 갈까?"

"아, 아뇨! 나는 할 일이 있어서……."

남편은 아침을 먹자마자 서둘러 자리에서 일어났다.

지영은 남편의 차가 차고에서 빠져나가는 것을 불안하게 지켜보았다. 다리가 후들후들 떨려왔다. 다행인지 불행인지 남편은 아무 눈치도 못 챈 것 같았다.

그런데, 차가 언덕을 미끄러져 내려가기 시작하자 그녀는 남편을 향해 차에서 내리라고 외치고 싶은 충동을 느꼈다. 정말 남편이 나를 죽이려는 것인지 확신이 서지 않았다. 내가 오해나 망상으로 남편을 죽이려는 게 아닐까? 하지만 그녀는 입을 꾹 다문 채 사라져가는 남편의 차를 지켜보았다.

지영은 곧장 서재로 들어가서 컴퓨터를 켰다. 암호를 쳐 넣은 뒤 남편이 쓰고 있는 소설을 불러냈다. 하지만 소설은 그대로였다. 소설은 그전처럼 남편 용민이 휴가를 내려는 부분까지 쓰여 있을 뿐이었다. 다만, '### 용민이 아내를 감쪽같고 우아하게 죽이는 방법을 생각해 볼 것'이라는 메모가 지워져 있었다. 또 소설의 제목이 '아내의 무덤'에서 '인생의 무게'로 바뀌어 있었다.

'인생의 무게? 인생의 무게……?'

지영은 암호를 해독하려는 것처럼 소설의 새로운 제목인 '인생의 무게'를 몇 번이나 되뇌었다. 그러나 제목을 그렇게 바꾼 이유를 짐작조차 할 수 없었다. '아내의 무덤'은 '아내를 죽이는 이야기'라는, 소설 내용을 암시하는 제목이었는데 난데없이 '인생의 무게'라니?

그러나 이제는 소설의 제목이 어떻건, 내용이 어떻건 신경 쓸 이유가 없었다. 지영이 남편보다 한발 먼저 죽음의 덫을 설치했다. 주사위는 이미 던져졌다.

지영은 천천히 거실로 돌아와 버릇대로 텔레비전을 켰다. 비가 오는 것도 아닌데 화면에 노이즈가 심했다. 바람에 위성안테나가 돌아간 거 같았다. 하지만 그녀는 위성안테나가 있는 2층 베란다로 올라가지 않고 소파에 그대로 앉아 멍하니 텔레비전을 바라봤다. 그녀가 극도로 신경 쓰고 있는 것은 전화였다.

스무 시간처럼 느껴지는 두 시간이 흘러갔다. 남편이 공주에 도착했을 시간인데도 기다리는 전화는 걸려 오지 않았다. 다시 한 시간이 더 흘렀다. 역시 전화는 걸려 오지 않았다.

가는 길에는 사고가 나지 않은 것 같았다. 그렇다면 돌아올 때 사고가 나길 바랄 수밖에 없었다.

오후가 되자, 초조한 마음이 조금씩 누그러졌다. 그녀는 천천히 움직여 식사도 하고 올리브의 밥도 챙겨줬다. 그리고 좋아하는 프로를 찾아 텔레비전 채널도 돌려댔다.

긴장이 좀 풀리자 텔레비전의 노이즈가 신경 쓰였다. 그녀가 소파에서 무거운 몸을 천천히 일으켜 2층 베란다에 있는 위성안테나를 손보러 가려고 할 때 휴대전화 벨이 울렸다. 가슴이 철렁했다. 한 번. 두 번. 세 번. 휴대전화를 집어서 화면에 떠 있는 이름을 들여다본 지영은 다시 가슴이 철렁했다. 남편이었다. 전화벨이 일곱 번째 울릴 때 떨리는 손가락으로 화면을 터치했다.

"여보, 나야! 집에 무슨 일 없지?"

미친 사람의 웃음소리처럼 소름 끼치는 남편의 목소리였다.

"무, 무슨 일은요. 당신도 별일 없죠?"

"응. 여기 공준데, 조금 있다가 출발할 거야. 저녁때쯤 집에 도착할 거야."

"예, 조심해서 운전……."

지영의 접대용 목소리가 끝나기도 전에 전화가 뚝 끊겼다. 그녀는 전화기를 내려놓자마자 냉장고에서 양주를 꺼내 물컵에 넘치도록 따라 배 속에 불이라도 난 사람처럼 벌컥벌컥 들이켰다. 그러나 심장은 아직도 커다란 소리를 내며 쿵쾅거리고 있었다. 이제는 더 이상 아무것도 생각할 수가 없었다. 남편이 죽기 전에 자기가 먼저 심장마비로 죽을 것만 같았다. 그녀는 급히 휴대전화 전원을 껐다.

남편의 주검은 이미 영안실로 옮겨져 있었다. 경찰은 지영의 남편이 집 근처에 거의 다 와서 차선을 침범한 오토바이를 피하려다가 중앙선을 넘었다고 했다. 차가 가드레일을 들이받고 뒤집혔다. 남편은 즉사했다.

경찰은 남편이 술을 많이 마셨던 거 같다는 말을 덧붙였다.

장례를 마쳤을 때, 지영은 얼마나 울었는지 목이 쉬어 말도 하기 어려웠다. 그녀는 남편을 화장하고 집에 돌아오자 이틀 동안 꼬박 잠을 잤다.

그녀가 자리에서 일어난 건 경찰이 찾아왔기 때문이었다.

"실례합니다. 몇 가지 물어볼 게 있어서요."

"들어오세요."

아직도 피곤이 줄줄 흐르는 지영이 커피포트에 물을 받고 있을 때 얼굴이 원숭이같이 생긴 박 형사라는 사람이 본격적으로 입을 열었다.

"형식적인 겁니다만, 남편께선 평상시에도 음주운전을 했습니까?"

"글쎄요? 어쩔 수 없는 상황에서는 가끔……. 남편이 정말 술을 마셨나요?"

"혈중알코올농도 검사 결과를 보면 면허 취소 수준이었

습니다. 거기다 사고 차량의 스키드마크, 즉 도로에 난 바퀴 자국을 보면 장애물을 발견한 남편분이 급브레이크를 밟는 순간 한쪽 브레이크가 파손된 거 같습니다. 그러니 급제동이 불가한 건 물론, 차가 한쪽으로 쏠려 가드레일을 들이받고 뒤집힌 거겠죠. 음주도 음주지만, 과속을 안 했거나 자동차 점검만 잘했어도 피할 수 있는 사고였습니다만……."

"남편이 혼자서 술을 마셨나요?"

"그건 더 조사해 봐야겠습니다만, 우리가 알기로는 그렇습니다. 혹시, 우울증은 없었습니까?"

"근래 피곤해 보이기는 했어도 우울증은 없었는데요. 혹시 자살이 아닐까 의심하는 건가요?"

"아, 아닙니다."

박 형사는 커피를 마신 뒤 시간이라도 때우려는 듯 형식적인 말 몇 마디를 더 물었다. 지영은 브레이크 파손을 캐물을까 봐 바짝 긴장했으나 더는 언급하지 않았다.

박 형사는 차고를 한번 둘러보고는 집 밖으로 나갔다. 지영은 박 형사가 뭔가 눈치챈 게 아닐까 싶어 바짝 긴장했으나 그뿐이었다.

평소에 술도 잘 마시지 않고, 특히 음주운전이라면 범죄처럼 생각하던 남편이 낮술을 하고 운전을 한 것이 이상하기는 했으나 이제 모든 것이 끝났다.

지영은 점심때 반찬거리를 사기 위해 동네 앞 구멍가게에 들렀다.

"오랜만이유. 마음고생이 컸을 텐데……."

"어쩌겠어요. 운명이라고 생각해야죠."

가게 여주인의 말에 지영은 쓸쓸한 미소를 지어 보였다.

"아 참! 오전에, 꼭 원숭이같이 생긴 형사라는 사람이 가게에 들어와서 담배를 사며 이것저것 물어보더라고유."

"뭘요?"

지영의 목소리가 튀었다.

"아주머니와 남편의 사이가 어땠냐는 둥, 아주머니 행실은 어떠냐는 둥……."

지영은 가슴이 철렁 내려앉았으나 태연함을 유지하려고 애쓰며 손에 잡히는 물건 몇 개를 집어 들었다.

"뭐, 사고가 나면 형식적으로 그렇게 묻는다나……?"

지영이 아무 말도 하지 않자 여주인은 그녀의 눈치를 살피고 나서 다시 입을 열었다.

"아주머니야 이 동네 최고의, 법 없이도 살 사람이고, 금실이야 성격으로 보나 행동으로 보나 세상에 그런 천생연분이 없었는데……."

'천생연분'이라는 말이 귀에 좀 거슬리기는 했지만 지영은 주인의 대답을 듣고 나자 어느 정도 마음이 놓였다. 형사에게 한 가게 주인의 말이 그녀에게 득이 됐으면 됐지 해가 되지는 않을 것이다.

지영은 주인에게 고맙다는 말 대신 고개를 꾸뻑 숙이고는 가게를 빠져나왔다.

지영은 몹시 초조했다. 경찰이 어떤 냄새를 맡은 것일까? 하지만 그럴 리는 없었다. 범죄는 완벽했다. 또 설사 경찰이 무슨 냄새를 맡았다고 해도 증거가 없는데 심증만으로 어쩌겠는가 싶었다. 아마도 그 형사는 담배를 사다가 몸에 밴 습관대로 그렇게 예의 질문을 던졌으리라.

찢기고 부러지고 터진 남편의 처참한 주검이 자꾸 떠올라 지영은 마음이 심란했다. 그녀는 집 안에서 눈에 띄는 남편의 사진을 모두 찾아 갈기갈기 찢어 쓰레기통에 처넣었다. 그녀는 자신이 남편과 함께 자동차에 탔더라면 어떻게 되었을까 생각하니 몸서리가 쳐졌다.

"같이 드라이브나 가자구? 칫! 자기가 언제부터 나를 데리고 다녔다구!"

지영은 남편의 말을 상기해 내고 빈정거리며, 하마터면 자신이 만든 덫에 자신이 걸려들 뻔했던 것을 생각하며 쓴웃음을 지었다.

그녀는 밤늦도록 이런저런 생각이 떠올라 좀처럼 잠을 이룰 수가 없었다. 대부분 남편과 관계된 기억들이었다. 불쌍한 인간, 바보 멍청이…….

그녀는 억지로 잠을 청하며 머리를 비우기 위해 노력했다. 더 이상 아무것도 생각하고 싶지 않은, 이제는 모두 끝난 일이었다. 어쨌든 확실한 것은 운명이 준비하는 자의 편에 섰다는 것이다. 고통은 순간, 행복은 영원! 결과는 만족할 만했다. 이제 그녀는 자유였다.

지영은 아침에 늦잠을 잤다. 앞으로도 매일 늦잠을 자고 아침 겸 점심으로 식사를 주문해 먹은 뒤 올리브를 데리고 산책 나가고, 오후에 여러 백화점으로 쇼핑 다닐 계획이었다.

시력 나쁜 사람이 잠자리에서 일어나면 가장 먼저 안경을 찾듯, 지영이 눈을 뜨자마자 리모컨을 집어 텔레비전을 켰을 때는 마침 아침에 즐겨 보는 드라마를 하고 있었다. 그녀는 평소 행동보다 몇 배 빠르게 밖으로 나가 우유를 가지고 들어와 소파에 자리를 잡았다. 연속극은 마지막 절정을 향해 치닫고 있었다. 그녀는 남편의 죽음 때문에 며칠 연속극을 보지 못했다.

죽은 남편 같은 부류는 텔레비전을 바보상자라고 말하지만 그러면 어떻고 아니면 어떻단 말인가? 인생이 얼마나 길다고…….

연속극 등장인물이 남자 주인공의 출생의 비밀을 밝히는 장면에서 텔레비전에 잡음이 일어 말소리를 알아들을 수 없었다. 그리고 바로 연속극이 끝나버렸다. 결정적인 장면을 놓친 것이다.

지영은 남편의 생명 보험금을 타면 고성능 위성안테나와 최신 아몰레드 텔레비전을 사야겠다고 생각했다.

지영은 보지 못한 연속극 장면 때문에 투덜거리다가 새 텔레비전을 살 생각을 하자 기분이 좋아졌다. 그녀는 콧노래를 부르며 2층 베란다로 올라갔다. 낡은 위성안테나는 베란다 한쪽 끝에 비스듬히 매달려 있었다. 바람에 안테나가 돌아간 건 아니었다. 안테나를 살펴보니 위쪽에 낡아서 끊어진 것처럼 보이는 선이 있었다. 그녀는 조심스럽게 베란다의 나무 난간에 엎드려 끊어진 부분의 선을 이어보려고 노력했다. 그러나 손이 닿을 듯 말 듯하여 쉽게 이을 수 없었다.

"안테나가 자주 고장 나나 보죠?"

고개를 살짝 들어 올려다보니 옆집 옥상에서 노인이 아래를 내려다보고 있었다.

"안테나가 너무 낡았어요."

"저런! 얼마 전만 해도 그런 건 남편이 고쳤었는데…….
쯧쯧쯔……."

"옛, 뭐라구요?"

"얼마 전에, 돌아가신 남편께서 안테나가 고장 났다고 손을 보던데……."

순간, 지영은 머리에 벼락이라도 맞은 것 같은 기분으로 베란다 밑을 내려다봤다. 그리고 동시에 난간에서 급히 몸을 일으키려고 했다. 그러나 그녀는 이미 게임이 끝났음을 깨달았다. 그녀가 안테나에서 손을 거두기도 전에 그녀의 몸무게를 지탱하고 있던 나무 난간이 소리도 없이 푹 꺼져 떨어졌다.

지영이 떨어진 화단 위에는 이름이 '고슴도치'인, 창같이 뾰족하고 커다란 침들이 수십 개나 달린 쇠 조각상이 놓여 있었다. 그것은 언젠가 남편의 반대에도 불구하고 그녀가 비싼 돈을 주고 사들인 예술작품이었다.

지영은 조각상에 온몸을 찔린 채 죽어가며, '고슴도치'와 어우러져 고통스럽게 누워 있는 자신이 하나의 새로운 훌륭한 예술작품이 되었다는 것을 깨달았다. 남편이 휴가지에서 며칠을 고심한 끝에 겨우 이름 붙였을 터인, 바로 '인생의 무게'라는 이름의 예술작품이. 그리고 그녀의 흐려져 가는 의식 속에 이제는 영원히 묻혀버린 남편의 소설 다음 부분이 떠올랐다.

(중략)

용민은 아내 혜숙을 우아하게 죽이는 방법을 드디어 생각해 냈다. 곰을 잡으려면 곰이 즐기는 먹이로 유인하거나 평소에 다니는 익숙한 길에 덫을 놓아야 한다는 것을 그는 누구보다 잘 알고 있었다…….

###

베란다의 나무 난간을 어느 정도 손봐야 아내의 몸무게 80kg으로 부러질지 실험해 볼 것.

범죄 없는 마을 살인사건

우리가 찾는 마을은 칠갑산 바로 아래쪽에 있었다. 동네 앞으로 지천천이 흘러 경치가 좋았고 구기자와 고추, 밤이 많이 생산되는 곳이었다.

동네 입구에 들어서며 보니 '범죄 없는 마을'이라 쓰인 나무 현판들이 굴비라도 엮어 놓은 것처럼 쇠사슬에 줄줄이 엮여 스무 개 가까이 걸려 있었다. 범죄 없는 마을 현판은 그 마을에 적을 두고 있는 사람들이 1월 1일부터 그해 12월 31일까지 1년 동안 단 한 건의 범죄도 저지르지 않았을 경우 정부에서 상금과 함께 내리는 일종의 상패였다. 1981년에 이 제도가 처음 시행된 이후 작년까지 20여 년 동안의 현판이 하나도 빠지지 않고 걸려 있는 걸 보면 나라 전체에서는 몰라도 충남 도내에서는 거의 금메달감일 것 같다.

그러나 내 눈에는 이곳이 범죄 없는 마을인 건 너무도 당연해 보였다. 인가래야 모두 합쳐 30채가 넘지 않을 것 같은데 이런 작은 시골 동네에서 어떤 범죄가 일어났다면 그게 더 이상한 일일 것 같았다.

사고가 난 집은 사람들에게 물어보지 않고도 쉽게 찾을 수 있었다. 어디선가 개 한 마리가 쉬지 않고 짖고 있었고 그 개 소리를 따라 마을로 들어서자 마을 가운데에 있는 어느 집 앞에 온 동네 사람들이 모여 웅성거리고 있었다.

나와 조 형사가 마당으로 들어서자 사람들이 뒷걸음질 쳐서 낯선 외지인들에게 길을 터줬다. 나는 마당 한가운데에 서서, 우리를 둘러싼 사람들을 한번 빙 둘러봤다. 범죄 없는 마을의 사람들이었다. 그러나 나와 눈이 마주치자 모두들 죄라도 지은 사람처럼 시선을 피했다.

사망자의 가족은 모두 세 명뿐인 듯했다. 마루에서 마흔 살쯤 되어 보이는 여인과 그녀의 아들로 보이는 중학생 정도의 남자아이, 딸일 터인 고등학생 정도의 여자아이가 서로 손을 맞잡고 울고 있었다.

"어이, 최 형사님 오셨습니까?"

부엌에서 순경 한 명이 나오며 나에게 인사를 건넸다. 안면이 있는 박 순경이었다. 그는 나와 같은 경찰서에서 근무하다 몇 달 전에 파출소로 자리를 옮겼다.

"우리가 가장 먼저 도착해서 현장 사진을 찍고 있었습니다."

박 순경을 따라 경사 계급장을 단 경찰 한 명이 부엌에서 나왔다. 초면이었다. 나는 그와 인사를 나누고 안방 쪽으로 향했다.

"박 순경, 현장은 그대로지?"

내가 박 순경에게 물었다.

"예. 사진만 찍었고 아무것도 건드리지 않았습니다."

박 순경이 카메라를 가방에 넣으며 말했다.

"연탄가스가 확실해?"

"정황이 그렇습니다. 목격자들 말도 그렇고, 시반도 법의학책에서 배운 대로 선홍색인 듯하고요."

"부검 보내서 정확한 사인을 파악해야 할 거 같은데요."

조 형사가 말했다.

"부검 결과 나올 때까지 수사 안 할 거야? 결과 나오려면 빨라도 한 달은 걸려. 현장 살펴보면 연탄가스인지 아닌지 알 수 있겠지."

나는 집 안을 향해 카메라 셔터를 몇 번 누르고 나서 신발을 벗고 마루로 올라갔다.

시체가 있는 안방으로 들어섰다. 방바닥이 꽤 찼다. 밤새 연탄 한 장 때지 않은 방 같았다. 연탄가스를 빼내기 위해 방문을 열어두고, 보일러에서 연탄도 빼낸 것 같았다.

나는 먼저 출입구 쪽에서부터 카메라 셔터를 눌러 촬영하기 시작했다. 출입문 왼쪽에 겨울 옷가지들이 아무렇게나 널려 있었고 오른쪽에는 어디서 얻어다 놓은 듯한 새해 달력이 놓여 있었다. 시체는 가장자리에 시커멓게 때가 탄 솜이불을 머리끝까지 뒤집어쓴 채 아랫목에 누워 있었다. 윗목 텔레비전 앞 쟁반에 김치찌개가 든 냄비와 소주병 두 개, 소주잔 두 개가 놓여 있었다. 사망자는 어젯밤 누군가와 술을 마시다가 술자리도 치우지 않고 그대로 잠든 것 같았다.

쟁반 옆에는 디스 담배 한 갑과 일회용 라이터가 놓여 있었다. 재떨이는 보이지 않았다.

방 안 사진을 찍고 난 나는 조 형사에게 사람들이 방 안을 들여다볼 수 없게 방문을 닫으라고 했다. 방문이 닫히자 시체로 다가가 이불을 걷어냈다.

색 바랜 군복 바지와 갈색 티를 입고 있는 쉰 살쯤 먹어 보이는 죽은 남자는 입을 약간 벌리고 있었다. 알코올 냄새가 풍겼고 오줌을 쌌는지 바짓가랑이가 흥건히 젖어 있었다.

이미 죽은 게 확인되었지만 그래도 나는 눈꺼풀부터 떠들어 보았다. 동공이 풀려 있었다. 역시 숨도 쉬지 않았고 맥박도 뛰지 않았다. 피부도 차가웠다. 죽은 지 꽤 된 시체였다.

이제 죽은 시각을 알아내야 했다.

시체의 시반 사진을 찍기 위해 나는 조 형사의 도움을 받아, 죽은 사내가 입고 있는 후줄근한 옷들을 차례로 벗겨냈다. 이미 사후경직이 최고조에 달해 있어 쉽지 않은 작업이었다. 경직 강도로 봐서는 죽은 지 열 시간쯤 된 것 같았다.

어디에도 외상은 없었다.

나는 카메라로 시체가 누워 있는 그대로 알몸 여기저기

를 찍고 나서 시체를 엎어 뉘었다. 요에 닿아 있던 엉덩이와 어깨, 팔 등은 피부가 하얀 반면, 허리와 목뒤, 다리 밑쪽에 시반이 선명하게 형성되어 있었다. 박 순경의 말대로 시반이 선홍색으로 보였다.

체온과 시반, 시체경직 상태를 종합해 볼 때 역시 사망 시각은 열 시간쯤 전으로 추정되었다.

정말 오랜만에 보는 연탄가스 중독사였다.

시골 가정의 난방시스템은 1980년 중반까지만 해도 솥이 걸려 있는 아궁이에 직접 나무를 때는 방식이 대부분이었다. 그 때문에 산과 숲이 황폐해지는 부작용이 컸다. 1980년대 중후반에 들어서며 시골집 나무 아궁이들이 연탄보일러로 바뀌기 시작했다. 1990년대 중반에는 많은 집들이 몇 시간 간격으로 연탄을 갈아야 하는 불편함 대신 따뜻한 방 안에서 버튼을 누르고 다이얼을 돌려 편리하게 난방할 수 있는 석유보일러로 바꾸었다. 하지만 석유보일러는 유지비가 많이 들었다.

1997년 말, IMF가 시작되며 나라 전체가 어려워지고 환율 때문에 기름값이 급등하자 시골의 많은 집들이 다시 나무를 때서 난방하는 화목보일러나 연탄을 때는 연탄보일러로 돌아갔다.

하지만 연탄가스 중독사라는 말은 마지막으로 들은 것이 언제인지 기억조차 나지 않았다. 예전에는 연탄에서 나온 열기와 연기를 방구들 아래로 직접 통과시키는 방식이어서 난방 효율도 떨어졌고 연탄가스가 새어 나올 위험도 컸지만, 요즘 연탄보일러는 연탄으로 물을 데워 그 따뜻한 물이 방바닥 밑을 회전하는 방식이기에 연탄가스 사고는 거의 일어나지 않았다.

오래된 시골집이라서 그런지 방 하나에 방문이 세 개나 되었다. 나는 마루로 이어진 출입문을 제외하고 두 개의 문을 차례로 열어보았다. 미닫이문 하나는 작은 골방과 연결되어 있었다. 그러나 그 방은 사용하지 않는 방 같았다. 실외처럼 추웠고 고구마와 옥수수 말린 것, 시래기 같은 것들이 방바닥을 차지하고 있었다.

나머지 하나의 문은 문에 붙인 한지에 구멍이 숭숭 뚫려 있어 느낌부터 을씨년스러웠다. 그 문을 열어보니 부엌이었다. 아마도 그 문을 통해 연탄가스가 새어 들어온 것 같았다.

문 밑에 놓인 고무 슬리퍼를 신고 부엌으로 들어갔다.

오래된 재래식 부엌이었다. 연탄을 때기 전에는 나무를 땠는지 천장과 벽이 온통 시커먼 그을음투성이였다. 두 개의 연탄보일러도 나무를 때던 아궁이를 개조해서 사용하는 것 같았고 그 연탄보일러들 옆으로 아직도 나무를 때는 아궁이와 커다란 가마솥이 남아 있었다.

부엌문은 두 개였다. 하나는 집 뒤 장독대로 통하는 전통식 나무문이었고 마당으로 통하는 문은 나무판 위쪽에 불투명유리가 끼워진 미닫이문이었다.

나는 고개를 갸웃거리며 문 위쪽을 쳐다봤다. 생각대로 커다란 구멍이 나 있었다. 나무를 때는 한국 전통의 재래식 부엌들은 문 위쪽으로 연기가 빠져나갈 공간이 있기 마련이다. 이 집도 전통가옥이니 구멍이 있기는 마찬가지였다. 그렇다면 이상했다. 연탄가스가 새어 나와도 환기가 잘 되어 웬만해서는 가스가 방 안으로 스며들지 못할 것 같았다.

그러나 나는 금방 생각을 바꾸었다. 안방으로 통하는, 창호지가 여기저기 찢겨 있는 문에 관심을 두지 않을 수 없었다. 그 정도의 구멍이면 연탄가스가 스며들기에 무리가 없어 보였다.

그런데 창호지에 난 구멍들을 보고 있노라니 이상하다는 생각이 들었다. 한겨울인데 왜 구멍 난 문을 그대로 방치해 놓았지?

창호지의 찢어진 부분들을 살펴보니 상태가 매우 깨끗했다. 아주 최근에 뚫린 구멍들 같았다.

나는 이 사건이 사고사가 아닐지도 모르겠다는 생각이 들었다. 타살의 가능성도 생각해 봐야 할 것 같았다.

나는 마당에 있는 동네 사람들이 우리의 수사 과정을 보지 못하도록, 반쯤 열려 있던 부엌문을 꼭 닫았다. 그리고 안방 난방용으로 보이는 보일러 뚜껑을 열고 안을 들여다봤다. 역시 연탄이 없었다. 연탄이 없는 건 그 옆도 마찬가지였다. 연탄가스 중독사고이다 보니 아침에 누군가가 연탄을 빼낸 것 같았다.

나는 어디에서 연탄가스가 새어 나왔을까 생각하며 보일러 안과 연통을 꼼꼼히 살폈다. 보일러 자체는 이상 없어 보였는데, 안방 난방용 보일러의 연통 이음매 중 한 곳은 석고가 모두 떨어져 나가고 없었다. 그 이음매에서 떨어진 석고는 부엌 바닥에 그대로 있었다. 누가 밟지도 않았고 청소도 하지 않은 것으로 보아 어제나 오늘, 아주 길게 잡아야 며칠 사이에 일어난 일이 분명했다.

"사고사가 아닐지도 모르겠는데요?"

조 형사도 나와 같은 생각을 한 것 같았다.

"아무래도 현장을 봉쇄하고 감식반을 불러야 할 거 같지?"

나는 박 순경에게 마당에 있는 사람들을 모두 밖으로 내보내라고 지시했다. 계장에게 전화 걸어 상황을 보고하고 사체를 병원으로 싣고 갈 구급차를 보내달라고 했다. 부검을 의뢰하려는 것이었다.

집 안 구석구석을 좀 더 둘러본 뒤 죽은 남자의 아내를 불렀다.

죽은 남자는 쉰 살쯤 되어 보였는데 아내는 마흔 살 정도밖에 안 돼 보였고 피부가 검게 타긴 했어도 시골에서는 보기 드문 미인이었다. 여인은 목청껏 울고 있었다. 그러나 그 울음은 마음에서 우러나온 것이 아니라 남들에게 자신의 슬픔을 과장해 표현하고 있는 것 같은 어색함이 있었다.

"잠시 말씀 좀 나눌 수 있을까요?"

아이들의 손을 잡고 울고 있던 여자가 고개를 들어 나를 쳐다보는 순간 나는 그녀의 눈과 볼에서 시퍼런 멍을 발견했다. 그녀는 턱밑까지 목도리를 두르고 있었는데 그것도 추위 때문이 아니라 상처나 멍 자국을 감추기 위한 것이 아닌가 싶었다.

"어제 무슨 일이 있었습니까?"

"예? 무슨 일이라니유?"

슬픈 표정을 짓고 있는 여인의 얼굴에 두려워하는 기색이 스쳤다.

"어제 남편과 왜 한방에서 자지 않았지요?"

"아, 예. 평소에도 저는 딸의 방에서 딸과 함께 자는데유."

"왜죠?"

"남편이 혼자 있는 것을 좋아해서……."

"따님 방은 어디죠?"

여자가 대문 쪽 문간방을 가리켰다.

나는 문간방 쪽을 살폈다. 방 바로 앞에 개집이 있었다. 황색 토종개가 사람들을 보며 여전히 쉬지 않고 짖어댔다.

"저 방에 있으면 사람들이 드나드는 걸 모두 알 수 있겠네요? 저렇게 짖어대는 개도 있고……."

"당연히, 그렇지유."

"어젯밤에 개가 이렇게 시끄럽게 짖은 적 없습니까?"

"예. 안 짖었슈."

"어제 어떤 일들이 있었는지 빠짐없이, 자세히 얘기해 주십쇼."

"왜, 왜유?"

"수사상 필요해서 그럽니다."

"어제저녁에 밤나무집 재호 아버지가 놀러 와서 남편하고 술을 마셨고, 저는 먼저 일어나 딸 방으로 건너가 잠자리에 들었슈."

"죄송한 질문입니다만 부부 사이는 좋았습니까?"

여인의 얼굴에 겁먹은 표정이 다시 역력히 드러났다.

"살다 보면 싸울 때도 있었지만, 좋은 편이었는데유. 왜유?"

"그 멍 자국들은 뭐죠?"

여인이 흠칫했다.

"빙, 빙판에서 너, 넘어졌슈."

"눈 안쪽이 멍들었네요?"

"멍, 멍이 이동한 게 아닐까유?"

그렇게 말하고 나서 묵비권이라도 행사하는 것처럼 여인은 아무 말이 없었다.

"좋습니다. 그건 그렇다 치고, 남편이 죽어 있는 것을 처음 발견한 사람이 누구죠?"

"제가 아침에 발견했는데유."

"보통은, 연탄가스 중독환자가 있으면 죽었든 살았든 119부터 부르기 마련인데 왜 경찰을 먼저 불렀죠?"

"이, 이미, 죽, 죽었으니께유."

"죽은 줄 어떻게 알았는데요?"

"119를 불러 병원으로 싣고 가려고 했는디, 밤나무집 재호 아버지가 와서 보고는 이미 죽었다고 경찰에 연락하라고 했슈."

"그럼, 어제 연탄을 간 것은 언제였죠?"

"저녁 6시 무렵하고 12시 무렵……."

"12시께 연탄을 갈 때 별 특이한 사항은 없었습니까?"

"뭐, 뭐유?"

"혹 연통이 빠져 있었다든지, 연탄가스 냄새가 났다든지……?"

"여, 연탄가스 냄새는 좀 났던 것 같구, 하지만 연통은 평소 그대로였는데유."

"그래요? 그런데 이상하게도 어젯밤에 누가 연통을 뺐다가 끼웠던 흔적이 있더라고요. 지문을 조사해 보면 누가 그랬는지 바로 드러나겠지만……."

나는 이 사건이 살인사건이고 금방 범인이 잡힐 것처럼 과장해서 말했다.

"범인이 누군지는 몰라도 한겨울에 교도소 가서 고생 좀 하겠구만!"

옆에서 조 형사가 나의 말에 박자를 맞췄다.

얼굴이 파랗게 질린 여자가 갑자기 쓰러지듯 마당에 털썩 주저앉았다.

"제, 제가 죽였구먼유, 흐흐흐흑……. 저, 저 인간과는 도저히 살 수가 없었어유. 으흐흐흑……."

그냥 한번 던져본 그물이었을 뿐인데 너무나 쉽게 걸려

들었다. 오히려 내가 당혹스러웠다. 순박한 시골 사람이어서 그런 것일까? 편의점에서 몇백 원짜리 물건을 훔친 좀도둑들조차도 확실한 증거를 들이댈 때까지는 뻗대기 마련인데 사람을 죽이고 어찌 이리 쉽게…….

"경찰서 가서 이야기하시죠."

나는 여인을 경찰차에 태웠다.

"흑흑흑……, 정말 죽이고 싶었어유. 그 인간은 인간이, 인간이 아니었슈. 짐승이었어유. 살아오면서 맞고 산 날이, 맞지 않은 날보다 더 많을 거여유. 흑흑흑……."

경찰서에 도착하자마자 울면서 털어놓은 여인의 얘기는 이러했다.

여인이 남편을 만난 것은 스물세 살 때인 17년 전이었다. 1981년, 범죄 없는 마을 제도가 처음으로 시행되던 해였다. 당시 여인은 옆 동네에 살고 있었는데, 현재 살고 있는 남편의 동네가 범죄 없는 마을로 선정되어 현판식을 하고 잔치를 벌인다기에 친구들과 함께 구경 왔다가 남편을 만나 사귀게 되었다.

나이는 열 살 가까이 차이가 났으나 둘은 한순간에 사랑에 빠졌고, 32세의 남편이 추석날 여인의 집에 찾아와 청혼했다. 하지만 여인의 아버지는 결혼을 허락하지 않았다. 나이 차도 많은 데다 남편의 성격이 좋지 않다는 것이 이유였다. 그러나 남편은 여인의 아버지로부터 퇴짜를 맞고도 포기하지 않았다. 집안에 일이 있을 때마다 여인의 집에 들러 자기 일처럼 거들고 농사일까지 도맡아 하다시피 했다. 결국 아버지도 결혼을 허락했다.

그런데 결혼을 며칠 앞두고 황당한 사건이 일어났다.

남편이 사는 동네에 여인을 짝사랑하고 있던 같은 또래의 남자가 한 명 있었는데 여인이 결혼한다는 얘기를 들은 그 남자가 만취 상태에서 남편에게 헛소리를 한 것이었다. 난 당신이 결혼하기로 한 여인과 이미 하룻밤 잔 몸이다, 처녀도 아닌데 결혼식을 올릴 수 있느냐, 어쩌면 이미 그녀는 나의 애까지 가졌을지 모른다, 그러니 포기해라……. 물론 그것은 새빨간 거짓말이었다. 그러나 여인은 한때 그 남자와 사귀었었고 인근 사람들은 누구나 그 사실을 알고 있어 듣는 사람에 따라서는 그럴듯했다.

그런 일이 있었는데도 결혼 전 남편은 여인에게 아무 말도 하지 않았다. 기분이 몹시 상하고 결혼을 그만두고 싶을 정도로 화가 났으나 결혼 날짜는 이미 잡혀 있었고, 여인이 아니면 가난한 시골 총각과 결혼할 여자도 없다고 판단했던 듯싶었다.

그러나 그 후유증은 결혼한 다음 날 바로 나타났다. 첫날밤을 지내고 나서 남편은 여인에게 며칠 동안 말도 걸지 않았다. 첫날밤 잠자리에서 출혈이 없었다는 이유였다. 그리고 며칠 뒤 술에 잔뜩 취해 집에 들어온 남편은 무작정 여인을 두들겨 패기 시작했다. 그러면서 결혼 전에 어떤 놈과 어떻게 붙어먹었는지 모두 털어놓으라고 다그쳐댔다.

그러나 여인은 말할 게 없었다. 그런데도 남편은 여인을 밤새도록 두들겨 팼다.

남편은 다음 날 아침 술이 깨자마자 미안하다며, 내가 괜한 소리에 넘어가 그랬다며 다시는 안 그러겠다고 맹세했다. 그제야 여인은 남편이 결혼 전에 어떤 소리를 들었는지 알 수 있었다. 여인은 너무 어이가 없고 화가 나서 남편에게 거짓말을 한 남자를 남편 앞에 불러다 놓고 따졌다. 남자는 사랑하는 여인이 결혼한다기에 지푸라기라도 잡아보고 싶은 심정에서 술을 먹고 헛소리한 것이라고 실토했다. 그리고 잘못했다고 수도 없이 빌었다.

그렇게 일이 마무리되는 줄 알았는데 그렇지 않았다. 남편은 그 이후로도 계속 술을 마시기만 하면 이유도 없이 여인을 두들겨 팼다. 거짓말한 남자까지 불러다 그렇게 대질했으니 그 문제를 직접 거론은 안 했지만 결혼 전 여인의 처녀성을 의심한 데서 나오는 폭력임이 틀림없었다. 어떤 살인 용의자가 재판에서 증거불충분으로 무죄가 선고되었다고 사람들의 마음에서까지 그 사람이 무죄가 되는 것은 아닌 이치와 같았다.

"큰애를 낳고 나자 애에게까지 손찌검하기 시작했어유. 그리고 툭하면 하는 말이 애가 자신과 닮은 데가 하나도 없다는 거였어유. 한번은 애를 얼마나 무지막지하게 때렸는지 한쪽 고막이 터지기도 했어유. 어린것이 무슨 죄가 있다고……."

어제도 남편은 술을 먹고 들어와 이렇다 저렇다 말도 없이 여인과 아이들을 때리기 시작했다. 때리는 소리, 깨지는 소리, 욕하는 소리, 잘못했다고 비는 소리……. 온 동네가 떠나갈 듯한 소란이 일고 있을 때 언제나 그랬듯 밤나무집 재호 아버지가 소주 두 병과 김치찌개가 든 냄비를 들고 찾아왔다.

"형님! 제발, 제발 그만허슈. 제가 잘못했다니까유. 조상님께, 칠성님께 맹세코, 그때 그 말은 제가 눈이 멀어 거짓말을 쳤던 거유."

그러나 재호 아버지가 오자 오히려 남편의 매질은 더 심해졌다. 마치 재호 아버지에게 보여주기 위해 그러는 것처럼……. 꼭 때려죽이기라도 할 것 같았다.

아주 오랫동안 그렇게 소란이 일어나고 재호 아버지가 무릎 꿇고 빌고 나서, 때리다 지친 남편은 겨우 진정이 되어 재호 아버지와 소주 두 병을 모두 마시고 잠들었다.

"정말 죽이고 싶었어유. 저를 때리는 건 참을 만했는데 아이들을 때리는 건 도저히……, 흑흑흑……."

나는 한숨이 다 나왔다.

"이혼하지 그랬어요?"

"저도 이혼하고 싶은 마음은 굴뚝 같았어유. 그런데 남편은 그렇게 때리고 나서 다음 날만 되면 잘못했다고 싹싹 빌었어유. 또, 이혼하고 나면 먹고살 길도 막막하고 해서 막내가 중학교라도 마칠 때까지만 참자고 미루고 미루던 것이

이 지경이 된 거여유."

"이혼이 아니더라도, 얼마 전에 생긴 가정폭력방지법도 있는데……."

"저도 그 얘기를 텔레비전에서 들었고 경찰서를 찾아갈 생각도 해봤는데, 우리 마을은 제가 시집오던 때부터 줄곧 범죄 없는 마을로 뽑혀서 상과 상금을 받았잖아유. 근데 저희 남편이 감옥에라도 가면 범죄 없는 마을은 끝날 테고, 그러면 동네 사람들에게 죄를 짓는 것이고, 아이들까지 동네 사람들의 따가운 눈총을 받을 생각을 하니……."

나는 다시 한번 한숨을 쉬었다. 답답해도 너무 답답했다.

"그래서 보일러의 연통을 빼내 연탄가스가 밖으로 새어 나오게 하고 안방으로 통하는 문 창호지에 크고 작은 구멍을 내, 연탄가스가 방으로 스며 들어가게 한 것이군요?"

"아녀유. 연통은 건드렸지만 문에 구멍이 난 건 고의로 한 게 아녀유. 어제 남편이 때리다, 그리고 저와 아이들이 도망 다니며 난리 치다 보니 창호지 여기저기에 구멍이 난 거여유."

그때였다. 강력계 사무실 안으로 여인의 아들이 숨을 몰아쉬며 뛰어 들어왔다.

"아녀요! 어머니는 저 때문에 거짓말하는 거예요. 연통을 빼놓은 사람은 저예요. 어머니를 때리는 아버지가 너무 미웠어요."

아들이 범인이라고 나서자 나는 난감했다. 모자가 공범

같지는 않았고 누군가가 거짓말을 하는 게 분명했다.

"자자, 진정들 하세요! 보일러 연기통 뽑은 사람이 누굽니까? 지문 조사하면 다 나와요!"

그러나 그들은 한 치의 물러섬도 없이 서로 자기가 범인이라고 우겨댔다. 나는 그들로부터 내가 심문당하고 있는 것처럼 골치가 아팠다.

그런데 잠시 뒤 또 한 명이 사무실 안으로 달려 들어와 황당한 주장을 했다. 여인의 딸이었다.

"아버지는 제가 죽였어요. 어머니와 동생은 아무 잘못 없어요."

용의자가 순식간에 세 명으로 늘었다.

어찌나 서로 자기가 범인이라고 주장하던지, 그들을 보고 있노라니 나는 눈물이 다 나왔다. 나는 그들의 마음은 충분히 이해했지만, 공인으로서 해야 할 일이 있었다.

"이러면 모두 교도소에 가게 됩니다. 온 가족이 다 갈 겁니까? 빨리 누가 그랬는지 사실대로 말해요!"

나는 협박조로도 얘기해 보았다. 하지만 그들은 조금도 물러서지 않았다.

결국 나는 그들을 떼어놓고 심문할 생각으로 중학생 녀석을 제외하고 모두 밖으로 내보냈다.

"어떻게 된 것인지 바른대로 얘기해!"

"정말 제가 그랬어요. 어머니와 누나를 걷지도 못할 정도로 날마다 때려대는 아버지가 너무 미웠어요. 어제도 그랬는데, 저는 아버지가 너무 미워 연통의 이음매를 빼놓았던 거예요, 홧김에…….”

“몇 시에?”

“10시쯤요.”

“연통의 어디를 빼놓았는데?”

“제 눈높이 정도의 연통 이음매요.”

녀석의 말은 거짓이 아닌 거 같았다. 녀석은 상황을 자세히 알고 있었다.

나는 다음으로 여인의 딸을 불렀다.

“연통의 어디를 빼놓았는데?”

“보일러에서 나가는 부분을 빼놓았어요.”

“거짓말 마!”

내가 책상을 손바닥으로 내려치며 외치자 딸아이는 깜짝 놀라며 겁먹은 표정이 되었다.

“네가 거짓말하면 어머니와 동생 모두 교도소에 가게 돼! 두 명이 가는 것보다는 한 명이 가는 게 낫잖아?”

그 말을 들은 딸은 갑자기 흐느끼기 시작했다. 갈등하는 거 같았다.

“사실은, 저도 누가 그랬는지 몰라요. 어제 저는 아버지가 너무 미워서 아버지가 자는 틈에 보일러에서 연탄을 빼내 뒤뜰에 버린 뒤, 다 탄 연탄재를 가져다 넣은 것이 전부예요. 아버지가 매질할 때면 우리는 속옷 바람으로 냇가나 벌판으로 도망가 한참을 숨어서 추위에 떨곤 했는데, 아버지도 추운 방에서 고생 좀 해보라고 그런 거예요."

"그게 몇 시였는데?"

"저녁 8시쯤이요."

나는 마지막으로 어머니를 불렀다.

"따님과 아드님이 이미 모두 말했습니다. 사실대로 얘기하시죠?"

"정말 제가 그랬다니까유, 형사님!"

"그럼, 연통의 어디를 빼냈습니까?"

"이 정도 높이유."

여인은 자리에서 일어나 아들이 말한 것과 같은 높이를 손으로 만들어 보였다.

나는 다시 머리가 복잡해졌다. 어떻게 된 것일까? 이들의 주장대로라면 사건의 순서는 딸이 보일러의 연탄을 빼낸 뒤 아들이 연통을 뺐고, 다음으로 여인이 또 연통을 뺀 것이 된다. 그랬다면 연탄가스가 새어 나올 수 없다. 또 하나의 모순은 아들이 빼낸 연통을 어머니가 다시 빼낼 수도 없다.

"나 참! 되게 답답하네."

불을 붙이지 않은 담배를 물고 생각에 잠겼던 나는 갑자기 책상을 손으로 탁 내려쳤다.

"아주머니는 빠져 있던 연통을 끼운 것뿐이죠?"

"예?"

여자가 흠칫했다.

"아주머니는 아까 집에서 저녁 6시와 밤 12시에 연탄을 갈았다고 했잖아요. 밤 12시에 연탄을 갈러 가서 연통이 빠져 있는 것을 발견하고 도로 끼운 거잖아요? 아들이 사실대로 다 말했어요."

대답은 안 했지만 흔들리는 눈빛으로 봐서 틀림없었다.

"으흐흐흑……."

여인이 다시 흐느끼기 시작했다. 틀림없는 것 같았다.

실마리 하나가 풀렸지만 그렇다고 사건이 해결된 건 아니었다. 그렇다면 사내는 어떻게 죽었단 말인가? 아들이 가스가 새어 나오게 하려고 연통을 빼냈지만 누나가 이미 연탄을 빼낸 뒤라서 가스가 새어 나왔을 리 없었다. 여인이 꺼진 연탄에 불을 피워 갈아 넣었을 때는 여인이 이미 연통을 끼운 뒤인지라 가스가 새어 나왔을 리 없었다.

한참 머리를 굴리던 나는 앞뒤가 맞는 다른 한 가지 가능성을 생각해 냈다.

밤 12시에 연탄을 갈 때 여인은 연통이 빠져 있는 것을 모르고 그대로 새 연탄에 불만 붙인 것이 아닐까? 아침에 남편이 연탄가스에 중독되어 죽어 있는 것을 발견하고, 집히는 것이 있어 부엌으로 달려가 빠져 있던 연통을 끼운 게 아닐까? 아들이 그랬을 거라는 짐작으로 증거를 없애기 위해……. 그렇다면 상황이 맞았다. 그랬다면 여인과 아들이 연통이 빠진 위치를 알고 있는 것도 이상하지 않았다.

"아주머니가 연통을 끼운 것은 아침이죠?"

"아, 아녀유. 제가 빠져 있는 연통을 끼운 것은 사실이지만, 밤 12시에 끼운 것도 사실이여유. 제발 저를 잡아가 주세유."

여인의 말을 들으며 나는 나의 말에서 또 모순을 발견했다.

낮에 사체를 조사할 때, 사체의 경직 상태와 시반의 농도, 시반이 퍼져 있는 상태로 보아 사망 시각이 열 시간쯤 전일 것으로 추정했었다. 그렇다면 사망 시각은 밤 12시 전후였다. 연탄가스는 마시면 바로 사망하는 것이 아니라 사망에 이르기까지는 꽤 오랜 시간이 걸리기에 사망자는 그 이전부터 연탄가스를 마셨어야 했다. 그렇다면 여인이 언제 연통을 끼웠든 상관없었다.

도대체 어떻게 된 것일까? 사건이 점점 미궁으로 빠져들고 있었다. 아까는 모두들 자신이 범인이라고 우겼는데, 이제는 모두 범인이 아니라고 우기는 격이었다.

개도 있고, 어젯밤 문간방에서 두 명씩이나 자고 있었으니 외부인이 들키지 않고 집 안에 들어갔다 나왔을 리는 없었다. 그렇다면 범인은 이들 세 명 중 한 명이 분명한데 누군지 도무지 알 수가 없었다. 모두 입을 맞춰 거짓말이라도 하는 것일까? 연탄을 때지 않은 방에서 연탄가스에 중독되어 목숨을 잃다니?

나는 답답한 마음에 피워대던 담배의 재를 떨기 위해 재떨이를 찾았다. 그러나 금연 구역인 사무실에 재떨이가 있을 리 없었다. 결국 나는 책상 밑에 있는 쓰레기통을 발로 끌어당겼다. 그러나 담배를 쓰레기통으로 가져가기도 전에 재가 책상으로 떨어져 내렸다. 순간, 나의 머릿속에 뭔가 부자연스러운 것 하나가 스쳐 지나갔다. 재떨이였다. 현장에 담배와 라이터는 있었는데 재떨이가 없었다. 확인해 볼 필요가 있었다.

나는 조 형사에게 사건 현장에서 찍은 필름을 내밀며 급히 인화해 오라고 시켰다. 조 형사는 한 시간쯤 뒤에 사진들을 들고 돌아왔다. 나는 돋보기를 들고 사진들을 꼼꼼히 들여다보기 시작했다.

역시 내 기억이 맞았다.

다시 여인을 심문하기 시작했다.

"남편이 담배를 피웠나요?"

"아니유."

"여기 사진에 담배와 라이터가 있는데?"

"그건 어제저녁 밤나무집 재호 아버지가 놓고 간 거유."

"그런데 어디에도 재떨이가 안 보이는군요. 담배를 피우자면 재떨이가 있어야 하는데? 술병과 찌개 그릇이 그대로 있는 걸로 봐서 방을 치운 것 같지는 않은데. 방을 치웠나요?"

"아니, 어제저녁 그대로여유. 가만, 그러고 보니 재떨이는 아침에 제가 방에 들어갔을 때만 해도 있었는데……. 아침에 방에 들어가 남편을 깨우기 전, 험상궂은 재떨이가 보기 사나워 재떨이를 한쪽으로 밀어놓고 죽은 남편을 깨웠

었슈."

나는 집 안 여기저기를 찍은 사진을 꼼꼼히 살펴봤다. 역시 어디에도 재떨이는 없었다.

"그 재떨이는 누가 가져왔죠?"

"집에 담배를 피우는 사람이 없다 보니 재떨이가 없어, 어제 담배를 피우려던 밤나무집 재호 아버지가, 재떨이가 없네, 하며 술을 마시다 말고 밖으로 나가 어딘가에서 커다란 깡통을 하나 들고 들어와 거기에다 재를 떨었어유."

"커다란 깡통 재떨이라구요?"

"예. 집 앞 어디서 주워 온 거 같았슈."

"재떨이를 가져올 때까지 시간이 얼마쯤 걸렸죠?"

"한 1, 2분쯤."

"그런 깡통이 이 동네에 흔한가요?"

"그렇지는 않쥬. 분유 깡통이던데 근래 태어난 애가 없으니."

"새 깡통이었나요, 아니면 오래된 깡통이었나요?"

"새 깡통은 아니고, 꽤 오래 재떨이로 사용한 거 같았어유. 안에 허연 재가 꽤 많이 들어 있었슈."

"그럼, 꽁초도 많이 들어 있었나요?"

"아뉴. 꽁초는 한두 개고 재만 많이 들어 있던디."

"재호 아버지가 깡통을 들고 들어왔을 때 깡통 뚜껑이 단단히 닫혀 있지 않았나요?"

"그랬던 것 같아유."

"담배를 피우고 나서도 뚜껑을 닫았구요?"

"예. 담배는 거의 피우지 않았지만……."

"아침에 방에 있는 재떨이가 보기 흉해 한쪽으로 밀어놓을 때는 뚜껑이 열려 있었고요?"

"예. 그랬으니 더럽다고 생각한 거쥬."

나는 의자를 박차며 급히 자리에서 일어났다. 모든 의문이 풀리는 것 같았다.

사건 현장으로 가니 감식반이 감식 중이었다. 관계자 이외에는 그 누구도 집 안으로 못 들어가도록 정복 경찰들이 지키고 서 있었다.

"조 형사! 집 안에서 분유통이나 분유통처럼 생긴 깡통이 있는지 꼼꼼히 찾아봐. 사람들의 이목이 있으니 밖으로는 못 가지고 나갔을 거야. 아침의 그 소란한 틈을 타 집 안 어딘가에 버렸거나 숨겨뒀을 거야."

깡통 재떨이는 재래식 화장실 옆에 놓여 있었다. 그러나 내용물은 이미 사라지고 없었다. 아마도 화장실 안에 쏟아버린 것 같았다. 하지만 깡통에 붙어 있는 재만으로도 충분했다.

피살자의 부검 구두 소견과 깡통에 붙어 있는 재의 성분을 분석한 검사 결과가 나온 것은 일주일쯤 뒤인, 12월 31일 점심때였다. 부검을 참관한 형사들을 통해 알려진 사망원인은 일산화탄소 중독이 아닌 인화수소 중독일 가능성이 컸다. 그리고 내 예상대로 깡통 재떨이 속 재에서는 곡물 훈증 살균제 성분이 검출되었다.

밤이 많이 생산되는 지역에서 경찰 생활을 하다 보니 나는 밤을 저장하기 전에 어떻게 살충 처리하는지 잘 알고 있었다.

밤이 밤나무에서 땅으로 떨어지면 해충인 밤바구미가 밤 껍질에 눈에 보이지 않을 정도의 아주 작은 구멍을 뚫고 알을 낳는다. 밤바구미의 알은 곧 밤 속에서 부화하여 희고 통통한 애벌레로 변한다.

이런 밤바구미 애벌레의 발생을 막기 위해서는 훈증 살충이 필요하다. 방법은, 밤 가마니들을 창고에 쌓아놓고 공기가 통할 수 있는 환풍구를 폐쇄한 뒤 알약으로 된 훈증 살충제를 창고 중간중간에 몇 개씩 놓아두면 시간 경과에 따라 밤 속 밤바구미알과 애벌레들이 박멸된다.

그렇게 밤벌레를 박멸하는 밤 소독약이란 게 바로 고독성 훈증 살충제인 인화수소다. 인화수소 살균은 밤뿐만이 아니라 다른 여러 곡식류 살균에도 사용된다.

이 살충제는 밀폐된 통속에 알약 형태로 들어 있는데 대기 중에 노출되면 대기 중 수분과 결합해 인화수소를 발생시켜 쥐와 양곡 속 해충을 박멸한다.

인화수소 가스는 제2차 세계대전 때 나치의 유대인 학살 화학무기로 사용되기도 했다. 이 가스에 중독되면 피로감과 구토 증상이 나타나고 강하게 노출되면 호흡정지로 사망에 이르게 된다.

인화수소는 원래는 무색무취의 가스지만, 국산 제품은 사고를 방지하기 위해 암모늄카바메이트 성분을 첨가하여 암모니아 냄새가 나기도 한다.

이 고독성 가스는 훈증 소독한 곡식에 잔류하지는 않는다.

훈증 살충제는 가스를 배출하기 전 알약으로 있을 때도 회백색이지만, 가스를 배출하고 나면 형체가 흐트러지며 담뱃재처럼 가루 형태로 변하는 특성이 있다. 범인은 이 살충제를 재떨이로 쓰던 분유 깡통에 담은 뒤 그 위에 담뱃재를 덮고 담배꽁초를 몇 개 넣어놨을 것이다.

범인이 누군지는 너무나 뻔했다. 밤농사를 많이 지어 밤 살균제를 많이 보유하고 있고, 깡통에 훈증 살충제를 가득 담아서 재떨이로 위장해 사망자의 방에 가져다 놓았고, 시체가 발견된 아침에 재떨이를 치우기 위해, 또 사람들이 죽은 사내를 급히 병원으로 싣고 가 응급처치하면 혹이라도 살아날지 모른다는 불안감에 현장으로 가장 먼저 달려가 여인에게 남편이 이미 죽었으니 119가 아닌 경찰을 부르라고 말한 사람…….

밤나무집의 재호 아버지가 잡혀 오자 나는 그의 앞에 깡통을 내밀었다. 깡통에서 채취한 지문을 사진 찍어 복사한 종이도 깡통 옆에 내려놨다.

하지만 그는 지문은 들여다볼 생각도 하지 않고 깡통만 멍하니 바라보다가 고개를 푹 떨어뜨리며 담배나 한 대 달라고 했다. 잡혀 올 때 이미 모든 것을 포기한 것 같았다.

"그래유. 제가 죽였슈. 그동안 얼마나 지옥이었는지 몰라유. 제가 잘못한 말 한마디 때문에 평생 매를 맞고 사는, 제가 한때 사랑했던 여자와 그 여자의 아이들을 같은 동네에서 날마다 봐야 했으니, 그 마음이 오죽했겠슈. 또, 미안한 마음에 그 아주머니나 그 집 아이들에게 잘해주면 나와 모종의 관계가 있어서 그런 것이 아닌가 하는 의심을 하며 그들을 더 때리고……. 그럴 때마다 사람들이 나에게 손가락질해 댔고……. 결국 우리 가정도 파탄지경에 이르렀고……. 정말 지옥이었어유. 아주머니와 아이들을 볼 때마다 죽고 싶은 심정뿐이었어유. 그러나 내가 죽는다고 뭐가 해결되겠슈. 그래서 어제 결국……. 뿌린 대로 거둔 거쥬, 흐흐흑……."

피살자 가족의 혐의가 벗겨지고 진범이 잡혔다. 그러나 내 마음이 착잡하긴 마찬가지였다.

*

내가 과장실에서 나왔을 때 사무실 한쪽에 앉아 있던 여인과 아들이 나를 발견하고 급히 자리에서 일어났다.

"어떻게 되었슈?"

나는 여인의 아들을 어떻게 처분할까, 과장과 의견을 나누고 나오는 길이었다. 사람을 죽이기 위해 연통을 빼낸 행위는 보는 시각에 따라 큰 문제가 될 수도 있었다.

"그냥 돌아가셔도 좋습니다."

"고마워유, 형사님! 정말, 고마워유!"

여인이 내게 몇 번씩이나 고개를 숙여 인사했다.

"어머님에게 효도하고 열심히 살아."

나는 아들의 어깨를 토닥거렸다.

"예."

여인과 그녀의 아들은 내게 코가 땅에 닿을 정도로 머리를 숙여 인사를 한 뒤 천천히 사무실을 걸어 나갔다.

"새해 복 많이 받으세요!"

나는 뒤늦게, 그들의 등에 대고 외쳤다.

"형사님도 새해 복 많이 받으세유!"

모자는 나에게 손을 흔들기 위해 놓았던 손을 다시 마주 잡고 걷기 시작했다.

내년에는 그들이 사는 마을에 범죄 없는 마을 현판을 걸 수 없으리라. 그리고 마을 사람들은 그 현판이 없는 것을 불명예스럽게 생각할지도 모른다. 그러나 현판이 있을 때도 여인의 인생을 바꿀 만한 거짓말이 있었고 또 여인의 가족들은 매를 맞고 살았다. 현판이 있다고 해서 범죄 없는 마을이 아니고 보면, 현판을 내거는 것이 오히려 더 부끄럽고 더 불명예스러운 일이 아닐까, 생각하며 나는 우중충한 하늘을 올려다봤다. 담뱃재 같은 눈발이 떨어져 내리기 시작했다.

진정한 복수

최순석은 소파에 앉아 텔레비전을 보며 공상에 잠겨 있었다. 야구 선수들이 방망이를 힘차게 휘둘러 야구공을 쳐댈 때마다 야구방망이로 아내의 뒤통수를 후려치는 상상을 하고 있었다.

'사람을 죽일 때, 가장 어려운 상대는 누구일까?'

두 번 생각해 볼 필요도 없이, 그 대상은 바로 아내였다.

극과 극은 통한다는 말이 있듯이, 누군가가 살해되었을 때 가깝지 않은 사람은 가깝지 않은 만큼 용의선상에서 멀어졌고, 가까운 사람은 가까운 그만큼 용의선상에서 제외되는 것이 보편적이다. 전자를 예로 들면 안면이 없는 사람이 죽었을 때고, 후자를 예로 들면 아버지나 자식이 죽었을 때다. 그런데 부부관계에 있어서만은 그 법칙이 적용되지 않는다. 어찌 보면 자식이나 부모보다도 더 가까운 사이가 부부인데, 아내가 살해되면 가장 먼저 의심받는 사람이 바로 남편 아니던가.

'어떻게 하면 감쪽같이 아내를 죽일 수 있을까?'

꼴도 보기 싫은데 절대 이혼은 할 수 없고……. 이런 경우가 바로 '어쩔 수 없이 아내를 죽여야 하는 경우'였다.

순석은 아내를 감쪽같이 죽이기 위해 갖은 방법을 모색 중이었다. 하지만 아직 이렇다 할 묘안을 생각해 내지 못했다.

'무슨 방법이 없을까?'

순석이 공상에서 현실로 돌아온 건 아내가 방에서 나왔기 때문이었다.

잠을 자다 일어난 탓에 베토벤처럼 부스스한 머리를 한 아내는 거실로 나오자마자 텔레비전 리모컨을 집어 채널을 이리저리 돌려댔다.

"아, 야구 보고 있잖아요!"

"나는 시시껄렁한 운동경기나 보는 사람들을 도저히 이해할 수가 없더라……."

그러면서 아내가 채널을 멈춘 곳은 유명 연예인들이 나오는 토크쇼 재방송이었다.

화가 난 순석은 한마디 쏘아붙이려다가 어떤 생각 때문에 꾹 참았다. 이제 곧 죽일 여자였다. 평소에 잘해야 했다. 그래야 아내도 남편이 자신을 죽이려 한다는 걸 눈치채지 못할 테고, 남들도 그들의 부부관계가 좋았다고 증언할 터였다. 조만간 아내를 설득해 생명보험에도 가입시켜야 했다.

순석이 아내를 만난 건 약 5년쯤 전으로, 그가 막 석사과정을 마치고 가정 문제 상담소의 간사로 취직했을 때였다.

어느 날, 커다란 은색 선글라스와 파란색 마스크를 쓰고 복고풍의 원피스를 입은 늘씬한 여자가 상담소 안으로 들어섰는데 그녀가 바로 아내였다. 그는 그녀가 쓰고 있는 때아닌 마스크와 선글라스를 보고도 그녀가 남편에게 구타당하고 상담하러 왔다는 사실을 알아채지 못했다. 그만큼 그녀는 무엇이든 잘 어울려, 걸치는 모든 게 장신구가 되고 패션이 되는 여자였다.

모델 면접시험이라도 보러 온 사람처럼 굳어서 어색한 미소를 띤 채 입을 열기 시작한 여자는 남편이 자신을 상습적으로 때리는데 어떻게 하면 좋겠냐고 물었다. 그녀의 남편은 의처증이 있는지 그녀가 바람피운다는 둥 재산을 빼돌리고 있다는 둥, 말도 안 되는 이런저런 핑계로 구박하고 폭행을 일삼는다는 거였다. 그런데도 그녀는 곧 좋아지겠지, 하며 여러 해 참고 살았다고 했다. 그러다 최근 남편의 폭력이 더는 견디지 못할 만큼 심해져, 어떻게 하면 남편의 버릇을 고칠 수 있을지 상담하러 왔다는 얘기였다.

그녀의 말을 들으며 순석은 도저히 이해가 가지 않았다. 어떻게 되어 먹은 남자이기에 이처럼 아름답고 인내심 많은 여자를 상습적으로 폭행할 수 있으며, 또 어떻게 이렇게 똑똑해 보이는 여자가 그런 남편에게 샌드백처럼 맞으면서도 참고 사는지…….

순석은 그녀에게 자세한 얘기를 듣고 나서, 남편의 그 버릇은 일종의 정신병으로 고칠 수 있는 것이 아니니 이혼하라는 조언을 했다. 그리고 어떻게 하면 좋은 조건으로 이혼할 수 있는지 설명했다.

그러나 그녀는 이혼은 꿈도 꾸고 있지 않다고 했다. 남편의 버릇을 고칠 방법에 대해서만 조언해 달라고 했다. 순석은 그런 그녀가 무척 답답해 보였지만 그녀가 원하는 대로 뻔한 조언을 몇 가지 해주고 상담을 끝냈다.

순석의 예상대로, 그녀는 채 일주일이 지나지 않아 다시 찾아왔다. 밖에서 사 들고 온 커피를 홀짝이며 순석이 조언해 준 방법이 아무 소용 없더라는 하소연을 한참 늘어놓았다. 순석은 다시 그 문제를 해결하는 방법은 이혼밖에 없다는 말을 녹음기처럼 반복했다. 하지만 그녀는 이번에도 이혼할 생각이 없다며, 전과 같이 원론적인 대안을 몇 마디 주워들은 뒤에야 물러났다.

그런 일이 여섯 번 되풀이 되고 나서 그녀가 일곱 번째 찾아왔을 때 순석은 한숨부터 쉬었다. 그녀 역시 자신이 한심스러웠는지 한숨을 따라 쉬었다.

"그래요. 이혼해야겠어요. 어떻게 하면 위자료를 최대한 받아낼 수 있을까요?"

그 말을 듣는 순간 순석은 사랑 고백을 들은 사춘기 소년처럼 가슴이 울렁거렸다. 문제가 좋은 쪽으로 해결된 것도 아니고 결국 이혼하겠다는데 무엇이 그리 좋은 걸까? 이유는 알 수는 없었지만 그는 그녀를 보며 환하게 웃고 있었다.

순석은 많은 시간을 할애해 그녀에게 이혼에 관한 조언과 충고를 했다. 그녀가 다시 이혼할까 말까 망설이는 듯하자, 주기적으로 전화까지 걸어 독려해 가며 상황을 파악하고 지원했다.

그녀가 이혼한 날 순석은 만세라도 부르고 싶은 심정이었다. 그랬다. 그는 그녀에게 첫눈에 반해 있었다.

6개월쯤 뒤 순석은 그녀와 결혼했다. 부모님을 비롯해 주변 사람들의 반대가 만만치 않았으나 그럴수록 사랑하는 마음이 더 견고해졌다.

누구나 그럴 테지만, 순석과 아내도 신혼 초에는 꽤 행복했었다. 아마도 한 서너 달은 그랬던 것 같다. 순석은 빼어난 외모의 아내를 자랑삼아 밖에 데리고 나다니는 걸 좋아했고, 아내 역시 막 방송 출연을 시작한 엘리트 남편을 친구들 앞에 내세워 자랑하는 걸 즐기는 거 같았다.

그런데 그들이 충돌하기 시작한 원인이 바로 그 아내의 친구들이었다.

누구든 성장 과정이 어떻고 학벌이 어떻든 간에 괜찮은 친구가 몇 명은 있기 마련인데, 아내에게는 그런 친구가 단 한 명도 없었다. 아내는 정말 이상한 친구들과만 어울려 다녔다. 아내의 친구들은 교도소를 한두 번씩은 드나든 이력이 있는 술집 마담, 사채꾼, 도박꾼, 투기꾼, 피라미드 사기꾼 등등 비정상적인 사람들뿐이었다. 아마도 아내에게는 그런 오합지졸들 앞에서 귀부인이나 지식인 행세하며 거들먹거리는 것이 즐거움이자 자아실현인 듯싶었다.

순석은 그런 아내의 싸구려 취향이 마음에 들지 않아 가끔 간섭과 충고를 했는데 아내는 그것이 결혼의 큰 굴레처럼 여겨지는 모양이었다. 그런 날이면 둘은 하찮은 일을 가지고도 대판 싸움을 벌이기 일쑤였다.

아니, 싸움은 싸움이라고 할 것도 없이 일방적으로 진행되었다. 순석은 사회적 체면이 있어 큰소리를 내지 못하는 반면, 아내는 부부싸움을 누가 보거나 들어도 상관없다는 듯이 갖은 욕을 해대며 미친 여자처럼 소리를 질러대곤 했다. 부부싸움이 동네 사람들에게 알려지는 걸 꺼리는 사람이 순석이기에 싸움은 늘 순석의 패배로 끝났다.

아내의 그런 몰상식함에 지친 순석은 아내가 시비를 걸 때마다 전남편처럼 그녀를 흠씬 두들겨 패버리고 싶은 충동까지 일었다. 의자에 묶어놓고 잘못했다고 빌 때까지 고문이라도 했으면 싶었다.

하지만 그는 직업이 직업이다 보니 절대 그럴 수 없었다. 그는 텔레비전에서 가정 문제 상담 프로를 진행하고 있었고, 라디오 프로에도 출연해 조언하고 있었다. 그런 그가 아내를 때렸다거나 구박했다는 사실이 사람들의 귀에 들어간다면……. 그 결말은 너무나 뻔했다.

순석이 아내를 극도로 혐오하기 시작한 결정적인 계기는 아내의 전남편이 주장했던 그 황당한 이야기들이 대부분 사실이었다는 걸 알고 나서였다. 아내는 전남편의 주장대로 결혼 생활 중 다른 남자와 바람을 피웠다.

순석이 아내의 은밀한 전화 통화를 엿들은 것은 1년쯤 전이었다.

"너 요즘도 세컨드 만나니?"

아내에게 질문을 한 사람은 순석도 몇 번 본 적이 있는 아내의 친구 박 마담이었다.

"누구? 그 대머리? 그게 언제 적 이야기인데. 내가 새로 결혼한 뒤로 딱 한 번 연락해 와서 만났는데, 그 뒤로는 연락이 없었어. 이제 내가 지겨울 거야. 그리 오래 호텔을 드나들었으니 마누라보다도 더 지겨울걸. 잘 되었지, 뭐. 나도 지겹던 참이었으니까."

"그 사람하고는 어떻게 사귀게 되었다고 했지?"

"지나간 일이니 너에게만 얘기하는데, 실은 그 사람 내 대학 동창 남편이었어."

"어머머, 그랬니?"

"우리가 잠자리를 한 건, 처음에는 그의 협박 때문이었다고도 볼 수도 있어."

"협박?"

"그 사람 아내인 내 대학 동창은 내가 그 사람과 바람피우기 전까지는 절친이었어. 그 애는 나의 혼전 남자관계를 모두 알고 있었고, 또 내가 결혼식 열흘 전쯤에 처녀막 재생 수술한 사실도 알고 있었지. 심지어는 내가 누구의 애인지조차 모르는 아이를 지울 때 그 애와 같이 병원에 가기도 했었어. 그런데 그것이 화근이 된 거야."

"화근?"

"물론 그 애에게 말이야. 후훗! 그 애는 내 일을 재미 삼아 자기 남편에게 미주알고주알 떠벌렸나 봐. 그런데 일이 이상하게 돌아가려니, 그 애 남편이 나에게 관심이 있었던 거야. 나를 어떻게 한번 따먹어 보려고 호시탐탐 노리던 작자였는데, 그 이야기를 듣는 순간 얼마나 좋았겠어. 바로 이거다 싶었겠지."

"그래서?"

"어느 날 그 사람이 술을 얼큰하게 걸치고서 내게 전화를 걸어 끈적끈적한 목소리로 성관계를 요구하더라고. 자신의 청을 들어주지 않으면 남편에게 모든 사실을 알리겠다는 협박을 하면서 말이야. 기술이 뛰어난 의사와 나의 출중한 연기 덕택에 내가 결혼 전에 처녀였다고 굳게 믿고 있던 전 남편에게 말이야……."

"그래서 어쩔 수 없이 관계를 갖기 시작했구나?"

"후후, 딱히 그런 건 아니야."

"그런 게 아니면?"

"그 얘기를 들었을 때 순간적으로 꽤 당황했었던 건 사실이야. 아무리 사소한 것으로라도 누군가에게 협박당하면 기분 좋을 리 없잖니? 친구 남편이 나를 탐내는 그런 청 정도는 재미 삼아라도 들어줬을 텐데, 그리 전화 걸어 협박까지 하다니 얼마나 귀여워. 나는 그의 행동이 너무 귀여워, 그를 즉시 집으로 불러서 안방에서 최고의 서비스를 해줬어. 그러니 결국 그의 협박 때문에 우리가 연인 사이가 된 것이라 할 수 있지 않겠어, 호호호……."

"그럼 한 3, 4년 재미 못 봤겠네. 새 애인 사귈 생각은 없어?"

"글쎄? 내가 고등학교 다닐 때부터 양다리 걸치면서 여러 남자 사귀고 결혼도 두 번이나 해봤는데, 다 그놈이 그놈이더라고. 다 똑같아."

아내의 지저분한 과거를 알고 나서부터 순석은 자신과 아내의 만남도 결국은 그녀의 바람기 때문이었다는 생각을 했다. 그녀가 순석에게 상담하러 왔을 때, 그녀는 입으로는 가정폭력을 말하면서도 행동은 심각한 문제를 상담하는 여자답지 않게 갖은 교태를 부리고 아양을 떨었다는 걸 너무 늦게 깨달았다.

그는 아내가 정숙하지 못한 여자였다는 것을 알게 되자 잠자리까지 더럽게 느껴졌다. 아니, 살을 맞대는 것만으로도 피부가 썩어 문드러지는 전염병이 옮을 것만 같았다. 아내의 피부는 겉으로 봐서는 백옥이라고 할 만큼 희고 매끄러웠지만, 피부 속에는 붉은 피와 살이 아닌 똥과 구더기가 들끓고 있는 것 같은 착각이 일었다. 그 때문에 그는 집에서 자주 손을 씻는 버릇까지 생겼다.

그 이후 당연히 부부관계도 거의 하지 않았다. 그 때문인지, 아니면 아내가 이 남자 저 남자와 성관계를 맺다가 누구의 아이인지도 모르는 아이를 임신하고 지운 후유증 때문인지, 그들 사이에서는 아이도 생기지 않았다.

전남편이 오죽했으면 밥 먹듯 두들겨 팼을까, 그때 진실을 알았어야 했는데…….

그는 아름다운 여자의 아름다운 입에서는 진실만 흘러나올 것이라는 착각에 빠져 그녀와 결혼이라는, 인생에서 가장 큰 실수를 하고 만 거였다.

그런데도 그는 아내의 전남편과는 달리 아내에게 손찌검조차 할 수 없음은 물론 '대한민국에서 최고로 자상한 남편이며 대한민국에서 가장 화목한 가정을 꾸려가고 있는 가장'을 연기하며 살아야 했다. 지금껏 모두 그렇게 알고 있고 그렇게 믿고 있는 사람들의 귀에 그가 아내를 학대했다는 소문이 흘러 들어간다면 그는 자신의 인생이 어떻게 끝나리란 걸 너무나 잘 알고 있었다. 그동안 쌓아온 명성이 하루아침에 물거품이 되는 건 물론 직장까지 그만두어야 한다. 아내를 학대하고 폭행을 일삼는 위인에게 어느 누가 가정문제의 자문을 구하고 조언을 들으려 하겠는가?

순석이 이혼을 못 하는 이유가 바로 이것이었다. 그에게 있어 이혼이란 자기 아킬레스건을 스스로 절단하는 것이나 마찬가지였다.

아내와 다투기 싫어 텔레비전 채널을 내준 순석은 대신 휴대전화를 집어 들고 유튜브를 봤다. 그러다가 갑자기 무슨 아이디어를 떠올리고는 자리에서 벌떡 일어나며 속으로 만세를 불렀다.

'그래, 바로 그거야! 함정과 복수심 유발! 그리고 김낙인! 바로 그거였어!'

순석은 드디어 아내를 죽일 무기와 방법을 생각해 낸 것이다.

김낙인은 순석과 고등학교 동창이었는데 성격이 불같은 다혈질이었다. 그는 감정이 폭발하면 앞뒤 안 가리고 잔인하게 폭력을 행사해야 직성이 풀리는 성격이었다. 그 때문에 그는 사람들을 두들겨 패거나 깨진 병으로 찌른 폭력 전과가 세 개나 되었다.

그런데 참으로 이상한 것은, 그렇게 무식하고 다혈질인 그였지만 가해자나 미운 사람의 신체에 직접 손을 대는 경우는 거의 없었다는 점이다. 그는 반드시 상대가 귀여워하는 동물이나 사랑하는 사람에게 해를 입혀 복수한다는, 그 스스로가 정해놓은 복수의 법칙을 철저히 지키고 있었다. 그의 말에 의하면 그것이 '진정한 복수'였다.

그는 영화에서 주인공이 미워하는 악당의 머리에 총을 들이대고 단번에 쏘아 죽이는 장면을 보면 이해가 되지 않는다고 했다. 그렇게 하면 상대가 자신이 죽는지도 모른 채 고통 없이 죽는데, 보는 사람이야 시원할지 모르지만 그것이 어떻게 복수가 될 수 있느냐는 얘기였다. 복수하려면 상대가 그것이 복수라는 것을 깨닫도록 참혹한 방법을 사용해야 하는데, 가장 좋은 방법은 바로 상대가 사랑하는 사람을 장애인으로 만들거나 죽이는 것이라고 했다. 상대에게 치유할 수 없는 상처를 남겨 두고두고 마음고생하도록…….

김낙인의 전과 모두가 그의 복수의 법칙대로 상대 애인이나 가족을 잔인하게 폭행한 결과였다.

그의 그런 잔인한 성격은 술이라도 한잔 걸치면 극에 달했다.

그의 잔인함을 순석이 직접 목격한 적도 여러 번 있었다. 한번은 동참 모임에서였는데, 김낙인이 짬뽕을 먹다가 짬뽕 국물에서 여자 머리핀이 나와 입천장을 찔린 적이 있었다. 그러자 그는 그 머리핀을 흘린 여주인 앞에서 남편의 얼굴을 맥주병으로 때려 앞니를 부러트렸다.

바로 그것이 김낙인에게는 진정한 복수, 순석에게는 완전 범죄의 답이었다!

기막힌 무기와 살인 방정식을 생각해 낸 순석이 일의 착수를 알리는 신호로 아내에게 첫마디를 던진 것은 토크쇼가 거의 끝나갈 무렵이었다.

"오늘 점심 메뉴는 뭔가요?"

"김치볶음밥이나 할까 하는데……."

"일요일이고 하니 우리 외식할까요?"

"외식요?"

아내는 자신이 잘못 들었나 싶었는지 재차 확인했다.

"그래, 외식!"

아내의 환심을 사기 위해 꺼낸 말이었지만, 말을 하고 보니 순석 자신도 어색하다는 생각이 들었다. 아내의 비밀을 안 이후로는 아내가 탕수육 한 그릇 먹자는 것조차도 이런 저런 핑계를 대며 외면하지 않았던가.

"싫어요?"

"싫긴! 좋아요!"

순석은 일이 마무리되는 그날까지 바삐 보낼 생각이었다. 사람들이 많은 곳에서 아내에게 비싼 음식도 사 먹이고 비싼 옷도 사 입힘으로써 부부관계가 유별나게 좋다는 것을 증명할 생각이었다. 그가 아내를 무척이나 사랑하고 있음을 사람들에게 과시하는 것이 음모의 핵심이었다.

다음 날 순석은 상담소에 출근하자마자 김낙인에게 전화 걸었다.

"예, 삼송전자 대리점입니다."

순석은 김낙인이 전화를 받자마자 본론으로 들어갔다.

"급해서 그러는데 그 빌려 간 돈 좀 급히 갚아줘야겠어."

순석은 김낙인에게 받을 돈이 3천만 원 있었다. 물론 그 돈은 빌려주고 싶어 빌려준 것이 아니라 어쩔 수 없이 빌려준 것이었다. 모범적인 가장의 이미지를 가지고 있는 그가 모 주방용품 회사의 텔레비전 광고모델로 발탁되어 3천만 원을 받았을 때, 친구들로부터 그 사실을 전해 들은 김낙인이 찾아와 돈을 빌려달라고 사정했다. 김낙인은 전자 대리점을 낼 계획으로 집까지 팔았는데 자투리 돈이 부족하다고 했다. 그는 무슨 일이 있어도 3개월 이내에 빌린 돈을 모두 갚겠다고 했다.

순석이 김낙인에게 돈을 빌려준 이유는 포악한 그에게 혹여라도 무슨 해코지를 당하지 않을까 겁을 먹은 데다 그가 가게를 담보로 설정해 줬기 때문이었다. 담보만 있으면 상황이 어떻게 돌아가든 돈은 떼이지 않을 것 같았다.

그러나 김낙인은 예상했던 만큼 장사가 안되는지, 3개월이 넘도록 이자만 갚고 있었다. 그는 "한 달만, 한 달만……" 하며 원금 갚는 걸 미루고 있었다.

순석은 그 돈이 당장 필요한 것도 아닌 데다 은행보다 높은 이자를 꼬박꼬박 받고 있기에 이제껏 김낙인에게 빚 독촉을 한 적이 없었다. 그러나 이제는 상황이 달랐다.

"당장 갚아! 알겠지?"

전화를 건 순석이 갑자기 빚 독촉을 하자 김낙인은 불경기라서 죽겠다는 둥, 그런 큰돈을 갑자기 어떻게 만들겠냐는 둥 하며 조금만 더 기다려달라고 애걸했다. 하지만 사정을 봐주는 게 순석의 계획에 있을 리 없었다.

"네 사정은 알겠는데 나도 돈이 급해서 그래. 내일 아내가 받으러 갈 거야."

순석은 되도록 짧게 말하고 얼른 전화를 끊었다. 매몰차다는 인상을 심어주려고 일부러 그랬다.

순석이 김낙인에게 아내를 보내는 데는 다 이유가 있었다. 김낙인에게 자기에게 아름다운 아내가 있다는 것을 각인시킴과 동시에 화려한 치장을 한 아내에게 돈을 받으러 가게 해서 그의 자존심을 건드리려는 수작이었다.

물론 김낙인의 사정으로 볼 때 아내는 쉽게 돈을 받아오지 못할 터였다. 아니, 받아와서는 안 된다. 그를 들들 볶다가 대리점을 경매에 넘겨 파산하게 만들어야 한다. 김낙인의 재정 상태와 대리점 경영 상태를 보면 그리 어려운 계획은 아니었다.

김낙인에게 독촉 전화를 하고 난 순석은 탐정사무소를 찾아갔다. 그는 착수금으로 3백만 원을 건넨 뒤 김낙인의 일거수일투족을 빠짐없이 감시하여 보고하도록 지시했다. 일이 일이니만큼 경계를 게을리할 수 없었다. 적을 알아야 백전백승할 수 있었다.

순석은 나중에 형사들 앞에서 할, 김낙인이 꼭 무슨 짓을 저지르고야 말 것 같아 사립 탐정을 고용해 감시까지 하고 있었는데 결국 이런 일이 생기다니, 흑흑흑……, 하는 대사까지 생각해 놓고 있었다.

일주일 사이 순석은 김낙인에게 빚 독촉을 열 번 정도 했다. 그리고 아내에게 빚 독촉 심부름을 두 번 보냈다.

순석은 화려하게 차려입은 아내를 데리고 김낙인의 전자제품 대리점으로 냉장고를 보러 가기도 했다.

"이번에 우리 와이프가 냉장고를 새로 사고 싶어 해서 말이야. 하이엔드 제품이 어떤 거지?"

순석은 아내와 다정한 모습으로 냉장고를 고르면서, 김

낙인이 자존심 상해할 말을 아내에게 건넸다.

"며칠 뒤 자기 생일날, 친구에게 빌려준 돈 받아 명품 가방 하나 선물하려 했는데 계획이 좀 틀어졌네요. 어쩔 수 없지, 뭐. 가방은 나중에 사줄게요."

그 말을 들은 김낙인은 당연히 인상을 썼다. 돈이 그렇게 급하다면서 명품 가방 타령에 대형 냉장고나 고르고 있으니 더럽고 치사하다고 생각할 게 뻔했다. 게다가 정작 그들이 냉장고를 산 가게는 맞은편에 있는 외국 제품 대리점이었다.

탐정의 보고에 의하면 순석의 계획대로 김낙인은 죽을 맛인 것 같았다. 불황의 여파로 물건은 나가지 않는데 빚 독촉은 심하지……. 김낙인은 순석뿐 아니라 다른 사람에게도 얼마간의 빚이 있는 듯했다.

'좋아! 좋아! 이대로만 가면 머지않아…….'

그러나 남의 마음과 행동을 조종하는 일이 생각대로 될 리 없었다. 순석이 김낙인에게 아내를 보낸 어느 날, 돌아온 아내의 손에 3천만 원이 들려 있었다. 예상하지 못한 변수였다. 상황을 살피며 좀 적당히 독촉할 걸 그랬다는 생각이 들었지만 이미 엎질러진 물이었다.

탐정의 보고에 의하면 김낙인은 그 3천만 원을 구하기 위해 결국 사채시장에 손을 벌렸다.

순석은 아내를 죽이기 위해서는 보다 현실적인 방법을 모색할 필요가 있음을 느꼈다.

'이제 어떤 방법으로 완전 범죄를 한단 말인가? 어떻게 아내를 죽이면 사람들에게 동정받을 수 있을까?'

그가 새로운 방법을 모색하는 사이 두 달이란 시간이 흘러갔다. 그 사이에도 그는 앞으로 어떤 방법으로 아내를 죽이든 일이 끝난 뒤 부부관계를 의심하는 말이 나오지 않도록 계속 아내에게 잘해주고 있었다. 그동안 거의 하지 않았던 섹스도 3일에 한 번꼴로 하고 있었다. 수많은 남자와 심심풀이로 관계했을 추잡한 아내의 알몸을 마주하고 있으면 발기부전 증상이 심해졌지만, 비아그라까지 먹어가며 열심히 부부관계를 했다.

그러던 어느 날, 생각지 않았던 곳에서 다시 실마리가 보이기 시작했다.

이자가 눈덩이처럼 불어나 사채에 허덕이던 김낙인이 다시 순석에게 돈을 빌리러 온 것이다. 빚 독촉에 시달리던 일을 생각하면 아니꼽고 치사하겠지만 현실은 자존심을 부러트릴 만큼 냉혹했던 모양이었다.

순석은 이번에는 통장에 있는 돈을 모두 긁어모아 5천만 원을 빌려줬다. 그리고 역시 그의 가게를 담보로 잡는 걸 잊지 않았다. 이자는 다달이 받기로 했으며 원금은 5개월 후에 모두 돌려받기로 했다. 순석은 이 계약조건 중에 하나라도 이행이 되지 않으면 물건을 압류하고 가게를 경매 붙이겠다는 말도 넌지시 건넸다.

순석의 예상대로 김낙인은 첫 달 이자부터 며칠씩 미루

기 시작했다. 그럴 때마다 순석은 치밀한 계획대로 욕설까지 섞어가며 계속 빚 독촉을 했다. 김낙인이 아내의 존재를 망각하지 않도록 틈틈이 아내를 빚 독촉 심부름꾼으로 보내고, 김낙인을 만날 일이 있으면 꼭 아내를 데려가 최고로 행복한 부부임을 과시했다.

석 달이 지나자 김낙인은 이자를 한 달씩 미루더니 다섯 달이 지나자 갚기로 했던 원금은 고사하고 이자조차 내지 못했다. 드디어 때가 된 것이다.

순석은 여섯 달째가 되자 김낙인을 들볶던 일을 그만두고 급히 절차를 밟아 가게를 경매 붙였다. 김낙인은 친구 좋다는 것이 뭐냐, 한 번만 살려달라고 사정해 댔지만, 사정을 봐주는 일이 그의 계획에 있을 리 없었다. 김낙인은 자신을 매몰차게 파산시킨 사람이 다름 아닌 친구이기에 더 큰 배신감을 느낄 터였다.

경매에서 김낙인의 가게는 시가의 60% 정도에 팔렸다. 채권자들의 빚을 갚고 나면 김낙인은 손에 쥘 수 있는 돈이 단 한 푼도 없었다.

저녁에 일찍 집으로 돌아온 순석은 김낙인이 이제 어떻게 나올까, 생각하며 혼자 술을 마셨다. 일을 무사히 끝냈다는 안도감과 함께 새로운 긴장감이 온몸을 감쌌다. 그래도 친구인데 너무 심한 짓을 한 거 같아 좀 미안한 마음이 들었다.

탐정에게 전화가 걸려 왔다. 몹시 화난 김낙인이 움직이기 시작했다는 보고였다. 예상대로였다. 이제 순석이 1년 가까이 추진해 온 계획의 결실이 눈앞에 다가온 것이다.

탐정의 보고에 따르면, 김낙인은 대낮부터 자기 집 인근의 술집에서 소주를 두 병 마셨고 저녁 무렵 술집 주인과 시비가 붙자 술집 주인이 금이야 옥이야 하는 고등학생 아들을 인정사정없이 두들겨 팼다. 그러고는 술집 주방에서 부엌칼을 가지고 나와 급히 택시를 잡아탔다.

드디어 올 것이 왔다. 서둘러야 했다. 신속히 살인 현장에서 피해야 했다.

급히 옷을 걸친 순석은 부엌에서 저녁을 준비하는 아내에게 외쳤다.

"나 잠깐 밖에 나갔다가 와야겠어요. 사무실에 중요한 서류를 놓고 왔네요."

"식사 다 되었는데, 먹고 가요?"

"급히 처리해야 할 일이라 그래요."

"그럼 빨리 갔다 와요. 그런데 설마……."

"설마, 뭐요?"

"설마 술 마시고 운전하는 건 아니죠?"

"택시 타고 금방 갔다 올게요."

순석은 현관문의 자물쇠가 자동으로 잠기지 않도록 '수동'으로 옮겨놓고 현관문을 닫았다. 김낙인이 집 안으로 들어오는 데 어려움이 있어서는 안 되었다.

술을 마신 순석은 아내의 충고대로 택시를 잡아탈까 생각해 보았지만 바쁜 퇴근 시간에 언제 잡힐지 모르는 택시를 마냥 기다릴 수 없었다. 1초가 급했다. 김낙인의 복수 방법이 바뀔 리는 없지만, 이성을 잃은 김낙인의 눈에 띄면 계획에 없던 돌발 상황이 발생할 수도 있었다. 순석이 흥분한 김낙인과 마주치는 일만 일어나지 않으면 계획적이든 즉흥적이든 그 화는 집에 있다가 김낙인과 마주칠 아내 몫이었다.

시간이 없는 데다 술도 별로 마시지 않았다는 생각에 순석은 급히 주차장으로 가서 승용차에 올랐다. 시동을 걸자마자 액셀을 밟았다.

차가 주차장을 빠져나갔다. 그는 30분 거리인 친구네 가게에 가서 저녁 시간을 보낼 생각이었다. 친구네 가게에는 CCTV가 여러 대 있으니 알리바이가 입증될 것이다.

퇴근 시간임에도 차는 비교적 수월하게 빠졌다. 하지만 그는 차선을 이리저리 변경하며 차를 거칠게 몰아댔다. 빨리 가려고 버스전용차선을 이용하기도 했다.

친구네 동네에 거의 다 가서 사거리를 지나려고 할 때 30미터쯤 앞 신호등에 노란불이 들어왔다. 순석은 아주 짧은 순간이었지만 갈등했다. 브레이크를 밟을 것인가, 그대로 질주할 것인가? 그의 운전 습관상 다른 때 같았으면 자동차를 세웠을 것이다. 하지만 그는 마음이 무척이나 급했다. 지금 집에서 끔찍한 살인이 벌어지고 있을지도 몰랐다. 칼에 찔린 피투성이 아내의 모습이 떠올랐다.

그대로 가자!

순석이 가속페달을 밟았을 때 신호등에 빨간불이 들어오

는 것이 보였다. 지나가기에는 너무 늦었다. 그는 반사적으로 급브레이크를 밟았다. 그런데 바로 그 행동이 치명적인 실수였다. 그대로 지나쳤더라면 괜찮았을 텐데, 질주하던 자동차가 사거리 한복판에서 갑자기 멈추자 옆에서 달려오던 자동차가 그대로 순석의 차를 들이받았다.

"여보, 여보……? 정신이 들어요?"

순석이 정신을 차렸을 때, 아내가 그의 얼굴을 내려다보고 있었다.

여기가 어디야? 무슨 일이야?

그는 자신이 왜 이러고 있는지 알 수가 없어 아내에게 물으려고 했다. 그러나 입에서는 어떤 말도 흘러나오지 않았다.

그는 간신히 초점을 맞추며 눈알을 굴려보았다. 머리 위쪽에 링거병이 여러 개 매달려 있는 게 보였다.

"걱정하지 마세요. 목뼈에 금이 가 좀 부었을 뿐이래요. 곧 좋아질 거래요."

남편이 깨어나자 어색한 미소를 지어 보이며 남편을 위로하던 아내가 자리에서 일어났다.

"잠깐만 기다려요. 의사 선생님께 깨어났다고 말씀드리고 올게요."

아내가 순석의 시야에서 사라졌다.

'무엇이 어떻게 된 거지?'

순석은 자신이 왜 병상에 누워 있는지 알 수가 없었다. 사고를 당한 거 같은데, 사고 순간이 전혀 생각나지 않았다. 다행히 다른 기억들은 모두 또렷했다.

'어? 어떻게 아내가 아직 살아 있는 거지?'

곧 옆에서 소곤거리는 사람들의 말소리가 들려왔다.

"참 안됐어, 젊은 나이에……. 그래도 저 양반 마누라 하나는 잘 뒀지. 저 양반 3일 만에 깨어났는데, 그 사이 아내가 얼마나 지극정성이던지……. 팔다리를 쉬지 않고 주무르고 온몸을 물수건으로 씻기고……. 한숨도 자지 않고 간호하더라고."

"목뼈가 부러졌다니, 꽤 오랫동안 아내의 간병을 받으며 살아야겠지요?"

"그 여자 얼굴도 반반하던데……. 나 같으면 도망가고 말겠다. 언제 나을 줄 알고 저 지경의 인간을 간호하며 청춘을 썩여?"

들려오던 사람들의 말소리가 갑자기 뚝 끊겼다. 다시 아내가 모습을 드러냈다.

"걱정하지 마세요. 의사 선생님 말씀이 금방 일어날 수 있대요. 몸이 완쾌될 때까지 제가 항상 옆에 붙어 있을게요."

순석은 아내의 말을 들으며 뭔가가 잘못되었다는 걸 깨달았다. 아내가 죽지 않은 것도 이상했지만, 이런 상황에서라면 그가 아는 형편없는 아내는 벌써 짐을 싸서 도망쳤어야 했다.

"요 몇 달 동안 저는 너무 행복했어요. 제 인생에서 가장 행복한 순간이었죠. 앞으로 저도 당신 옆을 지키며 당신을 그렇게 행복하게 해드릴게요."

뭐? 뭐라고?

아이러니였다. 최근 순석이 그녀를 죽이기 위한 술책으로 그녀를 무척이나 사랑하고 아끼는 척 행동했던 것이 그녀에게 큰 감동을 준 모양이었다.

"그런데 한 가지 문제가 있어요. 돈을 좀 마련해야 해요. 당신이 전에 그 김낙인 씨에게 꾸어준 돈을 오늘은 반드시 받아와야 할 것 같아요. 아까 전화를 걸어 사정을 얘기한 뒤 만나자고 해두었어요. 시간이 다 되었으니 잠깐 나갔다 올게요. 병원 앞으로 오라고 했어요."

아내는 순석이 김낙인의 전자 대리점을 경매에 부쳐 돈을 모두 받아냈다는 사실을 모르고 있었다. 순석이 아내에게 이야기하지 않았기 때문이었다.

'아내는 그렇다 쳐도, 당사자인 김낙인이 그 사실을 모를 리 없는데, 아내가 김낙인을 만나 돈을 받기로 했다는 얘기는 뭐지?'

아, 함정!

그랬다.

그가 아내를 죽이기 위해 파놓은 바로 그 함정! 그 함정이 아직도 붕괴하지 않고 그대로 남아 아내를 기다리며 검은 입을 벌리고 있는 거였다.

'가지 마! 가지 마, 자기! 가면 김낙인에게 죽어!'

그러나 역시 그의 말은 머릿속에서만 맴돌 뿐, 입 밖으로는 소리가 되어 나오지 않았다. 다만 그는 눈을 빠르게 깜빡일 뿐이었다.

"그럼 다녀올게요……, 우욱!"

말을 하다 말고 아내가 손으로 입을 틀어막으며 헛구역질을 했다. 그녀는 몇 번 헛구역질하느라 눈물을 글썽이면서도 안면에 환한 웃음을 띠었다.

"이 이야기도 해야겠군요. 아까 잠시 산부인과에 들러 검사했는데, 아이를 가졌어요. 그렇게 기다리던 바로 우리의 아이예요. 나 너무 기뻐요. 드디어 당신의 아이를 가지다니. 아이의 이름은 당신이 지어요. 잘 생각하고 있다가 말을 할 수 있게 되면 그때 얘기해 주세요."

다정한 목소리로 말을 하던 아내가 휴대전화를 들여다봤다.

"시간이 다 되었어요."

순석이 다시 눈동자를 빠르게 굴리기 시작했다.

"걱정하지 마세요. 10분 안으로 돌아올게요."

아내가 순석의 시야에서 사라졌다.

제발! 제발……!

순석은 아내가 병실을 나가고 나자 1분이 꼭 하루처럼 느껴졌다. 별일 없어야 할 텐데……. 이런 착한 아내를 내가 죽이려고 했다니……. 내 아이를 가졌다고 저리 좋아하는, 내 아이를 가진 아내를 죽이려고 했다니……. 내가 잘하니 아내도 잘하는 것을……. 내 할 일을 안 하고 아내만 나에게 잘하기를 바라는 우를 범했다니……. 제발 별일이 없어야 할 텐데…….

얼마나 시간이 지났을까, 갑자기 그의 시야에 남자 한 명이 나타났다.

앗!

그는 바로 김낙인이었다.

"이거 꼴좋군!"

김낙인을 본 순석은 눈을 더 빠르게 깜빡였다.

침대 머리맡에 버티고 서서 음흉한 미소를 짓는 김낙인은 꼭 폐인이라도 된 것처럼 수염과 머리가 제멋대로였다. 순석은 눈동자를 굴려 김낙인의 옷에 피가 묻어 있는지 살펴보려 했지만, 침대 옆의 의료기구 때문에 가슴 아래쪽은 보이지 않았다.

"네 마누라는 지금 요 앞 약속 장소에서 나를 기다리고 있을 거야. 네 마누라, 정말 생각만 해도 온몸에 소름이 끼치는 여자지. 내가 네 마누라를 얼마나 싫어하는 줄 아나? 그 불여우 같은 여자는 돈 몇 푼 꾸어준 게 뭐 그리 잘난 일이라고 사흘이 멀다 하고 나타나 돈을 갚으라며 들볶아 댔었지. 심지어는 우리 아이들이 보는 데서까지 나에게 돈을 내놓으라며 닦달해 대곤 했었어. 성질 같아서는 그 자리에서 얼굴을 주먹으로 후려갈겨 주고 싶었던 적이 한두 번이 아니었지. 하지만 나도 가족들 때문에 많이 참았어. 그랬는데도 결국은 우리 가족의 희망과 재산 모두가 날아갔어. 네 마누라는 우리의 전부인 전자 대리점을 팔아먹은 것으로 모자랐는지, 이제 이미 채무 관계가 끝난 그 빚까지 다시 갚으라며 독촉을 해대는 거야. 이게 인간이 할 짓인가?"

김낙인은 출입문 쪽을 한번 돌아본 뒤 다시 말을 이어 나갔다.

"정말 도끼로 머리를 찍어 죽여도 시원치 않을 만큼 나는 네 마누라가 미워……."

김낙인의 두 눈은 이미 살기로 번득이고 있었다.

"그래서 말인데, 네 마누라가 가장 사랑하는 사람이 누군지 며칠에 걸쳐 꼼꼼히 알아봤어. 유감스럽게도, 모든 사람이 하나같이 너를 지목하더군. 물론 내 눈에도 그렇게 보였고……."

말을 마치고 난 김낙인은 입가에 차가운 웃음을 흘리며 구겨진 양복 안주머니에서 시퍼렇게 날이 선 부엌칼을 꺼내 들었다.

"친구! 내 복수의 법칙 잘 알지? 넌 내가 어려울 때 두 번이나 큰돈을 빌려주기도 했는데, 별 유감 없는 네겐 좀 미안하군. 잘 가게!"

비리가 너무 많다

"왜 안 되죠?"

"나이 제한에 걸립니다. 병사 전역자의 부사관 지원은 임관일 기준 최대 31세까지입니다."

"그럼 일반 병사는요? 이등병부터 다시 복무해도 상관없습니다."

"병장 전역자가 이등병으로 재입대한다고요? 그건……. 잠깐만요?"

상담원도 그 부분에 대해서는 잘 모르는 것 같았다. 수화기에서 곧 누군가를 부르는 소리와 나의 질문을 그대로 옮기는 소리가 들려왔다. "미친놈 어쩌구 저저꾸……" 하는 어떤 남자의 목소리와 웃음소리가 들리고 나서 잠시 뒤 다시 상담원의 목소리가 이어졌다.

"죄송합니다. 지금까지 이런 문의는 처음이라서……. 병사 전역자의 병사 재입대는 법적인 근거가 없습니다. 있다고 해도 자원입대의 경우 나이 제한이 28살까지이니 나이

제한에 걸립니다."

"군대 안 갔다 온 사람들은 나이가 더 많아도 징집되지 않습니까? 36세던가, 38세던가?"

"그건 군대를 안 갔으니 그렇죠."

"그럼 군대 복무한 이력이 군대 생활에 방해된다는 겁니까?"

"그런 게 아니라……."

"신체 건강한 대한민국 남자가 군대 한 번 더 가겠다는데 도대체 왜 안 되는 겁니까? 도대체 왜 군대 가기 싫다는 사람들은 억지로 끌고 가고 나처럼 군대 생활을 모범적으로 한 경력이 있는 사람의 지원은 마다하는 겁니까? 나는 군대 생활 잘한다고 연대장 표창도 받았고, 사격 잘해서 포상 휴가도 두 번이나 나왔다구요."

"지금 장난하시는 겁니까? 고객님의 말씀마따나, 남들은 한 번도 안 가려는 군대를 도대체 왜 다시 가겠다는 겁니까?"

"군대 안 가려는 사람들이야 사회에서 할 일이 무진장 많은 분들이고……. 아! 그럼 이렇게 하면 어떨까요? 군대 빼주는 조건으로 당신들은 돈이나 받아 챙기고 군대 안 가려는 사람 대신 나를 군대에 보내는 게……? 이거야말로 꿩 먹고 알 먹고 둥지 털어 불 때고, 일거삼득 아닙니까? 당신들 좋고, 나 좋고, 병역기피자 좋고!"

"지금 우리 비꼬는 겁니까?"

"아, 다른 방법도 있습니다. 양심적 병역거부 주장하는 사람들 있잖아요. 그 사람들 대신 제가 군대에 가면 안 되겠습니까?"

"말 같지도 않은 소리 하지 마십시오! 하여튼 군대는 절대 안 됩니다!"

"국방이 의무라면 당연히 권리도 될 텐데……?"

내가 거기까지 말했을 때 전화가 탁 끊겼다.

제기랄!

남들이 기피하는 군대를 나는 왜 두 번이나 가려 하는가? 물론 그럴 만한 사정이 있다.

얼마 전 나는 교도소에서 몇 년쯤 썩어야 할 하찮은 비리를 몇 개 저질렀고 또 그 하찮은 비리 때문에 빈털터리가 되었다. 이 시간에도 경찰이 시시각각 포위망을 좁혀 오고 있을 것이다.

하지만 교도소 대신 숨어 있을 은신처가 필요해 군대에 가려는 것은 결코 아니다.

나는 지금 몸을 누일 수 있는 방 한 칸 없고, 가진 돈도 한 푼 없다. 게다가 이제 같이 추운 밤을 견뎌낼 아내조차도 없는 몸이다. 내가 가진 것이라고는 주머니에 든 복권 몇 장이 전부다. 나는 더 이상 지킬 것도 없고 더 이상 잃을 것도 없다. 심지어 나는 삶의 의지마저 조금도 남아 있지 않다.

그렇다고 역시 먹고 잘 곳이 필요해 군대에 가려는 것도 결코 아니다.

내가 다시 군대에 가야겠다고 생각한 것은 '바람과 함께 사라지다'의 여주인공 스칼렛 오하라가 고향인 타라로 돌아가려는 의지와 일맥상통하는 면이 있다. 나는 사회에 그냥 남아 있으면 폐인이 되고 말 테지만 군대로 돌아갈 수만 있다면 나의 절망적인 무기력감을 치유하고 다시 삶에 대한 자신감을 회복할 수 있을 것이라는 믿음을 가지고 있다. 나는 군대에서부터 모든 걸 새로 시작했으면 싶다.

모든 것을 잃고 나서 생각해 보니 성인이 된 이후로 내가 가장 행복했던 때는 군대 시절이었는지도 모른다는 생각이 든다. 옷 주고, 밥 주고, 용돈 주고, 운동시켜 주고, 같이 놀 수 있는 수많은 친구와 소총, 대포, 탱크, 비행기 같이 값비싼 공짜 장난감들이 즐비한 곳. 밤에 잘 때 악몽을 꾸지 않아도 되고 복잡하게 머리 굴릴 필요 없이 그냥 시키는 대로만 하면 칭찬받는 곳. 아무리 무능력해도 때가 되면 진급하고 학벌이나 재산, 외모와 상관없이 입대한 순서대로 공평하게 대우받는 곳…….

내가 다시 군대에 가야겠다고 생각하게 된 계기와 사건이 무엇인지 궁금해하는 분들이 있을지도 모르니 무료한 시간을 때우는 셈 치고 그 이야기나 한번 해보겠다.

그 이야기를 하자면 몇 년 전으로 거슬러 올라가야 한다.

직장을 그만두기 전까지 나는 예수님처럼 직업이 목수였

다. 예수가 유대인들을 매달 십자가를 만들었던 것처럼 나도 예수를 매달 십자가를 줄곧 만들어왔다.

지방 삼류 대학 삼류 학과를 졸업하고 취직하지 못해 잠시 아르바이트한다고 했던 게 직업이 되어 줄곧 십자가를 만들고 예수의 손바닥에 못을 박아왔다. 약 5년 동안 내가 만든 고난의 십자가와 예수의 손바닥에 박은 못의 수는 족히 수천 개가 넘을 것이다. 전국의 수많은 십자가에 매달려 있는 예수 대부분을 내가 못 박아 매단 것이라고 해도 과언이 아니다.

예수의 몸을 만드는 성스러운 일은 사장과 공장의 기계가 했고 나는 오로지 십자가를 만들어 거기에 예수를 못 박는 단순노동만을 해왔다.

예수의 손바닥에 못 박는 일을 하는 나를 보며 어떤 이들은 내가 성스러운 일을 한다고 말하기도 했지만 내게는 그 일이 단지 밥벌이 수단이었을 뿐이다. 그 때문에 나는 예수를 십자가에 매단 로마 사람들처럼 지옥에 갈지도 모른다는 불안감에 시달리기도 했다.

그런 강박관념이 심해지자 나는 어쩔 수 없이 그 일을 그만두어야 했다. 하지만 나는 일을 그만두고도 오래도록 십자가에 매달려 죽지도 못하고 고통받는 악몽을 반복해 꿨다.

나는 심리적 고통을 치료받아야겠다는 생각에 직업병 판정을 받아보려 한 적도 있었는데 담당자는 내 주장을 들어

볼 가치가 없다며 이야기를 자세히 들어주지조차 않았다.

나는 다시 일자리를 찾기 위해 노력했지만 쉽지 않았다. 내 나이와 이력이 문제였다. 목수로 5년 동안 일했다지만 말뿐인 경력이었다. 5년 동안 나무를 잘라 십자가를 만들고 예수의 손바닥에 못질만 했으니 그동안 익힌 기술이란 게 그리 신통하지 않았다.

한번은 식탁을 만드는 영세한 가구회사에 경력사원으로 취직하려 했는데 사장은 5년이란 내 경력에 흐뭇해하다가 나무를 다루는 솜씨를 보고 고개를 절레절레 흔들었다.

사장은 내가 원한다면 신입사원 월급의 70%를 주는 인턴사원으로 채용해 일을 가르쳐주겠다고 말했다. 나는 월급도 월급이었지만 사장이 나를 동남아에서 온 노동자 취급하는 것 같아 자존심만 상해 뒤돌아 나왔다.

그 뒤로 나는 줄곧 백수로 지내왔다.

이제 이야기는 몇 달 전이다.

"부자 대열에 합류할 수 있는 마지막 티켓 사세요. 다음 주부터는 부자 못 됩니다."

담배를 사기 위해 편의점으로 들어가려는데 옆 복권방 주인이 가게 앞을 오가는 사람들에게 소리쳤다.

"다음 주부터는 왜 부자가 못 돼요?"

호기심이 생긴 나는 복권방 앞으로 가서 주인에게 물었다.

"대박복권 가격이 2천 원에서 1천 원으로 내린답니다. 그럼 당첨금 액수가 크게 줄어들 겁니다."

"왜요?"

"대박복권이 사행심을 조장한다나 뭐라나……."

"그게 무슨 말입니까? 사행심이라뇨? 그건 사행심이 아니라 희망이죠. 우리 같은 사람들이 똥줄 빠지게 일한다고 해서 부자가 될 수 있습니까? 불가능하죠. 성실히 일해서 한 푼도 안 쓰고 평생 모아 봤자 그게 10억이나 되겠습니까? 오히려 정부는 대박복권 같은 복권을 많이 만들어, 당신도 운만 따라주면 부자가 될 수 있다는 희망을 국민들에게 줘야 하는 거 아닙니까? 그래야 절망으로 자살하는 사람도 줄어들 거고, 나 같은 사람도 한 줄기 희망을 바라보며, 이제나저제나 혹시나 하며 복권 추첨일이라도 기다리며 살아갈 게 아닙니까."

"저도 그렇게 생각합니다만 정부에서 하는 일인지라……."

"이건 분명 가진 자들의 음모입니다. 부자가 하나둘씩 계속 늘어나서 흔해질 것 같으니까, 위기의식을 느낀 기득권층이 고액 당첨금 복권을 못 팔게 하는 겁니다. 복권은 바로 계와 같은 겁니다. 국민들이 조금씩 돈을 모아 몇 사람을 밀어주고 나중에 차례, 아니, 기회가 오면 자신이 타 먹는 그런 계 말입니다. 계는 학교 다닐 때 교과서에 상부상조하는 전통의 미풍양속이라고 쓰여 있었던 것 같은데……?"

"그렇게 상심하실 건 없습니다. 그래도 당첨금이 10억 원은 넘을 겁니다."

"10억으로 어디 인생을 바꿀 수 있습니까? 10억이라야 강남에 아파트 한 채 마련하기도 어려운 돈 아닙니까?"

"하하. 그렇게 말씀하시니, 마치 복권에 당첨되실 분 같군요."

"그거야 아무도 모르죠. 저라고 당첨되지 말란 법은 없죠."

나는 담배 사려던 만 원으로 대박복권 다섯 개를 사 들고 복권방을 나왔다.

"집 안 꼴이 이게 뭐야!"

아내는 집에 들어서자마자 집 안이 지저분하다며 화부터 냈다.

"집 안 꼴이 어때서? 담배 있으면 담배나 내놔!"

나는 재떨이로 쓰고 있는 커피 병 뚜껑을 열며 말했다.

"아내보다 담배가 더 반갑지?"

아내는 편의점에서 산 오징어를 방바닥에 툭 내던지고 옷을 벗기 시작했다. 오늘도 술을 마셨는지 아내가 옷을 한 꺼풀씩 벗을 때마다 술 냄새가 흩날렸다.

"담배 달라니까?"

"내가 무슨 담배 가게 아줌마라도 되는 줄 알아? 없어!"

아내는 브래지어와 팬티만을 입은 채 씻지도 않고 내가 뒹굴고 있던 이불 위로 풀썩 드러누웠다.

"우리 그거나 한번 할까?"

나는 상체를 일으켜 아내 위로 엎드렸다.

"일하느라고 기운 다 빠졌어! 화장실에 가서 딸딸이나 쳐."

"맨날 기운이 없대. 그거 한 지 벌써 1년은 된 것 같다."

"내가 맨날 집에서 노는 당신하고 같아! 어쩌다 당신처럼 무능한 사람하고 결혼을 했는지 참……."

발기한 성기에 힘이 빠지듯 나는 슬며시 아내의 몸에서 물러났다.

방바닥에 아내가 가져다 놓은 종이 신문이 있었다. 오랜만에 보는 신문인지라 호기심이 생겨 펼쳐 보았다.

신문에는 최근 홈스나 뤼팽 시리즈 같이 오래된 추리소설이 잘 팔린다는 기사가 있었고 또 셜록 홈스를 쓴 코난 도일에 관한 일화가 실려 있었다.

코난 도일이 어느 날 심심풀이로 '들켰다, 튀어라!'라고 쓴 전보를 무작위로 선정한 열두 명에게 보냈더니 열두 명 모두가 도망갔더라는 얘기였다.

그 기사를 읽는 순간 나는 누군가가 내 뒤통수를 때리는 느낌이 들었다. 무료한 인생에 약간의 재미를 선사할 장난거리가 생각난 것이다. 역사는 돌고 돈다. 오래된 이야기지만 먹힐 거 같았다.

나는 유부녀 유부남들이 많이 드나드는 인터넷 클럽 몇 곳의 게시판에서 알아낸 이메일 주소로 메일을 보냈다. 제목은 '들켰다, 튀어라!', 내용은 '당신이 무슨 짓을 했는지 잘 알고 있다. 당신의 비밀을 폭로할 계획이니 알아서 튀어라!' 라는 내용의 편지였다.

그런 편지를 20통쯤 보냈더니 대부분은 답장조차 없었고, 몇 안 되는 답장에는 '미친 새끼!', '너 누구냐? 장난치지 말아라!'라고 쓰여 있었다. 그런데 그중 한 통에 돈이든 뭐든 원하는 대로 줄 테니 제발 비밀만은 공개하지 말아달라는 간절한 부탁이 쓰여 있었다. 바람난 기혼자이거나 인터넷에서 상대를 물색해 성매매하는 대학생쯤 되는 것 같았다.

그 메일을 읽고 나서 나는 꽤 갈등했다. 메일 한 통을 다시 보내 돈을 달라고 요구하면 한 1백만 원쯤 입금할지도 몰랐다. 요즘 용돈 달라고 하면 짜증부터 내는 아내를 생각하면 큰 유혹이 아닐 수 없었다. 1백만 원이면 아내 눈치 보지 않고 한두 달은 버틸 수 있었다.

그러나 나는 그 위험성에 대해서도 충분히 인지하고 있었다. 만약 내 통장번호를 알려줬다가 상대가 경찰에 신고라도 하는 날에는 협박과 금품갈취 등으로 교도소에 들어갈 수밖에 없었다.

아침부터 어디선가 귀에 거슬리는 소리가 들려왔다. 이상한 리듬의 출처는 아내의 가방 속이었다. 내가 아내의 가방을 열고 휴대전화를 집어 드는 순간 아내가 갑자기 이불을 박차고 일어나더니 내 손에서 휴대전화를 낚아채 갔다.

아내는 일어선 채로 문자메시지를 확인하고 나서 곧바로 메시지를 지웠다.

"뭔데 그래?"

동작이 굼뜬 아내의 날렵한 동작을 보며 나는 이상하다는 생각이 들었다.

"회사에 문제 생겼대. 일찍 나오라고 상사가 문자 보낸 거야."

그렇게 말한 뒤 아내는 다시 자리에 누워 이불을 뒤집어 썼다.

"일찍 나오라고 했다며?"

"으악, 회사 가기 싫어 죽겠다!"

"어쩌겠어. 빨리 일어나 세수해. 미숫가루라도 타 줄까?"

"됐어! 남편이 돈 좀 잘 벌면 얼마나 좋을까. 아침마다 이 난리 치지 않아도 되고."

"알았어, 조금만 기다려봐."

"조금? 그게 언젠데? 내가 앓느니 죽지!"

아내는 더는 말대꾸하기도 싫다는 듯이 자리에서 일어나 없다던 담배를 가방 안에서 찾아 물고 화장실로 들어갔다.

출근 준비하는 아내의 눈치를 살피던 나는 아내가 현관문을 나가려는 순간 손을 내밀었다.

"돈 좀 있으면 줘."

"돈? 뭐 하게?"

"친구 만날 일이 있어."

"으이구, 잘하는 짓이다. 아내는 고생고생해서 돈 버는데 남편은 그 돈으로 술이나 퍼마실 궁리나 하고 있고……. 돈 벌어다 주는 것은 바라지도 않으니 제 밥벌이라도 좀 해라."

그렇게 말하며 아내는 지갑에 있던 3만 원을 꺼내 식탁에 올려놓고 밖으로 나갔다.

아내가 놓고 간 돈을 나는 한참 동안 내려다봤다. 삶이 참 서글프다는 생각이 들었다. 사는 게 참 재미없다는 생각이 들었다.

나는 잠시 은행이라도 털어볼까 하는 생각을 했다. 은행을 털어 잡히지 않으면 좋고 잡히면 교도소에 가서 공짜 밥을 먹으며 사는 것도 그리 나쁘지 않을 것 같았다.

나는 저녁때 3만 원을 들고 동창 모임에 갔다. 따분한 만남이었다. 친구 녀석들의 화제라는 것은 직장에 관한 이야기, 아파트가 당첨되어 새집으로 이사 간다거나 큰 평수의 아파트로 이사 간 이야기, 어디 집값이 오를 것 같으니 투자하라는 이야기, 아들딸에 관한 이야기들뿐이었다. 내가 끼어들 수 있는 이야깃거리는 아무것도 없었다. 나는 직장도 없었고 아파트로 이사 갈 돈도 없었고 아내가 직장에 다니고 있어 아직도 아이 낳을 계획조차 세우지 못하고 있었다.

집 앞에서 도로 공사를 하는지 기관총을 쏴대는 것 같은 소리가 들려왔다. 또 하루가 시작된 것이다. 컴프레서 소리에 눈을 뜨고 시계를 보니 벌써 오후였다. 냉장고를 뒤져 갈

증을 채우고 걸려 온 전화가 없는지 살피기 위해 휴대전화를 찾았다. 휴대전화는 아무렇게나 벗어놓은 바지 주머니 속에 들어 있었다.

휴대전화를 꺼내던 나는 뭔가 막연한 불쾌감을 느꼈다. 급히 지갑을 열고 안을 들여다봤다. 역시, 그랬다. 돈 한 푼 없는 지갑 안에는 90만 원짜리 신용카드 영수증이 달랑 들어 있었다. 어젯밤 술에 취한 나는 친구들 몇 명과 같이 간 3차에서 '나는 내일부터는 수십억 원 재산을 가진 부자야!'라고 외치며 90만 원짜리 객기를 부렸던 것이다.

신용카드 영수증을 방바닥 한가운데 펼쳐놓고 들여다보며 어떻게 할까 고심했다. 같이 술을 마신 친구들에게 30만 원씩 입금하라고 할까? 말도 안 되는 얘기였다. 자존심 때문에 결코 그럴 수는 없었다. 그렇게 하면 친구들이 나를 얼마나 우습게 볼 것인가. 늘 얻어먹기만 하다 모처럼 술을 사겠다며 큰소리치고 기분 낸 놈이 바로 다음 날 돈을 내놓으라고 하면…….

90만 원은 백수인 나에게는 정말 큰돈이었다. 아내에게 달라고 할 수도 없는 거금을 어떻게 마련한단 말인가? 정말 은행이라도 털고 싶은 심정이었다.

그래도 나는 계속 믿는 구석이 있었다. 바로 대박복권이었다. 어제도 믿는 구석이 있으니 90만 원을 카드로 긁었겠지만, 이번에는 틀림없이 당첨될 것 같은 느낌이 들었다. 부자가 될 수 있는 마지막 기회였다.

그러나, '혹시나'가 역시 '역시나'였다. 큰 기대를 하며 대박복권 추첨 생방송까지 봤는데, 6등 2천 원짜리도 한 장 당첨되지 않았다.

복권에 당첨되지 않자 그제야 복권이 사행심을 조장한다는 생각이 들었다. 그리고 복권은 분명 희망이었지만 사람을 크게 좌절시키기도 한다는 걸 깨달았다.

복권 당첨이라는 희망이 사라지자 나는 머리 한구석에 품고 있었던 1백만 원짜리 범죄를 구체적으로 생각하기 시작했다. 그러나 은행을 터는 것처럼 목돈을 마련할 수 있다면 몰라도 인터넷 메일로 겨우 1백만 원짜리 협박 사기를 치다가 교도소에 가는 것은 영양가 없는 짓이라는 생각이 들었다. 하지만 90만 원짜리 카드 빚을 갚을 방법은 그것밖에 없었다.

나는 내가 장난으로 보냈던 메일의 답장에 대한 답장으로, 비밀 유지를 해주는 조건으로 1백만 원을 입금하라는 글과 함께 통장번호를 적어 보냈다.

초조하게 하루를 보내고 난 나는 다음 날 저녁 모자를 눌러쓴 채 지하철역으로 달려갔다. 퇴근 시간이라 수많은 사람이 드나들고 있었다. 나는 주변을 몇 번 두리번거리고 나서 현금카드를 현금인출기 속으로 밀어 넣고 재빠르게 비밀번호를 눌렀다.

통장에는 정확히 1백만 원이 입금되어 있었다. 내가 찾을 금액을 입력하자 듣기 좋은 돈 세는 소리가 한참 동안 들려

오더니 현금 다발이 얼굴을 내밀었다.

70만 원과 30만 원, 두 번에 걸쳐 1백만 원을 찾아 주머니에 쑤셔 넣은 나는 누가 목덜미라도 낚아챌세라 급히 지하철역을 빠져나왔다.

집에 돌아와 문을 걸어 잠그는 순간까지도 심장이 터질 것처럼 요동치고 있었다.

그 뒤 나는 약 2주일쯤을 불안에 떨며 지냈다. 현금인출기에 찍힌 내 얼굴이 텔레비전에 나오는 게 아닐까. 형사들이 협박 메일과 입금 통장을 추적해 우리 집으로 들이닥치는 건 아닐까.

그러나 그런 일은 일어나지 않았다.

범죄가 너무나 쉽게 성공하자 나는 다시 이 쉬운 돈벌이의 유혹에 시달리기 시작했다. 아니, 사실 나는 그 일을 범죄로조차 여기지 않았다. 선량한 사람을 협박한 것도 아니고 부정을 저지른 사람에게 돈을 조금 얻어 쓴 것일 뿐이었다. 내가 부정을 저지르고 있는 사람을 협박함으로써 나에게 협박을 당한 사람은 정신을 차리고 다시 가정으로 돌아갔을 가능성이 있었다. 그렇다면 내 협박은 범죄가 아니라 파탄 나려는 한 가정을 지켜준 좋은 일이었다.

나는 현실에서 돈에 쪼들리며 아내에게 무시당하고 친구들에게 비굴해야 할 때마다 누군가에게 편지만 보내면 모든 문제가 해결될 것이라는 유혹을 물리치기가 쉽지 않았다.

아마도 무의식 속에 그런 생각이 도사리고 있었기 때문일 것이다. 나는 범죄를 저지를 구체적인 생각도 없으면서 사람들의 메일주소를 습관처럼 모아 분류하고 있었다.

그러다 급기야 나는 또 한 번 유흥주점에서 카드를 긁는 대사건을 저지르고야 말았다. 전에는 복권 당첨이라는 희망에 간덩이가 부어서 그랬지만, 이번에는 얼마든지 쉽게 돈을 벌 수 있다는 잠재의식이 간덩이를 붓게 한 것이었다.

돈이 필요해지자 나는 타인 명의로 새 통장 하나를 개설했다. 길거리에서 소주를 마시다 돈이 떨어지자 천 원만 달라고 구걸하는 부랑자에게 20만 원을 건네주는 조건으로 통장을 개설하게 한 뒤 현금카드를 만들고 인터넷뱅킹 거래신청까지 끝마쳤다.

나는 집에서 멀리 떨어진 PC방에 들어가 가명으로 이메일 계정을 만들고 그동안 모아놓은 불특정 다수 250명의 메일 주소로 스팸메일을 보냈다. 제목은 '들켰다, 튀어라!', 본문은 '당신의 불륜을 알고 있다. 비밀 유지를 원하면 1백만 원의 대가를 지급해라'라는 내용이었다. 돈을 입금할 계좌는 당연히 타인 명의였다.

250명 중에 돈을 입금한 사람은 11명. 1천1백만 원이나 되었다. 몇 시간의 노동으로 천만 원이 넘는 목돈을 만들다니!

나는 그 돈을 안경과 모자를 쓰고 가 현금인출기에서 인출했다. 경찰이 추적할 시간을 주지 않기 위해 신속히 행동했다.

천만 원이 넘는 돈을 손에 넣자 좀처럼 흥분이 가라앉지 않았다. 복권에라도 당첨된 것처럼 기분이 좋았다. 그 돈이면 1년 정도는 충분히 쓸 수 있었다.

나는 아내에게 아르바이트해서 돈을 벌었다고 말하며 백화점에서 산 옷과 현금 2백만 원을 선물했다. 아내는 몹시 즐거워하며 모처럼 나를 남편으로 대접해 줬다. 그날 오랜만에 우리 부부 잠자리는 그 어느 때보다 뜨거웠다.

쉽게 벌었기 때문일까? 아니면 앞으로도 계속 벌 수 있다는 자신감 때문이었을까? 아내에게 기분 내고 친구들에게 양주 몇 병 사주고 술집에서 여자들에게 팁을 주는 것으로 나는 가진 돈을 보름이 채 지나기 전에 다 써버리고 말았다.

하지만 돈이 없다고 우울하지는 않았다. 계속 벌면 되었다. 전에 불특정 다수에게 보냈던 협박 메일의 입금률은 4.4%쯤 되었다. 이메일을 가진 사람을 약 1천만 명으로 잡고 4.4%가 입금을 한다면 44만 명, 돈으로 따지면 4천4백억 원이나 되었다. 개척할 시장이 무궁무진한 셈이었다.

나는 4천4백억 원이 얼마나 많은 돈인지 헤아려 보았다. 몇천만 원은 무척 큰돈으로 여겨졌지만 4천4백억은 얼마나 많은 돈인지 좀처럼 감이 오지 않았다. 지금까지 1억도 만져본 적이 없는 내가 4천4백억 원을 헤아린다는 것은 역시 무리였다. 나는 단지 만 원짜리로 4천4백억 원을 쌓으면 그 높이가 4.4km쯤 될 것이라는 추정으로 돈의 크기를 짐작했을 뿐이었다.

물론 이 돈은 이론적인 수치일 뿐이라는 걸 나도 잘 알고 있었다. 1천만 명에게 편지를 보내면 그 소문이 나지 않을 리 없었고, 신문과 방송에서도 다뤄지고 경찰도 수사를 시작할 것이다.

그래서 나는 협박 메일로 벌 수 있는 돈을 이론적으로 가능한 수치의 100분의 1인 44억으로 정했다. 44억도 만만치 않은 돈이었고 또 그 돈을 벌기 위해서는 만만치 않은 노력이 필요했다. 10만 명이나 되는 사람들에게 메일을 보내야 했다.

나는 고심 끝에 입금 확률을 4.4% 이상으로 끌어올려야 한다고 생각했다. 확률을 10%로 끌어올리면 4만4천 명에게만 메일을 보내도 되었다.

그런 생각으로 나는 메일을 받을 사람들을 나이와 직업, 학벌, 삶의 질 등으로 나누고 그들의 비리를 입시, 불륜, 군대 입대, 부동산 투기, 뇌물, 청탁 등으로 세분화했다.

그뿐만 아니라 입시 비리와 군대 입대 비리, 청탁 비리 등은 부자들이 저지르는 것이니 청구 금액을 1천만 원으로 1,000% 인상했고, 공무원들의 비리는 5백만 원으로 500% 상향 조정했다. 내 형편에서 생각하면 5백만 원이나 1천만 원은 몹시 큰돈이었지만 있는 사람들에게는 그리 큰돈이 아닐 거 같다는 생각이 들었다. 천만 원이 넘는 명품 옷을 사 입는 사람들에게는 코트 한 벌 값에 불과할 뿐이었다. 내가 입고 있는 상의와 하의, 셔츠와 팬티, 양말과 신발을 모두 합쳐봐야 채 5만 원이 안 되니, 부자들 천만 원은 나의 5만 원쯤 되지 않겠냐는 논리였다.

나는 입금할 가능성이 있는 특정인에게 먼저 메일을 보내고 정체를 모르는 불특정 다수에게는 나중에 보내기로 했다.

만약 내가 편지를 보낸 특정인들 모두에게 1천만 원씩을 받아낼 수 있다면 4천4백 명에게만 편지를 보내도 목표를 이룰 수 있었다. 내 편지를 받는 사람이 적을수록 소문이 나거나 경찰이 눈치챌 확률이 낮았다. 그만큼 내가 안전하다는 의미였다.

물론 내가 보다 많은 사람들에게 편지를 보내야 내게 돈을 입금하며 정신을 차리는 사람들이 많아져 보다 깨끗한 세상이 되겠지만, 나는 내가 교도소에 투옥되면서까지 세상의 비리를 없애고 싶은 생각은 추호도 없었다.

나는 편지를 보낼 특정인을 가려내기 위해 며칠간 밤샘 작업을 했다.

먼저 인터넷 홈페이지 등에서 입수한 국회의원들과 지자체 단체장들부터 편지를 보내기로 했다. 그게 국가를 위해 고생하는 정치인들에 대한 예우일 것 같았다.

그런데 협박의 초점을 어디에 맞춘단 말인가? 나는 어느 신문 기사에서 힌트를 얻었다. 국회의원 아들들이 군대를 면제받은 비율이 일반인들보다 현저히 높은데 그중 30명 정도가 비리로 군대 면제를 받았을 거라고 신문은 보도하고 있었다. 그 기사 하나만 봐도 국회의원들과 지방자치 단체장들은 병역 비리와 청탁 비리에 관련된 사람이 많을 것 같았다. 자신이 군대에 가지 않았거나 군대 안 간 자식이 있는 국회의원들에게는 병역 비리를 타깃으로, 그 외 사람들에게는 청탁 비리를 타깃으로 삼으려 했으나 가족 사항 등의 개인정보를 수집하는 것이 그리 쉬운 일은 아니었다. 그래서 나는 모호한 표현을 쓸 수밖에 없었다. 그런 모호한 표현은 구체적인 협박보다는 효과가 떨어질 게 분명했지만 어쩔 수 없었다.

정치인들에게 보낸 메일도 제목은 '들켰다, 튀어라!', 본문은 '당신 가족들은 잘 지내고 있는가? 그런 비리를 저지르고도 행복한 가정을 꾸리고 있다니 운이 꽤 좋은 사람인 거 같다'라는 인사말을 건넨 뒤 '나는 우연히 당신의 비리를 알게 되었다. 구체적인 증거도 이미 확보해 놨다. 비밀 유지를 원하면 아래 계좌로 1천만 원을 입금해라. 입금만 되면 두 번 다시 귀찮게 하지 않을 것이며 비밀은 영원히 유지될 것이다. 만약 입금하지 않으면 당신이 어떤 범죄를 저질렀는지 뉴스를 통해 자세히 알게 될 것이다'라고 썼다.

간통, 원조교제, 입시 비리, 군대 면제, 뇌물, 청탁, 부동산 투기, 선거 비리 등 귀에 걸면 귀걸이, 코에 걸면 코걸이가 될 편지였다. 그러나 부정이나 비리를 저지른 사람들은 내 편지가 그냥 막연하게 생각되지는 않을 것이다. 바람을 피우고 있는 사람은 그것이 바람을 의미하는 거로 생각할 테고, 군대 면제, 뇌물, 청탁, 투기에 관련된 비리를 저지른 사람들은 각각 그것을 의미하는 거로 생각할 터였다. 도둑이 제 발 저리기 마련이니…….

첫 번째 편지를 보냈을 때 국회의원 세 명으로부터 돈이 입금되었다. 3천만 원이었다. 두 번째 추가 편지를 보냈을 때 다섯 명이 더 입금해서 나는 순식간에 8천만 원을 벌었다. 그러나 돈을 입금하지 않은 사람들도 비리에서 자유롭지는 못한 모양이었다. 내가 만든 차명계좌가 정지되지 않은 것을 보면 누구도 신고하지 않은 거 같았다. 하긴, 비리가 없는 사람들도 불안하긴 마찬가지일 터였다. 자기가 인지하지 못하는 비리가 있을 수도 있고, 신고해 범인을 잡아도 어느 정치인에게 비리를 폭로하겠다고 협박한 범인이 검거되었다는 기사가 나면 그 정치인은 죄가 없어도 이미지에 큰 타격을 입을 수 있었다.

나는 두 번째 타깃인 고위공무원 무리를 대상으로 편지를 보내며 다시 타인 명의로 통장을 하나 더 개설했다.

나는 작업을 하는 동안 일주일 간격으로 계속 통장을 새로 만들었고 메일을 보낼 때는 반드시 PC방에 가서 새로 만든 메일 계정을 이용했다. 그리고 무엇보다, 돈을 찾을 때는 신중에 신중을 기했다. 입금 계좌를 통해 추적되고 돈을 찾다가 검거될 확률이 가장 높았다.

나는 우리 사회의 기득권층 일부에 협박 메일을 보냄으로써 순식간에 3억 원 정도의 돈을 움켜쥐었다. 내가 합법적으로 돈을 벌었다면 평생을 고생해도 그 돈을 못 만져봤을지도 모르는데 단기간에 우스울 정도로 너무나 쉽게 돈을 벌었다.

사업이 술술 풀리자 슬슬 장난기까지 발동했다. 친구들에게 바람을 피우는 사실을 알고 있다는 내용의 메일을 구체적으로 써서 보냈더니 네 명의 친구가 4백만 원을 입금했다. 나는 돈을 입금한 친구들에게 그들이 입금한 돈으로 술을 사주며 요즘 바람피우고 있지 않냐고 슬며시 떠봤더니 내 예상대로였다. 내게 돈을 입금한 네 명 중 세 명이 누군가가 보낸 협박 편지를 받고 바람피우던 것을 그만두었다고 실토했다. 가정이 파탄 날 수도 있다는 경각심이 생겨 정신을 차린 것이었다.

나는 친구들의 이야기를 들으며 내 일에 큰 보람을 느꼈고 만족감을 얻었다. 친구의 가정을 지켜주고 대가로 1백만 원을 받았으니 그리 많은 보수는 아니었다.

나는 고등학교 때 나를 괴롭힌 선생님들에게도 장난 편지를 보냈는데 몇 명이 돈을 입금했다. 그중에 한 명은 '들켰다, 튀어라!'라고 쓴 편지 때문이었는지는 확실하지 않지만, 편지를 보낸 직후 교직을 그만두고 어딘가로 잠적해 버렸다.

제자를 성추행했다는 추문으로 시끄러운 교수 한 명에게도 편지를 보냈다. 내가 증인을 확보해 놓고 있다고 했더니 그 교수도 5백만 원을 즉시 입금했다.

내가 번 돈의 일부를 아내에게 가져다줄 때마다 아내는 백수가 이런 큰돈을 어디서 마련했냐며 호기심을 보였다. 그래서 나는 친구가 하는 부동산 사업을 도와주고 있는데 덩치가 크고 경기가 좋아 수입이 꽤 짭짤하다고 둘러댔다.

사실 나는 번 돈의 극히 일부를 아내에게 가져다줬고 훨씬 많은 돈을 유흥비로 탕진하고 있었다. 일주일에 서너 번은 친구들과 단란주점에 가서 접대부를 끼고 술을 마셨고 2차를 나가 잠자리를 같이하기도 했다.

밖에서 성적인 문제를 해결하는 날이 많아 아내와의 관계가 좀 소원해지는 감도 있었지만 내가 성관계를 요구할 때마다 귀찮아하는 아내였기에 그리 신경 쓸 일은 아니었다. 근래에는 내가 성관계를 요구하지 않자 이상하게도 아내가 적극적으로 나왔다. 그럴 때마다 나는 복수라도 하듯이 일을 많이 해서 피곤하다고 말하며 돌아눕거나 자리를 피했다.

돈을 펑펑 쓰고 다니니 술집 여자들 이외에도 나를 따르는 여자들이 꽤 많았다. 어느 순간부터 나는 술집 여자들이 아닌 일반인을 상대로 성행위를 즐겼다. 얼굴 반반하면서 허영심 많아 보이는 여자들을 골라 고급 레스토랑에서 양주 몇 번 사주고 명품 가방 몇 개 사주면 대부분 넘어왔다.

하지만 나는 상대 여자의 가정을 깨고 싶지도 않았고 또 그들이 귀찮게 구는 것도 좋아하지 않았다. 내가 만나는 여자들은 대부분 몇 번 만나고 말 일회용품이었다.

가끔 멋있고 괜찮은 여자들이 오래 사귀자거나 아내와 이혼하고 결혼을 하자는 식으로 나오면 마음에 동요가 일기도 했지만 아무리 예쁜 여자도 결국 마찬가지라는 걸 나는 잘 알고 있었다. 결혼 전에 지금의 아내는 귀엽고 예쁘지 않았던가! 그 어떤 여자든 결혼 생활을 6개월만 하면 결국 마누라일 뿐이었다. 또, 보다 많은 여자들과 계속 즐기자면 남편에게 성적으로 무관심하고 눈치가 곰 같은 지금의 아내가 오히려 더 편했다. 나는 결코 아내와 이혼하고 다른 여자와 결혼할 생각이 없었다. 어차피 6개월만 지나면 모든 여자가 똑같은데 재산을 반으로 나누고 위자료까지 줘가며 번거롭게 이혼하고 다시 결혼하는 요란을 떨 필요는 없었다.

그런데 꼬리가 길면 밟힌다더니, 한번은 전혀 연고가 없는 동네 러브호텔에서 어느 유부녀와 함께 나오다가 길을 걸어가고 있던 아내와 정면으로 마주치고 말았다. 아내가 의심스러운 눈초리로 대낮에 호텔에는 웬일이냐고 물었다. 나는 같이 있던 여자를 러브호텔을 구매하기 위해 보러 다니는 고객이라고 재치 있게 소개했다. 아내가 눈치 빠른 여자였다면 러브호텔 안으로 들어가 이 건물을 팔려고 내놨냐고 한마디만 물어봤어도 덜미가 잡혔을 텐데, 아내는 그런 걱정은 하지 않아도 되는, 역시 눈치가 곰 같은 여자였다.

역시 정보는 돈이었다.

내 사업은 그 대상을 물색하고 편지를 쓰는 노하우가 쌓이자 입금률이 거의 10%대로 성장해 있었다. 조만간 사업영역을 넓혀 텔레마케팅을 시도해 봐야겠다는 생각이 들었다.

그러던 어느 날, 인터넷 신문을 보던 나는 몹시 긴장하지 않을 수 없었다. 그 신문에 내 사업에 차질을 줄 수도 있는 치명적인 기사가 실려 있었다.

일본에서 어떤 사람이 불특정 다수에게 비리를 폭로하겠다는 협박 메일을 보내 여러 사람에게서 2억5천만 원이나 되는 돈을 갈취했다는 기사였다. 그 기사를 읽은 사람들에게 내가 뒤늦게 메일을 보낸다면 그들은 나를 모방범죄 사기꾼이라 생각할 수도 있었다.

우려대로 신문 기사의 효과는 금방 나타났다. 10%에 달하던 입금률이 그 기사가 나가고 2%대로 뚝 떨어졌다.

나는 신문 기사의 여파가 수그러들기를 기다리며 불특정 다수에게 보내는 메일을 중단했다. 대신 나는 확실한 타깃을 정해 협박 메일을 보내기로 했다.

나는 음식 배달원처럼 스쿠터를 타고 돌아다니며 서울에 있는 여관과 러브호텔 등의 주차장에 세워져 있는 자동차들의 번호판을 사진 찍거나 적기 시작했다. 그리고 보험회사에 다니는 친구를 통해 자동차 소유주들의 주소를 알아냈다.

내가 그들에게 보낸 편지의 내용은 대략 이러했다.

제목은 '들켰다, 튀어라!', 본문은 '모월 모일 어느 동네 무슨 여관에 설치해 둔 도촬 동영상에 섹스하는 당신의 모습이 찍혔다. 성인방송 관계자가 이 영상을 5백만 원에 사겠다고 하는데 만약 당신이 사겠다면 당신에게 팔겠다. 동영상 원본을 원하면 아래의 통장으로 성의 표시를 해주길 바란다.'

나는 가끔은 미리 작성해 온 편지를 잘 접어서 여관이나 호텔 주차장에 주차된 자동차 와이퍼 사이에 끼워놓기도 했다.

제목은 역시 '들켰다, 튀어라!', 본문은 '당신들 두 사람 중 누군가의 배우자가 불륜 증거를 잡아 달라며 나를 고용했다. 나는 당신들을 모델로 약간의 사진과 동영상을 촬영했다. 하지만 나는 남의 가정을 깨고 싶지 않다. 만약 아래 계좌로 고객이 지급한 3백만 원보다 성의 있는 금액을 입금하면 조사를 의뢰한 고객에게는 철저히 조사했지만 부적절한 관계가 없었다고 보고하겠다.'

일대일 마케팅으로 전략을 바꾼 내 사업은 신문 기사의 영향을 거의 받지 않고 다시 번창해 나갔다.

"부자 대열에 합류할 수 있는 티켓 사세요!"

나는 복권방 주인의 낚시질에 이끌려 복권방 안으로 들어갔다.

"이제 대박복권 하나가 1천 원이죠?"

나는 확인 차원에서 주인에게 물었다.

"예."

"왜 복권값이 내린 거죠? 가난한 사람들도 복권을 살 수 있게 하려고 그런 건가요?"

복권방 안으로 들어서던 20대 남자가 우리 대화에 끼어들었다.

"아닙니다. 대박복권 당첨금을 낮추려고 그랬답니다. 고액 당첨금이 국민들의 사행심을 조장한다나 뭐라나……."

"그게 무슨 말입니까? 사행심이라뇨?"

복권방 주인은 복권 발행과는 아무 상관도 없는데 젊은이는 마치 복권방 주인에게 따지듯 물었다.

"국민들이 단번에 부자가 될 허망한 꿈에 부풀어……."

"그러니 그건 사행심이 아니라 희망이죠! 저 같은 사람이 똥줄 빠지게 일한다고 부자가 될 수 있겠습니까? 불가능합니다. 성실히 일해서 한 푼도 안 쓰고 평생 모아봤자 그게 10억이나 되겠습니까? 오히려 정부는 고액 복권을 많이 만들어, 당신도 운만 따라주면 부자가 될 수 있다는 희망을 국민들에게 심어줘야 하는 거 아닙니까? 그래야 절망에 빠져 자살하는 사람도 줄어들고, 나 같은 사람도 복권 추첨일이라는 한 줄기 희망을 바라보며 살아갈 게 아닙니까!"

"저도 그랬으면 싶은데 정치인들의 생각은 다른가 봅니다."

"에이, 꼭 그런 것만은 아니죠!"

조용히 듣고 있던 내가 다시 대화에 끼어들었다.

"저처럼 열심히 일해서 먹고사는 서민은, 운이 좋아 단번에 거액의 돈을 만지는 사람들을 보면 삶이 몹시 허망하게 느껴집니다. 누구는 열심히 일해도 겨우 먹고살기 바쁜데 누구는 땅 투기, 재산 상속, 복권 등으로 하루아침에 일반인이 꿈도 꾸지 못할 갑부가 되니……. 정말 기가 막히고 허탈할 수밖에 없죠."

"아니죠. 복권은 땅 투기나 부를 대물림하는 거랑은 다르죠. 아저씨가 이번 주 대박복권에 당첨되지 말라는 법은 없지 않습니까? 그런 면에서 누구에게나 평등한 게 복권이죠."

"뭐, 그렇긴 하죠. 나라고 당첨되지 말란 법은 없죠."

나는 20대 남자의 말에 동조한다는 의미로 고개를 끄떡이며 복권 용지 몇 장을 집어 들었다.

현관문을 열고 들어서며 나는 뭔가 허전하다고 생각했다. 무엇 때문일까? 현관에 서서 나는 한참을 생각했다. 그러다 깨달았다. 현관 바닥, 그리고 신발장 어디에도 아내의 신발이 보이지 않았다.

안방으로 들어가 장롱문을 열어보니 역시 아내의 옷가지가 거의 남아 있지 않았다. 도둑이 들어와 아내의 옷만 훔쳐가지는 않았을 것이고, 아내가 짐을 챙겨서 가출한 거 같았다. 그런데 왜? 아내가 가출할 이유가 전혀 없었다. 남편이 돈도 잘 벌어다 주는데 왜……?

나는 아내의 휴대전화로 여러 차례 전화를 걸었지만 휴

대전화는 계속 꺼져 있었다.

나는 침대에 우두커니 앉아 한참 동안 멍하니 있었다. 어떻게 된 일인지 모르니 무엇을 어떻게 해야 할지 알 수가 없었다.

나는 곧 복덕방에서 걸려 온 전화를 받았고 아내가 집을 급히 처분했다는 사실을 알았다. 아내와 나는 얼마 전에 내가 메일을 보내 번 돈에 전세금을 합쳐서 아내 명의로 이 아파트를 장만했다. 경찰의 추적에 대비해 내 명의가 아닌 아내 명의로 해둔 것이다. 집뿐만이 아니라 집을 사고 남은 수천만 원도 아내 통장에 입금해 두었다.

"통장!"

생각이 통장에 이르자 인터넷으로 급히 아내 통장을 조회해 보니 몇 시간 전에 모든 돈이 인출되어 통장의 잔액은 겨우 몇천 원에 불과했다.

나는 이제 예전처럼 집도 돈도 없는 거지가 된 것이었다. 아니, 예전에는 그래도 부모님에게 물려받은 전세금이라도 있었다. 하지만 이제 나는 하룻밤 몸을 의지할 여관비조차 없는, 며칠 뒤에는 집을 비워주고 거리로 나앉아야 하는, 부랑자나 마찬가지였다.

아내에게 뒤통수를 제대로 맞은 나는 화나고 허탈하면서도 곰같이 미련한 아내가 왜 이런 짓을 했는지 몹시 궁금했다. 내가 무엇을 그리 잘못했다고 아내가 전 재산을 챙겨 도망간 것일까? 나는 집 안을 뒤지며 그 단서를 찾기 위해 노력했다. 하지만 단서가 전혀 없었다. 회사의 어떤 놈이랑 눈이라도 맞은 것일까?

어느 순간 불쑥 며칠 전에 작성했던 편지 한 장이 뇌리를 때렸다.

며칠 전에 나는 불륜을 저지르고 있는 불특정 다수를 협박할 목적으로 협박 편지의 초안을 수기로 작성하고 있었는데 시장에 갔던 아내가 돌아오는 것을 보고 급히 책상 위에 있던 책 속에 그 편지를 끼워 감춘 일이 있었다. 그 직후 과거의 내연녀에게 전화가 걸려 왔고, 전화 통화에 신경 쓰느라 편지의 존재를 깜빡 잊어버렸다. 뒤늦게 생각해 보니 그 책은 아내가 회사와 집을 오가며 읽던 소설책이 분명했다.

나는 그 편지를 찾기 위해 급히 문간방으로 갔다. 책은 책상 위에 그대로 있었으나 편지는 감쪽같이 사라지고 없었다.

쓰레기봉투 속에서 찾아낸 갈기갈기 찢어진 한 줌의 종이를 베란다 바닥에 펼쳐놓고 직소 퍼즐을 맞추듯 맞춰보았다. 잘게 찢긴 종잇조각들이 썩은 생선 국물 등에 오염되어 내용을 거의 알아볼 수 없었지만, 첫 문장만큼은 또렷이 알아볼 수 있었다.

'들켰다, 튀어라!'

보물찾기

"집 좀 알아보러 왔는데요."

강선이 일부러 인기척을 낸 뒤에야 장기를 두던 50대 중반 정도의 남자 둘이 고개를 들어 쳐다봤다. 출입문 맞은편에서 장기알을 든 파마머리 남자가 눈동자를 굴려 강선의 전신을 훑었다. 야구 모자를 쓴 머리에서부터 중국산 싸구려 운동화까지. 이내 그의 눈에 실망의 빛이 서렸다. 그 남자가 부동산중개소 주인인 것 같았다.

"어떤 집요? 전세, 아니면……?"

파마머리 남자가 다시 장기판으로 시선을 돌리며 물었다.

"싼 집을 한 채 사려고 하는데요."

"아, 그래요!"

파마머리가 갑자기 밝게 웃으며 자리에서 벌떡 일어났다.

"냉커피라도 한잔 드시겠습니까?"

"아니, 괜찮습……."

강선이 대답도 하기 전에 파마머리가 수화기를 집어 들었다.

벽에 걸려 있는 만분의 일 축척 지도를 들여다보던 강선이 파마머리가 수화기를 내려놓자마자 물었다.

"이 동네는 집값이 얼마나 합니까?"

"읍내요, 아니면……?"

"꼭 읍내가 아니어도 됩니다만 교통이 그리 나쁜 곳이 아니었으면 합니다. 차도 없고 해서……."

"알아보시는 가격대는?"

"한 2천? 쓸 만하다면 조금 더 비싸도 괜찮구요."

"2천 남짓이라?"

파마머리가 떨떠름한 표정으로 장부를 뒤적이기 시작했다.

"읍내 쪽은 어렵겠고……. 아, 읍내에서 약간 떨어진 곳에 싼 집이 하나 있긴 있는데……."

파마머리가 말끝을 흐렸다.

파마머리의 머뭇거림에 같이 장기를 두던 남자도 호기심이 생겼는지 장부를 들여다봤다.

"이 집은……."

남자가 무슨 말을 하려다 말고 파마머리의 눈치를 살폈다. 강선은 뭔가 좀 께름칙한 느낌이 들었다.

강선의 눈치를 잠시 살피던 파마머리가 다시 급히 입을

열었다.

“일단 가서 보시죠. 백문이 불여일견이라고, 보고 나서 말씀을 드려도…….”

“커피는?”

“갔다 와서 마십시다, 까짓거.”

강선이 갑자기 시골로 이사 올 생각을 한 것은 이 지역과 적당한 인연이 있어서였다. 강선은 몇 달 전 이혼했다. 그 뒤부터 그 도시가 싫어졌다. 어딘가로 이사 가야겠다고 생각했다. 하지만 어디로? 전세금을 빼서 이혼한 아내에게 몇 푼 주고 나니 남은 게 거의 없었다. 도시에서는 전세방 한 칸 마련하기 어려웠다. 그렇다고 수입이 많은 것도 아니었다. 가끔 학습만화를 그려 몇 푼씩 푼돈을 버는 것이 고작이었다.

이런저런 생각 끝에 강선은 이혼을 인생의 전환기로 삼아 다른 곳에서 새 삶을 꾸려보자는 생각을 하게 되었다. 아는 사람들이 많은 곳에서 구차하게 사느니 차라리 아무도 모르는 곳에 가서 살자는 생각이 들었다. 하지만 전혀 모르는 곳에 가서 산다는 건 겁도 나고 모험이기도 했다. 그래서 생각한 곳이 조금 아는 곳, 예전에 대학생 때 농활을 나왔던 동네였다. 시골이라서 집값도 쌀 것 같았고, 경치도 좋았고, 인심도 좋았다는 기억이 뇌리에 남아 있는 동네였다.

그러나 이 동네도 20년 전과는 많이 달라져 있었다. 예전에는 학교나 공공기관 빼고는 2층짜리 건물이 거의 없었는데 지금은 새로 지은 집들 태반이 이층집이었다. 큰 도로를 제외한 대부분이 비포장이었는데 이제는 흙길을 찾아보기 어려웠다.

읍내에서 큰길을 따라 몇 킬로미터를 달린 부동산중개인의 낡은 그랜저가 샛길로 접어들었다. 곧 20여 가구가 사는 동네가 눈앞에 들어왔다. 너른 땅에 집들이 띄엄띄엄 들어선, 생각보다 큰 동네였다.

"서해안 시대 아닙니까. 앞으로 청와대까지 세종시로 옮겨 온다는 말도 있고. 사시다 보면 땅값이 많이 오를 겁니다. 지금이 기횝니다. 지금 아니면 앞으로는 절대 이곳에 땅 못 사요."

하지만 이 동네는 서해안과도 멀고 행정수도인 세종시와도 멀었다. 산으로 둘러싸여 있는 충청도 한복판이었다.

집 안에 커다란 감나무가 있는 집 앞에 자동차가 멈춰 섰다.

"이 집입니다. 지은 지 한 150년쯤 되려나? 이 동네 이름이 '장자울'인데, 예전에 천석꾼 부자가 살았답니다. 그런데 불이 나서 본채는 다 타버리고 이 사랑채만 남은 것이죠."

"아! 터가 좋은가 보네요."

말은 그렇게 했으나 담 너머로 보이는 집은 부자가 살던 집으로는 보이지 않았다. 지붕부터 기와가 아니라 함석이었고, 지붕을 지탱하고 있는 기둥은 둥근 원목이었지만 절의 기둥처럼 잘 다듬어진 게 아니라 껍질과 옹이만을 대충

제거한 소나무였다.

부동산중개인이 두꺼운 나무판자로 된 대문을 살피다가 주머니에서 열쇠를 꺼내 녹슨 자물통에 가져다 댔다. 그러나 자물통은 있으나 마나일 거 같았다. 자물통이 걸려 있는 나무는 다 썩어서 발로 차면 열릴 것 같았다.

대문을 열자 가장 먼저 눈에 들어온 것은 넓은 마당에 우거져 있는 사람 키만큼이나 큰 풀들이었다. 마당이 아니라 잡초가 무성한 초원 같았다. 부동산중개인도 예상했던 것보다 집 상태가 안 좋아 당혹스러운 거 같았다.

"헤헤. 이깟 풀이야, 인부 사서 제초제 한 번 뿌리면 말끔해집니다. 둘러보시죠."

다섯 평쯤 되는 대청마루를 향해 가던 강선의 눈에 가장 먼저 들어온 것은 부엌이었다. 오래된 연탄보일러와 나무를 때던 아궁이가 먼지를 뒤집어쓰고 있었다. 하지만 가마솥은 보이지 않았다. 고물 장수나 골동품을 수집하는 장사치가 훔쳐 간 것 같았다. 부뚜막 옆으로 초등학교 시절 강선의 집에 있었던 것과 비슷한, 1980년대 물건으로 보이는 작은 찬장이 놓여 있었다. 갈색 베니어합판으로 만든 조잡한 것이었다.

"집주인이 누구죠? 이 집에 사람이 산 게 꽤 오래전인가 봅니다?"

"집주인은 대전에 사는 공무원이라던가? 투자도 할 겸 별장으로 쓰려고 2년쯤 전에 이 집을 구매했다는데 그 전부터 비어 있었다는 것 같더군요. 지금은 을씨년스러워 보여도 좀 수리하고 청소하면 정말 별장처럼 보일 겁니다. 다 허물어져 가는 잡초 무성한 묘도 벌초해 놓고 보면 명당자리로 보이지 않습니까? 마찬가지로 집도 손질하기 나름입니다. 사람이 오래 살지 않아 분위기가 좀 음침해서 그렇지, 터야 명당이죠. 사람이 살고 있는 집이면 어디 이 가격에 나왔겠습니까? 바깥마당, 안마당 합쳐 한 2백 평 가까이 되는데, 단돈 2천5백입니다. 건물이 없는, 이 주변 나대지 땅값도 이 집보다는 훨씬 비쌀 겁니다. 아주 싸게 나온 거죠. 일단 꼼꼼히 살펴보신 다음 판단하십쇼."

본채에는 안방과 사랑방, 작은 골방들이 몇 개 있었고 옆 별채에 작은 방 몇 개와 광이 있었다. 방은 꽤 많았지만 크기가 작은 걸로 봐서 부잣집 하인들이 기거하던 건물이었던 듯싶었다. 집 뒤쪽에는 나무판에 함석을 대서 만든 뚜껑이 덮인 우물과 장독대가 있었고 대나무밭이 울타리처럼 집을 감싸고 있었다.

"은행나무, 앵두나무, 감나무, 배나무……. 집 안에 과일나무가 많고 바깥마당 한쪽에 채소밭까지 있으니 거기에 토마토, 고추, 상추, 오이, 참외, 수박을 조금씩 심으면 시장 갈 일 없겠군요."

부동산중개인은 장점이다 싶은 것은 빼놓지 않고 강조했다.

"마당의 무성한 풀을 보니 땅이 기름지긴 기름진 것 같군요."

"예? 하하. 그, 그렇죠. 안마당에는 꽃밭을 만들면 아주 좋을 겁니다. 잔디 심어 골프연습장 같은 걸 만들어도 좋고. 어때, 마음에 드십니까?"

"글쎄요? 마음에 들든 말든 사람이 살 수 있을 정도로 수리하려면 최소 몇백은 깨지겠는데요. 한 2천쯤 한다면 몰라도 2천5백이면 사고 싶어도 못 사겠군요. 이것저것 수리비며, 보일러 놓고 수도 설치하면 순식간에 3천짜리 집이 되겠군요. 단도직입적으로 말씀드려서, 2천에는 안 됩니까?"

"에이, 2천은……. 주변 나대지 땅값도 이 집보다 비싸다니까요. 그렇게 파느니 차라리 집 헐고 나대지로 팔지……."

"이 집을 헐려고 해도 그게 다 돈 아닙니까? 어떻게 좀……?"

강선의 말에 잠시 인상을 찡그리고 있던 부동산중개인이 휴대전화를 꺼내 들고 어딘가로 전화 걸었다. 상대가 전화를 받자마자 부동산중개인의 표정이 밝게 변했다.

"아, 여보세요. 청양부동산입니다. 잘 지내셨죠. 장자울 집, 마음에 들어 하는 분이 있기는 있는데, 돈이 좀 부족하다는군요. 2천이면 사겠다는데……. 예? 역시 그렇게는 안 되겠죠. 집 참 더럽게 안 팔리는군요. 요즘 사람들이 다 쓰러져 가는 집에 들어오려고 해야 말이죠. 예? 2천3백까지라면 생각해 보실 수 있다고요?"

결국 2천2백에 장자울 집을 구매한 강선은 집 이름을 옛날에 부자가 살던 저택이라는 뜻에서 '장자가(長者家)'라고 붙였다. 그리고 가지고 있는 여윳돈 몇백만 원을 톡톡 털어 집을 개조하기로 했다. 그러나 이곳저곳 업체에 알아보니 그럴듯하게 개조하려면 개조 비용이 집값보다도 비쌌다. 평당 백만 원이 넘었다. 이거야말로 배보다 배꼽이 큰 격이었다.

개조는 나중으로 미루고 우선 기거할 수 있을 정도로만 집을 보수하기로 했다. 안방과 사랑방 바닥에 보일러를 깔고 장판을 까는 데만도 3백만 원이 넘게 들었다. 벽지는 직접 발랐다.

이사 온 첫날 저녁 강선은 집 안 곳곳에 모기향을 피워놓고 방을 옮겨 다니며 대청마루에 누웠다가 안방에 누웠다가 사랑방에 눕기를 반복했다. 낯설기만 한 동네의 낯설기만 한 집. 시골 민박집에 혼자 누워 있는 것 같은 기분도 들었지만, 어려서 그렇게 갖고 싶었던 자전거를 샀을 때처럼 행복한 감정이 밀려왔다. 아직은 어수선하지만 평생 처음 가져본 '우리 집'이었다.

강선은 도시에서 10여 년을 사는 동안 인생 최대의 목표인 내 집 마련을 위해 수많은 욕구와 충동을 참아가며 허리띠를 졸라매 왔다. 그러나 도시에서 집을 산다는 건 무명 만화쟁이 수입으로는 평생 이루지 못할 꿈이었다. 그 막연한 꿈마저도 몇 년 전 수입이 크게 줄어들어 생활고를 겪으며 포기했다.

'그래, 집을 포기하자. 집만 포기하면 보다 여유로운 삶을

살 수 있는데 집이 인생의 목표가 되어 아등바등 살 필요가 뭐 있어.'

꿈조차도 부담스러워서 포기했던 내 집 마련의 꿈. 비록 시골이고 집값이 도시 단칸방 전세금에도 못 미치지만, 내 집을 마련했는데 어찌 감격할 일이 아니겠는가!

강선은 술 생각이 간절했다. 이런 날, 저 넓은 마당에 멍석 깔고 앉아 번개탄에 삼겹살 구워가며 친구들과 소주 한 잔했으면 싶었다. 그러나 인근에는 친구는커녕 친구의 친구조차 없었다.

"계슈?"

강선이 대청마루에 누워 막 잠이 들려는 순간 한 남자가 대문을 밀고 안으로 들어왔다. '꼭대기집'이라고 불리는, 동네 맨 위쪽 끝 집에 사는 50대 초반의 사내였다. 그의 손에는 양은 냄비와 반쯤 남아 있는 소주 됫병이 들려 있었다.

"어느 분이 이사를 왔나 인사도 할 겸, 쐬주나 한잔하자고 왔슈."

이미 혼자 소주 몇 잔 마시고 온 것 같았다.

강선이 종이컵을 내오자 꼭대기집 사내가 종이컵 두 개에 가득 소주를 따랐다.

사내가 가져온 냄비 뚜껑을 열었다. 안에는 푹 삶아진, 가죽이 벗겨진 쥐새끼 같은 것이 들어 있었다. 족제비 같기도 하고 두더지 같기도 하고……. 강선은 냄비 안을 들여다보는 것만으로도 비위가 상했다.

"아, 이거, 청설모요, 청설모! 내가 낮에 밤나무 위에 앉아 있는 놈들을 공기총으로 쏴서 몇 마리 잡았지. 보기에는 이래도 맛은 꽤 좋아요. 대보니 이평이니, 맛 좋은 밤만 골라, 그것도 크고 잘생긴 놈만 갉아먹고 사는 웬수 같은 놈들이지. 이놈들 때문에 호두는 씨가 마른 지 오래고……. 자, 한 잔 쭉 들이켜고 한 점 먹어봐유."

강선은 신고식이라도 치르듯 단숨에 술잔을 비워내고 청설모의 등 쪽에서 고기를 발라 한 점 입에 넣었다. 구수하고 쫄깃쫄깃한 식감에 더욱 비위가 상했다.

"맛있군요."

"그런데 젊은 양반이 이 집에는 어쩌다 이사 오게 됐슈?"

어쩌다? 시골로 이사 온 이유를 묻는 건가? 아니면 이 집에 무슨 안 좋은 사연이 있다는 말인가? 후자인 것 같았다. 어쩌면 이 사내는 입이 근질근질해 그 이야기를 하려고 온 것 같았다.

"왜요?"

"이사 온 첫날 이런 얘기 하기는 뭐하지만, 집터가 안 좋아요. 풍수가 안 좋아."

"읍내 부동산중개소 아저씨는 좋기만 하다던데요? 예전에 무슨 일이라도 있었습니까?"

"부동산중개소 주인이야, 집을 팔아먹으려고 그랬겠지. 이 집에 살던 사람들이 모두 잘 안됐어. 나도 이 마을에 이사 온 지 10여 년밖에 안 된 사람이니 들은 얘기지만, 예전에 이 집에서 살았던 어떤 처녀는 집 뒤 은행나무에 목을 매달아 죽었다지 아마. 지금 집 뒤에 서 있는 은행나무가 그때 베어버린 은행나무 밑동에서 움이 나 자란 것이라니 한 백 년 가까이 됐을 겨. 날씨가 스산한 날이면 아직도 그 처녀 귀신이 집 안을 떠돌고 있다는 이야기가 있더라고. 나도 작년에 이 집 앞을 지나다가 이 집 마루 위에서 도깨비불을 봤슈."

"그게 단가요?"

강선은 기분이 나빴지만 무서워하거나 기분 나빠하는 표정을 지으면 꺽대기집 남자가 즐거워할 거 같아 별것도 아닌 걸 가지고 호들갑을 떤다는 듯이 시큰둥한 표정을 지었다.

"에이, 아니지! 그 정도로 이 집이 폐가가 되었겠어? 하여튼 그 뒤 조 씨 부자가 살았다는데 불이 나서 위쪽에 있던 본채는 다 타고 겨우 이 집만 남았고……."

"불난 집에 들어가 살면 불길처럼 번성한다던데요? 그래서 장사꾼들은 일부러 불난 집을 찾아다닌다지 않습니까."

"6·25 때는 이 집 주인이 안방에서 동네 사람들의 죽창에 찔려 죽었고, 그 마누라는 미쳐서 이 동네를 떠났다지, 아마."

사내가 말을 멈추고 이야기의 흥이라도 돋우려는 듯이 스스로 종이컵에 소주를 가득 따라 단숨에 비워냈다.

"내가 어디까지 이야기했더라? 아, 내가 이 동네로 이사 오던 무렵에는 도시에서 내려온 젊은 부부가 이 집으로 이사를 왔슈. 두 부부는 처음에는 사이도 좋고 표정도 밝았는데, 아, 한 해쯤 지나니까 얼굴에 그늘이 생기기 시작하더니 날마다 동네가 떠나갈 듯이 싸워댔지. 그러다 어느 날 밤 아내가 온다 간다는 말 한마디 없이 사라져버렸어. 원래 술집 여자였다던가? 하여튼 그 뒤 남자는 날마다 술로 지새더니 어느 날 텔레비전 뉴스에 나오더라고."

"왜요? 죽었나요?"

"아니, 그런 건 아니고, 사제 총을 만들어가지고 커다란 금은방을 털었다지. 그 과정에서 사람까지 크게 다쳐 십몇 년인가 선고받았으니 아직도 교도소에 있을걸? 그 사람이 붙잡혀 가던 날, 동네 꽤 시끄러웠지. 아직도 생생히 기억나. 무장 경찰들이 이 집을 포위하고 얼마나 난리를 쳤던지. 그 사람도 정말 만만치 않은 사람이었어. 경찰이 들이닥치자 온 집에 휘발유를 끼얹고 불을 질러버리겠다며 밤새 대치하다가 결국 새벽에 붙잡혀 갔지. 이 집 집터가 안 좋긴 안 좋아. 젊은이도 조심하슈!"

강선은 꾹대기집 남자의 담배 냄새 역겨운 입에 빨려고 벗어놓은 양말을 쑤셔 넣어 집 밖으로 내쫓고 싶었지만 꾹 참고 소주잔을 들이켰다.

꾹대기집 남자는 소주병이 비었는데도 돌아갈 생각을 하지 않았다. 취해서 알아듣지도 못할 말을 반복해 중얼거렸다. 박정희가 어쩌고 전두환이 어쩌고……. 사내는 이 집에 귀신이 산다느니, 집터가 안 좋다느니, 한 얘기 또 하고 또 하고……. 아무리 사람이 아쉬워도 앞으로는 상종하지 말아야겠다는 생각이 들었다. 잘해주면 계속 찾아와 피곤하게 할 타입이었다.

"서방님……!"

누군가가 부르는 소리에 강선은 억지로 눈을 떴다. 폭음한 탓인지 정신이 혼미했다. 머리가 아팠다. 배 속도 울렁거렸다. 그냥 다시 눈을 감고 자고 싶었다, 잘 수만 있다면…….

"서방님……!"

어슴푸레한 마당이 눈에 들어왔다. 집 그늘과 나무 그늘로 사방이 온통 시커먼데 마당 한가운데만 달빛이 들어 마치 무대처럼 보였다. 그곳에서 뭔가가 움직이고 있었다.

'저게 뭐지?'

덩실덩실……. 소복 입은 여자가 시골 할머니들이 전통춤을 추듯 팔만을 흔들어 덩실덩실 춤을 추고 있었다. 소복 입은 여자는 목마 탄 무동처럼 춤을 추며 천천히 강선을 향해 다가왔다. 직감적으로 강선은 그 여자가 귀신이라는 것을 알았다. 얼굴이 보이지 않았다. 아니, 없었다. 이목구비가 있어야 할 부분에 아무것도 없었다. 얼굴이 뭉그러진 것처럼 그냥 뿌옇게 보였다.

"서방님……!"

입도 없는 여자에게서 다시 음성이 들려왔다.

강선은 자리에서 일어나려고 온몸에 힘을 줬지만 근육이 모두 녹아내린 것처럼 손가락 하나 움직여지지 않았다. 마취 주사라도 맞은 것 같았다.

소복 귀신은 계속 덩실덩실 춤을 추며 강선을 향해 다가왔다. 공옥진의 병신춤 같은 그런 춤이었다. 춤추는 귀신이라니……. 차라리 입에 피 묻은 칼을 물고 있는 귀신이 덜 해괴하고 덜 무서울 것 같았다.

"서방님, 기다리고 있었어요, 서방님……."

"안 돼! 오지 마! 나는 네 남편이 아니야!"

그렇게 외치는 순간 드디어 강선의 입에서 목소리가 터져 나왔다. 손발이 움직여지자 강선은 자리에서 벌떡 일어나 마당을 쳐다봤다. 마당은 좀 전에 본 달빛에 물든 그대로였지만 여자는 온데간데없었다.

너무나 생생했지만 꿈이었다.

"개꿈이야!"

강선은 목덜미의 서늘함을 떨치려고 일부러 크게 소리쳤다. 이게 다 그 꼭대기집 남자 때문이었다. 그 남자가 이 집이 흉가라느니, 집 뒤 은행나무에 여자가 목을 매 죽었다느니, 이 집에 귀신이 산다느니 하는 이야기를 지껄여댄 탓에 악몽을 꾼 것이었다.

새벽까지 잠을 못 이루다가 잠깐 잠이 들었던 강선은 시끄러운 소리에 다시 잠에서 깼다. 마을 뒷산 스피커에서 시끄러운 노랫소리가 한참 동안 흘러나오다가 멈추더니 이장의 말소리가 웅성웅성 들려왔다.

"아아, 방송실에서 안내 말씀드리겠습니다. 우리 마을로 고속도로가 뚫린다고 합니다. 아주 중요한 사항이오니 주민분들은 한 분도 빠짐없이 모두 오전 9시까지 마을회관으로 모여주시기 바랍니다."

강선이 마을회관에서 들은 이야기는 충격적이었다. 마을 한가운데, 그것도 강선이 사는 집 한가운데로 고속도로가 난다는 이야기였다. 동네에 오래전부터 그런 소문이 있었고, 관공서에서 나온 사람들이 여러 번 측량도 했다는데 강선은 그 사실을 까맣게 모르고 있었다. 고속도로가 난다는 사실이 알려지면 사람들이 보상을 더 받으려고 위장건물을 짓고 마당이고 어디고 나무를 빽빽이 심을 테니 비밀리에 일을 추진해 오다 기습적으로 통보한 것 같았다.

동네 사람들은 누가 먼저랄 것도 없이 군청으로 몰려갔다. 항의한다고 공사가 중지될 리 없었지만, 보상금이라도 더 받아내자는 취지였다. 동네 가운데로 지나가는 것이 일반도로라면 집이 헐리지 않는 사람들에게는 혜택이 될 수도 있었지만, 고속도로는 마을 사람 모두에게 재앙일 뿐이었다.

감정평가사에 의해 책정된 강선의 집 가격은 겨우 1천5백만 원이었다. 이주비를 받는다고 해도 순식간에 1천만 원 가까이 손해를 보는 셈이었다. 전 재산의 반이었다.

여러 동네에서 몰려온 몇백 명의 사람들은 처음에는 그냥 군수와 관계자들을 만나 항의하려고 했다. 그런데 군청 공무원들과 경찰이 앞을 막아서자 행동이 점점 과격해졌다. 앞을 가로막는 경찰관을 향해 돌을 던지고 몽둥이를 휘둘렀다. 그러자 경찰도 덩달아 시위대를 방패로 찍고 때리고 발로 밟았다. 이에 농민들은 더욱 화가 나서 물불 안 가리고 덤벼들었다.

"도로공사를 아예 못하게 막아야 혀! 물가가 몇 배로 오르는 동안 유일하게 떨어진 건 쌀값뿐이고, 시골 인구 크게 줄어드는 마당에 농지는 그 지역 농민만 살 수 있게 법으로 묶어놔서 팔아먹지도 못하는데, 이제 집까지 시세보다 낮은 가격에 빼앗아 가겠다고? 도시에서 집, 땅, 공장, 가게를 그 동네 실거주자만 살 수 있게 묶어놓았다면 아마 폭동이 일어났을 겨! 우리 농민들이 오냐오냐하며 가만히 있으니 이놈의 정부가 우리를 아주 바보천치로 아는 겨! 저번에 여당 찍은 새끼들은 다 무릎 꿇어! 너도 여당 찍었지?"

"아, 저는 투표 안 했슈!"

"하여튼 이번에는 가만히 있으면 안 돼! 본때를 보여주자고!"

"맞아! 내일은 아침부터 시작할 테니 한 명도 빠짐없이 나와!"

시위에 참여했던 동네 사람들과 막걸리를 마시고 떠들다

가 밤늦게 집으로 들어서던 강선은 집 안에서 번쩍이는 손전등 불빛을 발견했다. 순간적으로 도둑이 들었다는 생각이 들었다. 강선은 대문 앞에 서서 대문 틈으로 집 안을 살폈다. 희미한 손전등을 든 검은 그림자가 부엌에서 조심스럽게 움직이고 있었다. 도둑은 혼자였다.

'이를 어쩌지?'

강선은 경찰에 신고할까, 동네 사람들을 부를까 생각하다가 술기운에 용기를 내어 대문을 조심스럽게 밀고 안으로 들어섰다.

끼이익!

그러나 발을 헛디디며 문을 너무 세게 밀었다. 대문이 활짝 열렸다. 순간 부엌의 손전등이 강선의 얼굴로 향했다. 눈이 부셔 아무것도 보이지 않았다.

"누, 누구요?"

당황한 강선이 크게 외치자 강선을 비추고 있던 손전등의 불빛이 꺼지며 도둑이 후다닥 부엌 뒷문으로 달아나는 소리가 들렸다. 강한 불빛의 잔상 때문에 잠시 눈이 안 보여 가만히 서 있던 강선은 사물이 보이기 시작하자 곧바로 도둑을 뒤쫓았다. 도둑은 집 뒤 대나무밭으로 달아났다. 강선은 대나무밭 앞에서 추격을 멈췄다. 집 안에 훔쳐 갈 만한 값나가는 물건도 없는데 위험을 무릅쓸 필요는 없었다.

"거기 서라, 도둑놈아!"

강선은 뒤쫓고 있는 것처럼 대나무 하나를 잡고 요란하

게 흔들어댔다.

“거기 서! 내 손에 잡히면 죽는다!”

일부러 발을 굴러 쿵쿵 발소리를 냈다. 그 순간 대나무밭 어딘가에서 비명이 들려왔다.

“아악!”

도둑이 급히 도망가다가 크게 넘어진 거 같았다.

나무 그늘에 숨어 귀를 곤두세운 채 대나무밭을 주시하던 강선은 더 이상 어떤 인기척도 들려오지 않자 집 안을 돌아다니며 도둑맞은 것이 없는지 살폈다. 다행히 도둑맞은 것은 없는 것 같았다.

강선은 도둑이 다시 돌아오지는 않을 거라는 생각을 하면서도 온 집 안에 불을 켜놓고 몽둥이를 쥔 채 잠을 잤다.

이른 아침에 꼭대기집 남자가 다리를 절룩거리며 찾아와 시위하러 가자고 했다. 꼭대기집 남자는 어제 낮에 경찰 방패에 찍힌 다리가 점점 부어오르고 아파서 어젯밤에는 한숨도 못 잤다고 했다. 읍내에 나가면 파스라도 사서 붙여야겠다고 했다.

“오늘은 내 이놈들을 기필코 절단 내고 말 겨. 자, 갑시다!”

하지만 강선은 몸이 좋지 않다는 핑계로 집을 나서지 않았다. 꼭대기집 남자에게 어젯밤의 도둑 이야기를 하려고 했으나 버스를 타려면 서둘러야 한다며 절룩거리며 가는 바람에 그만두었다.

모두 시위하러 갔는지 동네가 조용했다. 세상이 텅 빈 것 같았다. 농약을 뿌리는 시끄러운 모터 소리도, 1단 놓고 언덕을 올라가는 경운기 소리도 들려오지 않았다. 상대적으로, 풀벌레 소리만 더 요란했다.

집 뒷마당을 살펴보니 무른 땅에 도둑의 발자국이 선명했다. 남자 발자국이었다. 하지만 신발의 종류나 무늬까지 알아보기는 어려웠다.

발자국을 따라 대나무밭으로 들어가 살펴보니 어느 한 지점에 발자국이 어지럽게 찍혀 있었다. 그리고 낫으로 찍어 자른 죽창처럼 뾰쪽한 대나무 등걸에 검붉은 뭔가가 묻어 있었다. 피가 틀림없었다. 아마도 어젯밤 도둑은 어두운 대나무 숲을 급히 뛰어 도망가다가 날카로운 대나무 등걸에 종아리나 발을 찔린 거 같았다. 주변의 마른 낙엽 위에도 피가 몇 방울 떨어져 있었다.

강선이 낮잠을 자려고 하는데 밖에서 인기척이 들려왔다.

"계십니까?"

대문을 밀고 안으로 들어온 사람은 정장을 말끔히 차려입은 40대 초반의 남자였다. 허연 얼굴에 머리가 짧고 배가 나온 것이 시골 사람은 아니었다. 도로공사 관계자인 듯싶었다. 강선은 방에서 고개만 내민 채 노려보았다.

"무슨 일입니까?"

"잠시 실례 좀 하겠습니다. 급해서 그러는데 화장실 좀……."

남자는 마당 구석에 있는 화장실을 향해 종종걸음을 쳤다. 잠시 뒤 화장실에서 굵은 오줌 줄기가 떨어져 내리는 소리가 들려왔다.

'보는 사람도 없는데 그냥 길가 나무 밑에 누지, 귀찮게…….'

"아, 시원하다!"

화장실에서 나온 남자는 밖으로 나가지 않고 집 안 이곳저곳을 기웃거리더니 집 뒤쪽으로 걸어갔다. 강선은 어젯밤의 일을 떠올리며 긴장했다. 초면의 남자가 불쑥 들어와 집 안을 살피니 께름칙했고 마음이 놓이지 않았다.

강선은 남자가 무슨 짓을 하는지 신발을 신고 쫓아가 살펴보고 싶었으나 너무 경박한 행동인 듯싶어 대신 소리를 질렀다.

"이 동네에는 무슨 일로 오셨습니까?"

그러나 대답이 없었다.

"어디서 오셨습니까?"

그제야 남자가 마당 쪽으로 걸어 나왔다.

"요즘 이런 집은 얼마나 가나……?"

남자는 여전히 집 안 곳곳을 두리번거리며 혼잣말처럼 말했다. 일부러 무시하는 것인지, 마치 강선이 없는 것처럼 행동했다.

"혹시 도로공사에서 나오셨습니까?"

그러나 남자는 이번에도 묵묵부답이었다. 불친절한 것이 역시 공무원……. 강선은 도로공사에서 나온 사람이 틀림없다고 생각했다. 어쩌면 기선제압을 하기 위해 저런 무례한 행동을 하는 것인지도 몰랐다. 사람들이 시위하러 떼로 몰려 나간 틈을 타 데모에 참여하지 않은 소극적인 자들을 우선 설득해 보려는 수작 같았다. 하지만 어림없었다. 초라하지만 전 재산을 털어 넣은 집이었다.

강선은 선수를 치기로 했다.

"멀쩡한 남의 집에 고속도로를 내겠다고? 한 발짝도 못 움직이니 그리 아쇼. 어차피 이 집 떠나면 나는 갈 데도 없어!"

마당가를 기웃거리던 남자가 그제야 강선을 돌아보고는 다가왔다.

"이 집 주인이시죠?"

"그럼, 내가 도둑이겠소!"

"이 집에 대해 상의를 좀 했으면 하는데요."

"이 집을……, 뭐 어쩌겠다는 겁니까? 남의 집을 통째 갈아엎겠다고? 어림없어요. 개수작 말아요."

그 말에 남자가 눈가에 번데기 주름을 잡으며 흐물흐물 웃었다. 왼쪽 눈 밑에 반달 모양의 흉터가 움찔거렸다.

"이 집 언제 비우실 겁니까?"

"비우다니? 누가 비운답디까?"

"도로가 날 텐데요?"

"도로는 무슨, 그런 일 결코 없을 테니 걱정 마쇼! 불도저로 밀어붙여 보라지, 내가 한 발짝이라도 움직이나."

"이 집을 파실 생각 없으십니까?"

"도로공사에?"

"그게 아니고……."

"그럼……?"

"실은 제가 영화사 직원입니다. 영화 찍을 집을 찾으러 헌팅을 나와 곧 헐릴 예정인 집 몇 채를 돌아봤습니다. 제가 본 집 중에는 이 집이 가장 적당한 것 같군요. 영화 마지막에 주인공이 개발에 항의하기 위해 집에 불을 지르는 장면이 있는데……."

"그래서, 불 지르려고 이 집을 사겠단 말입니까?"

"어차피 헐릴 집이잖습니까. 가격만 적당하다면……."

"얼마나 생각하고 있는데요?"

남자가 잠시 생각하는 표정을 지었다.

"아무래도 보상가보다는 좀 더 쳐드려야겠죠? 2천5백이면 어떻겠습니까? 대신 집은 바로 비워주셔야 합니다."

"에이……. 내가 이 집을 2천5백에 사서 그동안 수리하느라 들인 비용과 노력이 얼만데……."

강선은 말도 안 되는 가격이라는 듯이 손을 저었다.

"좋습니다. 그럼, 3천!"

남자는 그 정도는 예상했다는 듯이 망설임 없이 불러놓고 강선의 눈치를 살폈다.

3천이라? 강선은 빠르게 머리를 굴렸다. 분명 시세보다는 높은 가격이었다. 도로공사에 팔면 집값, 이사 비용, 아파트 입주권을 받겠지만, 그 가치를 다 합쳐봤자 3천만 원이 안

될 것 같았다. 아파트 입주권이라 봤자 미분양이 속출하고 있는 시골 아파트 입주권일 뿐이었고 입주할 돈도 없었다.

"저도 얼마라도 더 쳐드리고야 싶지만 제 돈 드리는 것이 아니라서……. 책정가 이상은 어렵습니다. 어떠신지……?"

강선의 얼굴을 뚫어져라 쳐다보던 남자가 그 가격이 한계선이라는 듯이 말했다.

"3천5백!"

강선은 좀 과하다 싶게 가격을 불렀다. 흥정은 일단 높은 가격을 불러놓고 시작하는 법이었다.

"까짓, 좋습니다, 3천5백!"

남자의 입에서 너무나 쉽게 대답이 터져 나왔다.

강선은 3천5백만 원에 집을 처분키로 합의하고 우선 계약금 3백5십만 원을 앉은자리에서 받아냈다.

남자가 돌아간 후 저녁 밥술을 뜨는 동안 강선은 자꾸만 밥알을 흘렸다. 정말 운이 좋았다는 생각이 들면서도 뭔가 께름칙했다. 사내의 태도로 보아서 한 4천쯤 불러놓고 흥정을 하는 건데 너무 낮게 불렀다는 생각이 들었다. 또 자신이 모르는 뭔가가 있는 것 같다는 생각도 들었다. 어쩌면 도로 공사의 보상금이 지금 책정가보다 훨씬 많이 나올지도 몰랐다. 그런 정보를 알고 있는 부동산 관계자가 소문이 나기 전에 미리 선수를 치는 것이 아닌가 하는 의심이 들었다.

'그 남자가 정말 영화사 관계자인지 알아보면 금방 답이 나올 텐데…….'

하지만 강선은 그 남자의 명함 한 장 받아두지 못했다. 너무 갑자기 이루어진 거래라서 가계약서 한 장 달랑 작성해 놓은 것이 전부였다.

나머지 잔금은 내일 아침 일찍 통장에 입금하기로 했고 돈을 받은 뒤 일주일 이내에 집을 비워주기로 했다. 살림살이를 제외하고는 집 안에 있는 것들을 조금이라도 움직이거나 훼손하면 안 된다는 것이 계약서상의 유일한 조건이었다.

'아무리 영화를 찍어도 그렇지, 그렇게 금방…….'

강선은 낮의 일을 생각하면 할수록 귀신에 홀린 것 같았다. 이런 생각 저런 생각에 쉽게 잠이 오지 않았다.

밤늦게 얼큰하게 술에 취한 꼭대기집 남자가 다리를 절뚝거리며 찾아왔다. 시위를 끝내고 술을 마신 뒤 돌아오는 길이라고 했다. 병원에 가서 치료받았는지 종아리 부분에 하얀 붕대가 감겨 있었다.

"이제 이 동네에까지 경찰이 쫙 깔려부렸네."

"예?"

"동네 입구 길가에 경찰버스들이 줄지어 서 있던디."

"그래요?"

강선은 시큰둥한 반응을 보였다. 이제 시위 같은 것은 남의 일이었다. 이사 가는 일만 남았다.

"내일은 데모하러 안 갈 거유?"

꼭대기집 남자가 다친 다리를 손으로 살살 문지르며 물었다.

"저는 오늘 집 팔았습니다."

"뭐요? 집을 팔았다고?"

꼭대기집 남자가 꽤 민감한 반응을 보였다. 마치 배신자를 쳐다보는 듯한 눈빛이었다.

"걱정 마세요. 도로공사에 넘긴 것이 아니라, 영화사에 넘겼습니다."

"영화사?"

"이 집을 배경으로 영화를 찍는다던데요."

"정말유? 참 별일이구먼……."

"낮에 어떤 남자가 찾아왔더라고요. 영화 찍기에 우리 집이 딱이라나 뭐라나."

"가만!"

무슨 생각이 났는지 꼭대기집 남자가 강선을 노려봤다.

"영화사에서 나왔다는 남자, 그 남자 이름이 뭐유? 어떻게 생겼던감?"

"왜요?"

"혹시 얼굴에 흉터 없던가유? 눈 밑에?"

"예? 그걸 어떻게……? 눈 밑에 반달 모양의 흉터가 있던데요. 아는 사람입니까?"

꼭대기집 남자의 표정에 갑자기 긴장감이 서렸다.

"새똥이 황금만이……. 맞네그려!"

"아, 아는 사람입니까?"

강선이 다시 물었다.

"안다기보다……. 내가 이사 오던 무렵에 이 집에 살았던 사람이 바로 그 사람이구먼. 눈 밑에 흉터가 꼭 새가 똥을 싸놓은 것 같대서 새똥이라 불렀슈."

"누구라구요?"

"아, 사제 권총 만들어 금은방 털었던 놈 말유."

강선은 순간 뭔가가 있다는 생각이 들었다.

"황금만이 그 친구, 이름 정말 잘못 지었지. 그러게, 사람 팔자를 누가 알겠슈. 이름을 지을 때는 재물 쌓고 떼돈 벌어 부자되라는 의미였을 텐디 사제 권총 만들어 금은방을 털 거라고 누가 생각이나 했겠냐고."

황금만이 금은방을 털었다……. 금은방……. 금은방이라……? 금은방을 털고 장기간 복역한 자가 교도소에서 나오자마자 옛집을 찾아왔다. 단순히 찾아온 것이 아니다. 집을 사려고 찾아온 것이다. 그것도 터무니없는 웃돈까지 주고…….

강선은 꽉대기집 남자가 돌아간 뒤 신문사 편집부 기자인 친구에게 전화 걸었다. 다행히 친구는 아직 잠을 자고 있지 않았다.

"야, 신문사 데이터베이스 접근할 수 있으면 검색 좀 해줘라. 황금만이라고, 10년 전쯤 금은방 털다 사람 다치게 하고 감방 갔는데, 당시 신문에 나지 않은 무슨 자료 없는지 검색 좀 해줘."

한 시간쯤 지나서 친구가 전화를 걸어왔다.

"그때 황금만이 꽤 큰 보석 상가를 턴 모양이야. 한 명이 크게 다쳤고……. 당시 시가로 5억 원 상당의 보석이 털렸다던데. 범인은 황금만 단독범으로 밝혀졌고……. 특이한 점은 훔친 보석이 전혀 회수되지 않았다는 거야. 황금만은 경찰에 쫓길 때 보석 가방을 어떤 장소에 숨겼다고 주장했는데 그 어디서도 발견되지 않았어. 15년 형을 받았으니 가석방으로 이미 출소했거나 곧 출소하겠네."

전화를 끊고 나서 강선은 생각에 잠겼다. 그렇다면 그가 혹시 범행 후……, 훔친 보물들을 이 집 어딘가에 숨겨 놓은 게 아닐까? 언젠가 읽었던 외국 추리소설 '집을 사러 온 사나이'에서처럼 말이다. 며칠 전에 들었던 도둑도 분명 뭔가를 찾고 있었다. 하지만 그런 방법으로는 감춰놓은 보석을 찾는 것이 쉽지 않다는 것을 깨닫고 결국 집을 사기로 작전을 바꾼 것……? 도둑질하다 들켰으니, 주인이 문단속을 더 철저히 할 것 같고 건물 철거 시간도 점점 가까워져 오니 초조했을 것이다. 그래서 영화를 찍는다느니 하는 수작을 부려 집을 사려고 했던 게 아닐까? 집을 사기만 하면 뭐든 자기 마음대로 할 수 있지 않은가. 방바닥을 뜯든 마당을 뒤엎든……. 적어도 도로공사의 불도저가 밀려오기 전까지는 말이다.

강선은 이 집에 수억 원어치 보석이 숨겨져 있다면 그곳이 과연 어디일까 이리저리 눈을 굴렸다. 집을 사야 찾을 수 있는 곳이라면 쉽게 발견할 수 있는 곳은 아닐 것이다. 당시 보석을 찾기 위해 형사들이 집 안 곳곳을 뒤졌을 텐데, 찾아내지 못한 것이 그 증거였다.

강선은 벽에 귀를 대고 두들겨보기도 하고 방바닥 장판을 들추어 보기도 했다. 좁은 벽장으로 기어 올라가 무슨 흔적이 없나 살피기도 했다. 손전등을 들고 시커먼 아궁이 속으로 기어서 들어가 구들을 살폈고, 긴 장대를 재래식 화장실 속에 넣어 휘저어 보기도 했다.

밤새 한숨도 못 잔 강선은 다음 날 이른 아침부터 마당가 화단을 파기 시작했다. 뭔가를 묻었다면 마당처럼 흙이 딱딱한 곳은 피했을 것이다. 분명 황금만도 파기 좋은 곳을 택했으리라.

'나라면 어디에 숨겼을까……?'

강선은 집 안 곳곳을 파고 다시 묻기를 반복했다.

강선은 온종일 집 안을 파헤치다 지쳐서 저녁 무렵 몇 시간 잔 것이 전부였다. 눈을 뜨자마자 라면 하나를 끓여 먹고 다시 밤새 땅을 팠다. 그리고 다음 날도 아침부터 같은 일을 반복했다. 사람들이 모두 시위하러 몰려가서 동네가 조용한 것이 다행이었다.

"이게 무슨 짓입니까?"

3일째 정오 무렵, 등 뒤에서 갑자기 들려온 소리에 강선은 삽질을 멈추고 돌아보았다. 황금만이 잔뜩 화가 난 표정으로 버티고 서 있었다.

"무슨 짓이라니요?"

강선은 애써 아무 일도 아니라는 듯한 표정을 지었다.

"계약 조건이 이 집을 훼손하지 않는 거 아닙니까?"

"훼손이요? 전에 묻어놓은 뱀술을 찾으려고 땅 조금 팠기로서니 무슨 훼손입니까?"

"어쨌든 이러면 곤란합니다. 이미 잔금도 치렀고, 이제 이 집은 내 집이니 빨리 비워주세요."

그 말을 듣고 있자니 강선은 강한 반발심이 생겼다.

"아니죠. 제가 집을 비워주기로 한 17일까지는 내 집이죠. 아직 사흘이나 남았는데요. 그리고 뱀술 찾는 것도 이사 준비의 하나 아닙니까. 물건을 다 챙겨야 이사 갈 거 아닙니까."

"하여튼 땅을 파헤치는 건 절대 안 됩니다. 집 안 풍경이 조금이라도 바뀌면 안 됩니다. 자꾸 이런 일이 발생하면 계약을 파기할 수도 있습니다."

"그러고 싶으면 마음대로 하세요."

강선은 물러나지 않고 다시 삽질할 태세를 취했다.

"이리 내요."

황금만이 강제로 강선이 쥐고 있는 삽을 빼앗았다.

"제길! 알았습니다. 까짓, 제가 뱀술 포기하죠."

강선은 황금만의 표정을 보고 한발 물러났다. 눈에 살기가 가득했다. 전에 금은방을 털 때 경비원의 얼굴에 총을 쏜 인간이었다. 사제 총이어서 총알이 약하지 않았다면 경비

원은 현장에서 즉사했을 것이다.

위험한 일이라고 보물찾기를 포기할 수는 없었다. 강선은 황금만이 돌아가고 나서 밤에 다시 작업을 시작했다. 땅을 파헤치고 묻기를 반복했다. 다시 흙을 메울 때는 팠던 흔적이 남지 않도록 전보다 몇 배 신경 썼다. 황금만이 언제 다시 들이닥칠지 모른다는 불안감 때문이었다.

시간이 없었다. 집을 비워주기로 한 사흘 안에 보물을 찾아내야만 했다. 강선은 땅을 파면서도 황금만이 다시 찾아올까 무서워 자꾸만 뒤를 돌아보았다. 황금만은 교도소에서 청춘을 썩인 대가인 자신의 보물들을 강선이 찾고 있다는 걸 알게 되면 분명 죽이려 들게 틀림없었다.

'땅 파는 걸 가지고 트집 잡는 것만 봐도 명확해. 보물은 분명 땅속에 있어. 제길, 왜 이리 집이 넓은 거야…….'

1미터 깊이의 구덩이 하나 파는 데도 두 시간 남짓 걸렸다. 파도 파도 팔 곳이 너무 많았다. 지금껏 살아오면서 늘 집이 좁다고 투덜거렸는데 평생 처음으로 넓다고 투덜거리고 있었다.

밤새 쉬지 않고 땅을 파다 보니 손에 물집이 잡혔고, 물집이 터져 몹시 쓰라렸다.

생각 끝에 강선은 광에 있는 긴 쇠막대를 가져다가 끝을 뾰족하게 갈아 탐침봉을 만들었다. 죽은 소나무 밑의 봉령을 찾거나 지뢰를 찾을 때처럼 그 꼬챙이를 땅속 깊이 찔러 넣기를 반복했다.

이제 보물을 찾을 수 있는 시간은 오늘 밤과 내일 아침뿐이었다. 내일 오후에 이삿짐 차가 오기로 되어 있었다.

자정 무렵, 탐침봉으로 담장 밑 어느 지점을 찌르니 갑자기 쑥 들어갔다. 흙 속의 공간이 느껴졌다.

강선은 탐침봉으로 찌른 곳을 삽으로 파내기 시작했다. 허리 한 번 펴지 않은 채 쉬지 않고 삽질을 하니 1미터를 파는 데 채 한 시간도 걸리지 않았다. 드디어 흙 속에서 뭔가가 보였다. 오래전에 묻어놓은 보따리였다. 드디어 찾은 건가?

강선이 그 보따리를 끌어내려는 순간 뭔가가 강선의 뒤통수를 후려쳤다. 강선은 콧속에서 풍기는 진한 피 냄새를 맡으며 구덩이 안으로 고꾸라졌다. 다시 몽둥이가 강선의 몸으로 날아들었다. 강선은 팔로 머리를 감싸며 몸을 웅크렸다. 구덩이 옆에 켜놓은 손전등 불빛에 몽둥이를 들고 있는 악귀 같은 얼굴이 드러났다. 황금만이었다.

"네놈 정체가 뭐냐?"

황금만이 강선의 머리 위쪽에 버티고 서서 물었다.

"너 형사냐?"

"살, 살려줘……."

"대답해!"

황금만이 다시 몽둥이를 치켜들었다. 강선은 날아올 몽둥이를 피하고자 상체를 뒤로 젖혔다. 그 순간 손에 차가운 뭔가가 잡혔다. 탐침봉이었다. 강선은 재빨리 탐침봉을 집어 몽둥이를 휘두르며 달려드는 황금만의 가슴을 향해 찔렀다. 몽둥이가 강선의 머리가 아닌 등을 후려쳤다. 하지만 예상보다 약했다.

강선이 질끈 감았던 눈을 뜨니 황금만이 옆에 고꾸라져 있었다. 강선은 재빨리 황금만에게서 떨어졌다.

"으으으으……."

황금만의 입에서 낮은 신음이 흘러나오다가 그마저도 끊겼다.

강선은 구덩이 옆에 놔뒀던 손전등을 집어 황금만을 비췄다. 죽었는지 살았는지 자세히 살펴볼 필요도 없었다. 왼쪽 가슴을 뚫고 들어간 탐침봉이 등으로 삐져나와 있었다.

현기증이 일었다. 이유야 어찌 되었건 살인을 저지른 것이다.

한동안 멍하니 있던 강선은 엉금엉금 기어 구덩이로 다가갔다. 보물을 꺼내기 위해서였다. 그러나 나일론 보따리 속에는 나온 것은 썩어가는 옷가지들뿐이었다. 보자기에 단단히 싸여 파묻혀 있던 것은 여러 벌의 여자 옷이었다.

'왜 이런 걸 여기에 묻었을까?'

강선은 의아했으나 깊이 생각할 겨를이 없었다.

'이 시체를 어떻게 처리한다?'

경찰에 자수하여 정당방위였다고 주장해도 믿어줄 것 같지 않았다. 모든 걸 다 설명하기도 힘들 테고, 이게 정당방위에 해당하느냐의 문제도 있었다. 강도를 죽였든 누구를 죽였든 우리나라 법원에서 정당방위 판결이 난 경우는 거의 없었다.

"제길!"

황금만이 이 밤중에 이 집에 온 것을 아는 사람이 없을 테니 몰래 시체를 처리하면 그만이었다. 그런데 어떻게? 시체를 이 동네에 묻을 수는 없었다. 아무리 잘 묻어도 도로공사가 시작되어 불도저가 밀어대면 금방 발각될 것이다. 시체를 동네 밖으로 옮겨야 하는데 며칠 전부터 경찰이 동네 곳곳을 감시하고 있는 게 문제였다. 아마 지금도 경찰관들이 마을 곳곳에서 보초를 서고 있으리라.

강선은 보따리를 꺼낸 구덩이에 시체를 밀어 넣었다. 내일 점심 무렵 이삿짐 차가 오기로 되어 있으니 일단 이사는 가야 했다. 시체를 임시로 파묻어 두었다가 기회를 봐서 다시 돌아와 영구적으로 처리할 생각이었다.

그러나 강선은 곧 삽질을 멈췄다. 혹시라도 황금만이 실종되었다는 사실이 알려지고 이 동네로 들어오는 것을 본 목격자가 있다면? 이 집을 새로 산 사람이 황금만이니 그가 실종되면 분명 형사들이 이 집을 드나들 터였다.

아무리 임시로 처리하는 시체라 해도 형사들이 찾기 쉽지 않은 곳에 묻어둘 필요가 있었다. 그리고 꺼낼 때는 남들의 눈을 피해 신속히 꺼낼 수 있는 그런 곳이어야 했다.

그런 곳이 과연 어딜까?

잠시 생각하던 강선은 부엌으로 들어가 낡고 작은 찬장을 옆으로 옮기고 그 밑을 파기 시작했다. 생각보다 흙이 부드러웠다. 30센티쯤 파자 뭔가가 삽 끝에 걸렸다. 시골 김장독 크기 정도의 항아리였다. 그러나 김장독은 분명 아니었다. 뚜껑이 씌워져 있었는데 비닐과 고무줄로 단단히 밀봉되어 있었다. 강선은 가슴이 뛰기 시작했다. 드디어 황금만의 보물을 찾은 것 같았다.

단단히 감긴 고무줄을 끊어내고 비닐을 풀어 뚜껑을 열자 심한 악취가 풍겼다. 강선은 코를 막으며 손전등으로 항아리 안을 비췄다. 처음에는 항아리에 든 것이 무엇인지 알 수 없었다. 긴 머리카락 같은 것이 보였을 뿐이었다. 곧 강선은 소스라치게 놀라며 뒤로 물러났다. 항아리 안에 든 것은 다름 아닌 시체, 여자 시체였다. 단단히 밀봉되어 있어 공기가 통하지 않아 거의 썩지 않은 여자 시체가 알몸으로 웅크려 앉아 있었다.

강선은 그제야 깨달았다. 황금만이 이 집을 찾아온 이유를. 그는 보물을 가지러 온 것이 아니었다. 그는 도로공사를 앞두고 아내의 시체를 찾으러 왔던 것이다. 아내가 옷가지를 챙겨 도망갔다고 한 말은 전부 거짓말이었다. 모두 황금만의 짓이었다. 아내를 살해한 뒤 아내의 옷가지를 담 밑에 파묻고 시체는 항아리에 넣어 부엌 찬장 밑에 묻었던 것이다.

강선은 여자 시체가 들어 있는 항아리 옆에 구덩이를 파고 커다란 김장독을 하나 더 묻었다. 그리고 그 속에 황금만의 시체를 집어넣었다. 주민들의 시위가 마무리되면 경찰도 철수할 것이다. 그때 다시 돌아와 놓고 간 김장독을 가져간다며 조용히 파내갈 생각이었다. 부엌은 문만 닫으면 안에서 무슨 일을 하든 사람들의 눈에 뜨이지 않는 장소였다.

시체 처리 작업은 아침 무렵 완벽하게 끝났다. 이제 불도저가 와서 밀어붙이기 전까지는 그 누구도 시체를 찾을 수 없으리라.

꼭대기집 남자는 다리를 절면서도 열심히 강선의 이사를 도왔다. 그는 강선의 물건들을 자기 물건 다루듯 하나씩 꼼꼼히 살피며 빠트리지 않고 트럭에 옮겨 실어줬다. 그는 여전히 호기심도 많았다. 이상한 물건이나 상자를 보면 그것이 무엇인지, 안에 무엇이 들었는지 반복해 물어댔다.

"이건 못 보던 거 같은디……. 꽤 무겁네. 뭐유?"

"아, 그거요. 이사 와서 짐 정리하다가, 수납 상자가 필요해 얼마 전에 읍내 나가 사 온 겁니다."

"안에 뭐가 들었슈? 혹, 깨지는 물건은 아니쥬? 깨지는 물건이면 안에 신문지라도 구겨 넣어야 할 텐디……."

"아, 열어보실 필요 없습니다. 만화책입니다."

꼭대기집 남자는 좀 무례하고 귀찮은 인간이긴 해도 정은 많은 사람 같았다. 강선이 이사를 오는 사람도 아니고 가는 사람인데, 자기 일처럼 나서서 이것저것 하나하나 살피며 꼼꼼히 챙겼다. 어쩌면 그는 생각보다 괜찮은 남자인지도 몰랐다.

"이 흉가가 또 텅 비게 됐네. 황금만이는 언제 이사 오려나?"

이삿짐을 모두 트럭에 옮겨 싣고 난 꽉대기집 남자가 장자가를 바라보며 중얼거렸다.

"곧 오겠죠, 뭐. 그동안 정말 감사했습니다."

"인연이 되면 또 만나겠쥬. 잘 가슈!"

꽉대기집 남자는 목발 대용으로 쓰는 작대기를 머리 위로 들어 강선이 탄 트럭을 향해 오래도록 흔들었다. 시원섭섭하다는 표정이었다.

그 순간 강선의 뇌리에 뭔가가 번쩍 스쳐 지나갔다.

시체를 처리하며 보니 황금만의 다리와 발에는 대나무 등걸에 찔린 상처가 없었다. 며칠 전 한밤중에 강선의 집에 침입했던 도둑은 황금만이 아니었다. 그렇다면 그날 강선의 집에 침입해 뭔가를 열심히 찾던 사람은 누구였을까?

황금만의 집 어딘가에 황금만이 강도질해 숨겨놓은 고가의 보물이 있다고 믿는 사람이 더 있는 게 틀림없었다. 이제 그 사람은 밤마다 주인 없는 흉가를 제집 드나들 듯 드나들며 마음대로 뒤지고 다니리라.

내가 죽인 남자

"무슨 일 났나 봐?"

귓가에 대고 속삭이는 듯한 여자의 목소리에 악몽에서 깼지만, 여전히 비몽사몽이었다. 부드러운 손길이 내 가슴을 쓰다듬어 댔다.

"설마, 불난 건 아니겠지?"

가슴을 애무하던 손길이 사라지며 침대가 출렁거렸다. 곧이어 커튼을 젖히는 소리가 들렸다.

"무슨 일이지? 구급차와 경찰차가 왔어!"

그제야 익숙한 경찰차 사이렌 소리가 낯설게 여겨졌다.

나는 더 자고 싶었지만, 경찰차 사이렌 소리를 들은 범죄자처럼 정신을 차리려고 노력했다. 손등으로 눈을 비비고 나서 눈을 떴다. 상체를 일으키니 시력이 완전히 돌아오지 않은 눈에 낯설면서도 익숙한 풍경이 들어왔다. 화려한 벽지의 천장과 은은한 조명, 화장대와 컴퓨터, 작은 냉장고, 작은 테이블과 주변에 아무렇게나 늘어서 있는 술병들. 커튼 사이로 날이 밝아오는 성에 낀 창문과 창문 앞에 팬티만 입은 채 서서 창밖을 살피고 있는 단발머리 여자의 뒷모습이 보였다. 여자는 아내가 아닌 하민아였다. 그렇다면…… 외박을 한 것이다. 순간 아내의 짜증 가득한 얼굴이 뇌리를 스쳐 갔다. 이번에는 또 뭐라고 변명하지……?

"저 경찰 아저씨, 아는 사람 아냐?"

하민아의 말에 알몸으로 침대에서 내려섰다. 어지럼증이 일며 몸이 휘청했다. 뇌가 녹아버린 것처럼 머리가 지끈거렸다. 술 탓이었다. 비틀거리며 창가로 가서 창문을 열고 밖을 내다봤다. 찬 공기가 온몸을 감쌌다. 역시 이곳은 하민아와 내가 한 달에 한 번쯤 들르는 '아모르 모텔' 3층이었다. 상체를 옆으로 돌려 출입구 쪽을 살펴보니 구급차 한 대와 인근 지구대 경찰차 한 대가 불빛을 번쩍이며 서 있었다. 하지만 경찰은 보이지 않았다. 어디선가 시끄러운 말소리가 들려왔다. 소란의 위치를 파악하기 위해 상체를 조금 더 창문 밖으로 내밀어 아래쪽을 살폈다. 우리 방 바로 아래쪽 1층의 방범창 창살 한쪽이 뜯겨 밖으로 젖혀져 있는 것이 보였다. 소란은 그 방에서 일고 있는 것 같았다. 무슨 큰일이 난 것 같았다.

휴대전화를 찾았다. 내 휴대전화는 컴퓨터 책상 위에 꺼진 채 놓여 있었다. 전화기를 켜자 밤사이 문자 세 개와 카톡 세 개가 들어와 있었다. 카톡을 확인하려는데 전화벨이 울렸다.

"여보세요?"

내 입에서 쉰 목소리가 흘러나왔다.

"최 경위님, 살인사건입니다."

여형사인 송초아가 통보하듯 말했다.

"뭐?"

"조금 전에 지구대에서 연락이 왔는데, 양송리에 있는 아모르 모텔 1층에서 투숙객이 살해당했답니다. 강력계는 모두 현장으로 출근하랍니다."

그 말을 듣는 순간 나는 어떤 위기감에, 위기감의 실체인 하민아를 돌아봤다. 하민아는 꺼놓았던 휴대전화를 켜서 들여다보고 있었다.

"엄마가 왜 밤에 세 통씩이나 전화했지?"

불안한 기색으로 중얼거리는 하민아는 여전히 팬티만 입고 있었지만 이미 세면을 마치고 립스틱을 칠하고 눈썹을 그린 말끔한 얼굴이었다. 마흔두 살인 하민아는 늘 내게 민얼굴을 보이지 않으려고 노력했다.

"홍 팀장님은 이미 출발했을 겁니다."

"아, 알았어! 곧장 아모르 모텔로 갈게. 모텔서 보자고."

전화를 끊었다.

"큰일 났어!"

"무슨 일인데?"

하민아가 휴대전화에서 고개를 들어 동그란 눈으로 나를 쳐다봤다.

"이 모텔서 살인사건이 났대."

"살인사건? 정말? 자기, 또 한참 정신없겠네."

하민아가 창가로 가서 다시 아래를 내려다봤다.

"아, 차라리 잘됐다! 범인 잡으면 진급할 수 있잖아?"

"뭐어? 그게 무슨 뜬금없는 소리야?"

"자기, 이번에도 진급에서 탈락했다며. 후배가 먼저 진급했다면서 내게 밤새도록 술주정한 거 기억 안 나?"

"지금 그런 잡담 하고 있을 시간 없어. 빨리 옷 입어!"

나는 속옷을 찾으려고 두리번거리며 옷장 문을 열었다. 나와 하민아의 속옷과 양말, 겉옷이 옷장 안 옷걸이에 가지런히 걸려 있었다. 내 습관이 아니었다. 하민아의 솜씨였다.

"옷 입으라니까!"

"잠깐만! 엄마한테 전화 한 통만 하고."

하민아는 밤에 어머니가 전화를 세 통이나 했다는 것이 꽤 신경 쓰이는 모양이었다.

"전화는 밖에 나가서 해. 이 모텔에서 살인사건이 일어났다는 게 무슨 의미인지 몰라? 형사들이 이 모텔에 묵은 사람들을 죄다 조사할 거라고. 심지어 모텔 CCTV까지 꼼꼼히 돌려볼 거야."

"누가 이 모텔에서 죽었든 살았든 우리와 전혀 상관없는 일인데 그게 뭐 큰일이라고……?"

"왜 큰일이 아니야. 경찰 불륜은 중징계감이야! 해임이나 파면을 당할 수도 있어. 일단 여기서 빨리 빠져나가야 해."

그제야 하민아는 긴장한 표정으로 급히 옷을 입기 시작했다.

나는 KF94 마스크를 눈 밑까지 올려 썼고 하민아는 한술 더 떠서 마스크는 물론 점퍼에 달린 모자를 단발머리에 푹 눌러썼다.

우리는 엘리베이터를 타지 않고 들어올 때 코로나 감염을 의식해 사용한 비상계단으로 살금살금 내려갔다. 1층 비상계단 입구 앞에 엘리베이터가 있었고 그 바로 옆이 창문이 열려 있는 카운터 방이었지만 방 안에 사람은 없었다. 1층 복도를 조심스럽게 살피니 방문이 열린 복도 끝 객실 앞에 마스크를 쓴 여주인과 남자 한 명이 방 안을 들여다보고 있었다. 경찰관과 구급대원들은 방 안에 있는 것 같았다. 다행히 계단 바로 옆이 출입구였다. 나는 하민아에게 빨리 밖으로 나가라는 손짓을 했다. 모자를 눌러 쓴 하민아가 고개를 푹 숙인 채 CCTV 밑을 재빨리 통과해 건물 밖으로 나갔다. 나도 고개를 숙인 채 뒤따라 모텔을 빠져나왔다.

우리는 거리를 두고 걷다가 멈춰서서 서로에게 손을 흔든 뒤 그대로 헤어졌다. 하민아는 택시를 잡아타고 집으로 갈 테고 나는 다시 모텔로 돌아가야 했다.

경찰 승합차 한 대와 승용차 두 대가 연이어 모텔 주차장 안으로 들어갔다. 마을버스 정거장 의자에 앉아 모텔을 지켜보고 있던 나는 빠른 걸음으로 다시 모텔로 향했다.

모텔 주차장으로 들어서자 차에서 내려 모텔 건물 입구

로 들어가는 홍성준 팀장의 뒷모습이 보였다. 나는 급히 뒤쫓아가며 큰소리로 인사를 건넸다.

"안녕하세요! 무슨 사건입니까?"

오랜만의 살인사건이었다.

어젯밤 양송리 월출산 밑에 있는 3층짜리 아모르 모텔 1층 108호에서 40대 중반쯤의 남자가 칼에 목과 가슴을 찔려 사망했다.

인구가 2만 명 정도인 가청읍 외곽에 있는 아모르 모텔은 자동차가 많이 다니는 왕복 2차선 도롯가에 있지만, 외지인들이 여행하다가 들러 숙박하는 경우는 드물고 대부분 인근에 거주하는 남녀가 하룻밤을 보내는 일종의 러브호텔이었다. 코로나 사태가 터지고 술집 영업시간에 제한이 생긴 뒤로는 술꾼들이 2차를 하는 장소로 사용되기도 했다. 술집이 많은 은평리 번화가에서 도보로 15분 정도 걸렸다.

어젯밤 나와 하민아도 번화가에서 술을 마시다가 코로나 방역 수칙에 따라 술집 영업이 9시에 종료되자 편의점에서 술을 사 들고 이 모텔까지 걸어왔다.

직사각형 모양의 3층짜리 건물인 아모르 모텔은 1층에서 3층까지 각 층마다 여덟 개의 객실이 있었다. 객실의 총수는 24개지만 1층 출입구 옆 창문이 있는 객실은 여주인과 종업원이 교대로 머물며 손님을 상대하는 카운터 방이었다.

주차장 출입구가 있는 북쪽과 월출산과 이어져 있는 동쪽에 총 20대쯤의 소형차를 주차할 수 있는 주차장이 있었다. 친구나 가족끼리 차를 이용해 모텔에 온 사람들은 모텔 출입구와 가까운 북쪽 주차장을 선호했고, 불륜관계의 남녀 등 모텔에 온 사실을 숨기고 싶어 하는 사람들은 동쪽 주차장을 선호했다.

사건이 일어난 108호는 하루 숙박비가 4만 원인 실버룸인데 지난밤 내가 묵었던 6만 원짜리 VIP룸인 308호와 구조는 똑같았다. 출입문을 열면 현관, 현관에서 신발을 벗고 들어서면 왼쪽이 화장실, 오른쪽이 옷장이었다. 방 오른쪽 벽에 긴 붙박이 테이블이 있어 아래와 위에 의자, 냉장고, 컴퓨터, 텔레비전, 거울, 드라이기 등이 비치되어 있었다. 방 가운데에 2인용 침대, 침대와 창문 사이에 작은 테이블 하나와 의자 두 개가 놓여 있었다.

3층 VIP룸과 1층 실버룸이 다른 점은 침대와 가전제품들이었다. 3층은 호텔 같은 분위기였지만 1층은 20년 전 가구와 가전제품들이 여전히 그대로 자리를 차지하고 있었고 창문에 녹슨 방범용 쇠창살까지 붙어 있었다.

죽은 40대 중반의 남자는 삼각팬티에 모텔 목욕가운을 걸친 채 화장실과 침대 사이에 옆으로 쓰러져 있었다. 목에서 피가 흘러나와 있었고 왼쪽 가슴 부위 맨살에 과도가 꽂혀 있었다. 칼에 심장을 찔려 심장이 바로 멈췄기 때문인지 몸 밖으로 흘러나온 피의 양은 많지 않았다.

우리 형사들이 갔을 때는 피 묻은 모텔 수건이 옆으로 치워져 있었지만, 현장에 제일 먼저 도착해 사망을 확인한 지구대 경찰관들과 구급대원들이 방 안에 들어갔을 때는 피가 흥건한 모텔 수건이 과도 손잡이를 느슨하게 감싼 채 죽은 사람의 가슴 부위를 덮고 있었다.

오전 10시. 과학수사팀원들이 사진을 찍어가며 변사자의 지문을 뜨고 있을 때 국과수 부검의 출신 검안의가 도착했다.

검안 소견은, 피해자는 서 있는 상태에서 과도에 목을 두 번 찔렸고 가운을 입은 상태에서 가슴을 한 번 찔렸다. 마지막 칼날은 가운의 옷섶 사이 맨살을 파고들었다. 칼날이 왼쪽 갈비뼈 사이로 지나가 심장을 찔렀다. 목의 자창은 두 번 다 칼날이 왼쪽 경동맥을 비켜 가 치명적이지는 않았다. 하지만 살인자가 칼로 피해자의 목을 찔렀다는 것은 처음부터 죽일 의도가 분명했다는 의미였다. 가슴의 자창은 첫 번째는 두꺼운 가운이 방패 역할을 해서 상처가 그리 깊지 않았고 심장을 찌른 두 번째 공격이 사망원인이었다.

시체의 체온과 경직 상태, 시반으로 추정한 남자의 사망시각은 어젯밤 11시에서 오늘 새벽 1시 사이였다.

피해자는 칼로 네 번 찔렸지만 방심하고 있다가 방어할 틈도 없이 당한 것 같았다. 방 안 어디에도 싸운 흔적이 없었고 시체의 손과 팔에도 칼을 막으려다 생긴 방어흔이 없었다. 싸우는 소리를 들은 사람도 없었다.

어젯밤 3층과 2층의 객실에는 손님들이 많았지만 1층은 사건이 일어난 108호, 108호와 복도를 사이에 두고 대각선 방향으로 있는 105호, 그리고 여주인이 있던 카운터 방에만 사람이 있었다. 105호는 어젯밤 11시쯤 술집 종업원으로 보이는 여자와 비슷한 또래의 남자가 투숙했는데 새벽 1시쯤 카운터 앞 바구니에 열쇠를 반납하고 퇴실했다.

사건 현장에서 검안이 끝난 시신은 냉장 보관하기 위해 인근 양청병원 장례식장 시체안치실로 옮겨졌다. 부검 영장이 발부되는 대로 국립과학수사연구원으로 옮겨 부검할 예정이었다.

사건이 일어난 108호의 테이블 위에는 마른오징어와 맥주캔이 두 개 놓여 있었는데 맥주캔 하나는 비어 있었고 하나는 따지도 않은 새것이었다.

108호 화장실의 문손잡이, 수도꼭지, 세면기, 샤워부스, 그리고 열려 있던 모텔방 창문과 뜯긴 쇠창살에서는 루미놀 반응이 전혀 없었다. 손을 씻은 흔적이 없는데도 창문과 쇠창살에 혈흔이 묻지 않은 걸 보면 두꺼운 수건으로 칼손잡이를 감싼 상태에서 살인을 저질렀기에 범인의 손에 피가 묻지 않은 것 같았다. 범인이 수건으로 칼손잡이를 감싼 의도는 칼을 들고 피해자에게 접근할 때 칼을 감추기 위한 것이었을 수도 있고, 칼로 피해자를 찌를 때 튄 피가 몸에 묻는 것을 방지하기 위한 것이었을 수도 있고, 칼을 쥔 손에 상처가 나는 것을 방지하기 위한 것이었을 수도 있고, 칼에 지문이 남는 것을 방지하기 위해 그랬을 수도 있었다.

하나하나의 단서들이 우발적 살인이 아닌 계획 살인임을 말해주고 있었다. 범인은 피해자를 살해할 흉기를 미리 준비해 왔고 처음부터 목을 노렸고 방범창 창살을 뜯어낼 도구도 미리 준비해 왔다. 이런 점으로 봐서, 과학수사팀원들이 방 안 곳곳에서 다양한 지문을 채취했지만 그중에 범인의 지문이 포함되어 있을 확률은 매우 낮았다. 범인은 도주로와 도주 방법도 미리 생각해 두었다가 계획대로 행동했을 것이다.

범인은 도망갈 때 피해자의 가방과 휴대전화, 지갑 등을 가져갔다.

방범창 창살은 밖이 아닌 안에서 뜯어냈다.

창문 밑은 화단이었고 그 앞이 건물 뒤쪽 주차장이었다. 성인 허리 높이의 주차장 담을 넘으면 겨울밤에는 사람들이 거의 다니지 않는 산책길이 나왔다. 그 산책길을 따라가면 해발 350m인 월출산으로 올라가는 등산로가 나왔고 등산로를 따라 올라가면 월출산을 넘어 다른 동네로 갈 수 있었다.

시체에서 뜬 지문으로 피해자의 신원이 확인되었다. 피해자는 45세의 우태권이었다.

“우태권?”

피해자 이름을 듣는 순간 나는 고개를 갸웃거리지 않을

수 없었다. 들어본 이름이었다. 하지만 동명이인일 거로 생각했다. 그 사람일 리 없었다. 그 사람이어서는 절대 안 되었다.

하지만, 맞았다.

우태권은 어젯밤 나와 함께 있었던 하민아의 남편이었다. 그 사실을 확인하는 순간 나는 두 다리가 다 후들후들 떨렸다. 남편이 모텔 1층 108호에서 살해되던 시각에 아내는 같은 모텔 3층 308호에서 불륜남과 정을 통하며 즐거운 시간을 보내고 있었다. 그런데 그 불륜남이 바로 나였고 불륜녀 남편을 죽인 범인을 잡아야 하는 형사였다.

나는 야구방망이에 뒤통수를 얻어맞은 것처럼 머릿속이 하얗게 변한 상황에서도 하민아가 남편이 살해되었다는 소식을 듣게 되면 어떤 표정을 지을지 궁금했다.

나와 하민아의 불륜관계는, 마음의 불륜은 약 4년 정도 되었고 육체적 불륜은 약 3년 정도 되었다. 하지만 나는 하민아에 대해 아는 것이 많지 않았다.

하민아와 내가 처음 만난 것은 약 5년 전으로 내가 오래도록 활동해 온 등산동호회에서였다. 처음에 나는 하민아가 30대 초반인 줄 알고 당시 40세인 나와 나이 차가 크다는 생각에 관심을 두지 않았다. 그런데 알고 보니 나와 나이 차가 세 살밖에 나지 않았다. 하민아는 동안인 데다 화장발까지 좋았다.

등산은 힘들고 위험한 면이 있어 같이 등산하는 사람들끼리 서로 의지하려는 경향이 강해 금방 친해진다. 하민아는 몇 번 산을 오르고 나서 바쁘다는 핑계를 대며 등산은 거의 하지 않았으나 총무였던 나와 친해진 뒤로 뒤풀이 장소에는 자주 얼굴을 내밀었다.

하민아는 모임에서 목소리가 큰 여자가 아닌, 잘 웃고 남들의 말에 잘 공감하고 동조하는 여자였다. 누군가가 무슨 이야기를 하면 손뼉을 치며 "와하하, 정말 그랬어요?", "정말 멋져요!", "정말 재밌어요!", "어머머, 정말 안 됐네요!" 라고 말하며 박자를 맞추고 흥을 돋웠다. 그녀 앞에서 무슨 이야기를 하더라도 그녀는 내 이야기에 푹 빠져 있는 것 같았다. 그녀의 반응은 슬플 때는 위로가 되었고 뭔가를 자랑할 때는 더욱 기분이 좋아지곤 했다. 그 때문인지 나는 아내나 친구들에게 하기 어려운 말들까지 그녀에게는 털어놓곤 했다.

그녀에게 호감을 느낀 뒤로 나는 우리 등산 모임 이외의 사적인 자리에까지 그녀를 불러내기 시작했다. 그러다 3년 전 가을, 술기운에 같이 하룻밤을 보낸 뒤 줄곧 불륜관계를 유지해 오고 있었다.

불륜관계 초기에 우리는 한 달에 두세 번 정도 만나 술을 마시고 잠자리를 가졌다. 밤부터 아침까지 같이 있는 긴 밤은 몇 번 없었고 대부분 저녁 6시쯤 만나 술을 한 잔 마신 뒤 10시쯤 숙박업소에 들어가 관계를 갖고 새벽 1시나 2시쯤에 나와 각자 집으로 돌아가곤 했다. 그런 관계가 6개월쯤 유지되다가 이후 한 달에 한 번꼴로 만나고 있었다.

하민아는 사람들의 과장된 무용담이나 뻔한 허풍에도 속아 넘어간 것처럼 연신 장단을 맞춰대곤 했지만 겉보기와 달리 꽤 치밀한 면이 있었다. 그녀는 나와 여관에 갈 때면 늘 집에서 가져온 비누를 사용했다. 나는 처음에는 남들이 쓴 비누나 샴푸를 쓰지 않으려는 결벽증 때문인 줄 알았다. 그런데 그게 아니었다. 여관에 있는 비누나 샴푸를 사용하면 몸에서 나는 향기가 달라져 남편에게 의심받을 수 있기에 집에서 쓰는 거와 같은 비누를 미리 준비해 오는 거였다.

하민아에 관해 이야기하자면 108호에서 살해된 그녀의 남편 이야기를 하지 않을 수 없다. 내가 언젠가 그녀에게 남편 아닌 남자와 자는 게 찔리지 않냐고 물었을 때 "우리 남편이 먼저 바람피웠어!"라고 심드렁하게 말한 적이 있었다.

하민아에게 조금씩 들은 이야기에 추측을 가미해 그녀의 남편에 관해 이야기해 보면, 아내가 아모르 모텔 3층에서 바람을 피우고 있는 사이 1층에서 살해된 우태권은 고향은 어딘지 몰라도 대전에서 자랐다. 고등학교 졸업이 최종 학력이었다. 고등학교 3학년 때 대학 입학시험 대신 공무원 시험을 준비하여 다음 해 9급 공무원 시험에 합격했다. 대학은 안 갔지만 공부 머리가 나쁘지는 않았던 것 같았다.

경기도 어느 동사무소에서 일하던 우태권은 서울에서 여대를 졸업한 동갑내기 하민아와 26세 때 중매로 만나 결혼했다. 이후 우태권의 직장 생활과 결혼 생활은 무난했던 것 같았다. 하지만 아이가 안 생겨 결혼 7년 차에 인공수정으로 딸을 출산했다.

우태권이 16년간의 공무원 생활을 접은 것은 8년쯤 전인 37세 때였다. 하민아의 말을 옮겨보면, "내가 인공수정으로 어렵게 애를 가져 임신 8개월쯤 되었을 땐데, 남편이 야근한다며 자꾸 집에 늦게 들어오는 거야. 그런데 통장에 찍히는 월급은 똑같더란 말이지. 국가가 야근 수당이나 떼먹는 악덕 기업이야? 뭔가 이상해서 의심하고 있었는데, 어느 날 남편이 밤늦게 들어와 화장실에 간 사이 나도 얼굴을 아는 남편의 여자 상사에게서 문자가 와 들여다보니, '택시 안이지? 오늘 너무 황홀했어. 사랑해!'라는 글과 함께 빨간 하트가 세 개나 떠 있는 거야. 너무나 당황스러웠지만 못 본 척했는데 화장실에서 나온 남편이 그 문자를 보자마자 급히 지우는 거야. 딱 걸린 거지! 내 집요한 추궁에도 남편은 친하게 지내는 여자 상사가 장난친 거라며 끝까지 둘러대더라고. 장난인지 아닌지 내가 그년에게 전화 걸어 확인하겠다고 했더니 남편이 화난 척 연기하며 내가 전화하지 못하게 자기 휴대폰을 화장실 바닥에 내동댕이쳐서 부수더라고. 그런 행동보다 확실한 물증이 어딨겠어. 밤새 한숨도 못 자다가 다음 날 동사무소로 찾아가 출근하는 그년의 머리채를 잡고 흔들어댔어. 직원들은 물론 동네 사람들까지 다 보는 앞에서 미친 듯이 말야. 배가 불룩 나온 임신부가 그러고 있었으니 볼만했겠지. 그런데 어찌 된 일인지 그넌은 전출만 갔고 남편이 직장을 그만뒀더라고. 그때 내가 임신만 하지 않았어도 바로 이혼했을 거야. 아니 어떻게, 임신해서 배가 남산만 한 아내를 두고 직장 상사하고 바람을 피워?"

이후 우태권은 어느 작은 중소기업에 취직했다. 하지만 적성에 안 맞았는지 몇 달 만에 그만두고 자격증을 따겠다며 중장비 학원에 다니고 공인중개사 시험공부를 했다. 1년여 만에 중장비 자격증과 공인중개사 자격증을 따기는 했지만 그 자격증으로 취직을 하는 데는 실패했다.

이 무렵이 하민아가 등산동호회에 나오기 시작한 때였다. 온종일 집에서 빈둥대는 남편을 보고 있는 것이 화나고 답답해서, 또 임신 기간에 찐 살도 뺄 겸 해서 어린아이를 친정엄마에게 맡기고 친구 따라 산을 오르기 시작했다. 하지만 처음 각오와 달리 아이 때문에 온종일 시간을 내는 것은 무리였다.

마땅한 일자리를 찾지 못한 우태권은 있는 돈, 없는 돈을 끌어모아 비싼 권리금을 주고 장사가 잘되는 한식집을 사서 장사를 시작했다. 하지만 장사가 잘되는 것처럼 보였던 식당은 사기였다. 전 주인은 장사가 안되는 가게를 싸게 사서 장사가 잘되는 것처럼 포장하여 비싼 권리금을 받고 팔아먹는 전문업자였다. 2년 정도 버텼지만 점점 손해가 커지자 결국 식당 문을 닫고 동네 뒷골목에 구멍가게 같은 맥줏집을 차렸다.

맥줏집은 처음에는 우태권이 운영했고 일손이 달릴 때만 하민아가 자폐증이 있는 딸아이를 친정엄마나 어린이집에 맡기고 도왔는데, 우태권이 장사할 때보다 하민아가 혼자 장사할 때 매출이 훨씬 잘 나왔다. 손님들 대부분이 동네 중년 남자들이어서 그런 것 같았다. 결국 가게는 하민아가 맡았고 우태권은 집에서 아이를 돌보며 살림하게 되었다.

그러다 코로나 사태가 터졌다. 코로나가 전국을 휩쓸자 손님이 뚝 끊겼고 영업시간까지 제한받게 되었다. 그렇게 1년 반을 버티는 동안 가겟세를 내고 주방 아줌마의 월급을 주느라 빚만 늘어갔다. 버티다 못해 주방 아줌마까지 내보냈지만 상황은 조금도 나아지지 않았다.

가게 운영이 어려워지자 아이는 다시 하민아의 친정엄마에게 맡겨졌고 우태권은 중고 오토바이를 사서 배달대행업을 시작했다. 초보였지만 코로나로 집에서 음식을 주문하는 사람들이 많아서 오토바이를 타고 열심히 달리기만 하면 한 달에 3백만 원 정도는 벌 수 있었다.

우태권이 돈을 벌기 시작하자 하민아는 코로나로 운영이 힘든 맥줏집을 접고 다시 아이를 돌보기 시작했다.

그러나 불행이 또 찾아왔다. 어느 날 오토바이를 타고 배달 경쟁을 하던 우태권이 건널목을 뛰어 건너던 초등학생을 치고 말았다. 아이는 2주간 병원에 입원했고 우태권도 다쳐서 일주일 정도 치료받았다. 이후 우태권은 오토바이 운전에 트라우마가 생겨 배달 일을 그만두었다. 우울증도 생겼다.

살길이 막막해진 하민아는 친구에게 부탁해 보험설계사 일을 시작했다. 약 3개월 전이었다.

당연히 나도 하민아에게 보험을 들었다. 손해였지만 기존의 종신보험을 깨고 하민아를 통해 새로 종신보험에 가입했다.

하민아는 원래부터 밤일을 적극적으로 하는 여자였는데 내가 보험을 들어준 그날은 그 어느 때보다 뜨거웠다. 그때부터 나는 지인들에게 하민아에게 보험을 들도록 강권했고 하민아는 나를 통해 보험 계약을 할 때마다 나를 모텔로 불러 뜨거운 감사 인사를 했다.

그런데 하민아의 그런 행동이 내 눈에 좋게 보이지만은 않았다. 하민아가 겉보기와 달리 꽤 계산적인 사람이라는 생각을 하기 시작한 것이다. 그녀에게 나보다 보험을 잘 물어다 주는 남자가 나타나면 잠자리에서 그 사람이 1순위고 나는 2순위가 될 수밖에 없었다. 그녀는 남편과는 잠자리를 거의 하지 않는다고 했는데 그건 남편이 돈을 잘 벌어다 주지 못하기 때문인 것 같았다. 그녀는 행복은 같이할 수 있어도 불행은 같이하기 어려운 아내인지도 몰랐다.

살해된 피해자가 누구인지 확인되자 홍 팀장이 형사들을 모아놓고 업무를 지시했다.

피하고 싶은 일이었는데 하필이면 나와 송초아 형사에게

피해자 우태권의 아내를 상대하는 일이 떨어졌다. 피해자의 아내를 병원 시체안치실로 데려가 남편의 시신을 확인시키고 우태권의 금전 문제나 원한 관계 등을 알아보는 일이었다.

송 형사는 불행한 소식을 전하기 위해 피해자의 아내를 만나야 한다는 사실에 한숨부터 쉬었다. 피해자 가족들에게 가족 누군가의 갑작스러운 죽음을 알리고 그들을 상대로 뭔가를 알아내는 업무는 심리적 부담이 컸다. 물론 나에게는 더욱 달갑지 않은 일이었다. 내연녀에게 남편의 죽음을 알린 뒤 남편 시체를 확인시켜야 했고 남편에 관해 꼬치꼬치 캐물어야 했다.

하지만 한편으로는 내가 이 일을 맡은 게 다행이라는 생각이 들었다. 내가 하민아를 담당하고 수사하면 수사 과정에서 우리 불륜이 드러날 확률은 낮아질 것이다.

나는 시치미를 떼고 송 형사에게 피해자 아내의 전화번호를 불러달라고 했다. 송 형사가 불러주는 전화번호를 내 휴대전화에 한 자씩 입력하자 '하민아'라는 이름이 떴다.

"어? 내 전화기에 저장되어 있는 사람인데? 하민아?"

나는 놀란 척 연기했다.

"아는 사람이에요?"

"아, 우리 등산동호회 회원이야. 이거 참, 세상 좁네……."

나는 동행할 송 형사 앞에서 나와 하민아가 잘 아는 사이라는 걸 숨길 수 없다는 생각에 미리 연막을 쳤다.

신호음이 열 번 정도 간 뒤 하민아가 급히 전화를 받았다.

"자기가 이 시간에 웬일이야?"

운동이라도 하고 있었는지 숨소리가 거칠었다.

"여보세요? 오늘은 등산 모임 때문이 아니라, 남편 우태권 씨 때문에……. 불행한 소식입니다."

"뭐? 무슨 일인데?"

하민아의 목소리가 튀었다. 내 입에서 남편 이름이 나오자 뭔가 불길한 일이 벌어졌다는 걸 직감한 것 같았다.

"우태권 씨가 아침에 양송리 아모르 모텔에서 숨진 채 발견됐습니다."

"뭐, 뭐……? 농, 농담이지? 설마 아까 그……."

"남편분은 지금 양청병원 영안실에 있습니다."

하민아는 충격을 받았는지 한동안 말이 없었다.

"경황이 없으시겠지만, 가족의 신원 확인이 필요합니다."

"혹시 자, 자살인가요……?"

뜻밖의 질문이었다.

"아니, 타살입니다."

다시 침묵이 이어졌다.

"여보세요? 여보세요?"

"예. 듣고 있어요."

"저희가 먼저 가서 기다리고 있을 테니 양청병원 장례식장 입구로 오세요."

하민아는 택시를 타고 우리보다 조금 늦게 양청병원 장례식장 앞에 도착했다. 아침과 다른 옷을 입고 있었다. 마스크를 쓰고 있어 표정을 읽을 수는 없었으나 운 것 같지는 않았다. 그런데 혼자가 아니었다. 택시에서 여자아이 한 명이 따라 내렸다. 급히 맡길 데가 없었는지 방학 중인 초등학교 1학년 딸을 데려온 것이었다. 딸은 엄마를 닮아서 귀엽고 예뻤으나 자폐증이 있다더니 그 때문인지 불안한 표정으로 시선을 이리저리 빠르게 옮겼고 매달리듯 두 손으로 엄마의 손을 꼭 잡고 놓지 않았다.

나와 송 형사는 하민아를 안내해 장례식장 안에 있는 시체안치실 앞으로 데려갔다. 하지만 나는 하민아와 함께 그녀의 남편 시체 앞에 서고 싶지 않았다. 그건 하민아도 마찬가지일 거 같았다. 비명횡사한 남편 앞에 내연남을 세우고 싶지는 않을 것이다.

나는 시체안치실로 들어가지 않으려고 머리를 굴렸다.

"이름이 뭐니?"

나는 허리를 숙여, 나와 시선을 맞추지 못하고 눈길을 피하는 하민아의 딸에게 말을 걸었다.

"……우, 우해연……."

"해연아, 아저씨랑 여기 잠깐 있지 않을래? 엄마는 이 아줌마랑 잠깐 저 방에 들어갔다가 나올 거야. 저 방에 있는 사람들은 어린이들을 싫어하거든."

하지만 아이는 엄마에게서 떨어지지 않으려고 하민아의

허벅지를 끌어안았다. 하민아가 아이의 손을 떼어내자 내가 아이를 번쩍 안아 들었다.

"해연아, 잠깐이면 돼. 문 열어놓고 여기서 엄마 지켜보자."

나는 송 형사에게 빨리 하민아를 안으로 데려가라고 눈짓했다.

하민아가 송 형사와 함께 시체안치실로 들어가자 아이는 손과 팔을 흔들어대며 울기 시작했다.

하민아와 송 형사는 시체안치실에서 꽤 오래 있다가 나왔다. 하지만 그건 내 머릿속 시계일 뿐, 두 사람이 실제로 시체안치실에 머무른 시간은 5분 정도에 불과했다.

아이는 아빠의 죽음을 슬퍼하기라도 하듯 요란하게 울어대다가, 죽은 남편을 확인하고 침울한 표정으로 나오는 엄마를 보더니 울음을 그치며 환하게 웃었다. 아이가 엄마에게 가려고 몸부림을 쳐서 내가 아이를 바닥에 내려놓자 아이가 하민아에게 달려들었고 하민아가 주저앉듯 무릎을 꿇으며 아이를 꼭 끌어안았다. 그리고 거의 동시에 마스크를 쓴 하민아의 입에서 푸후훗, 웃음 같은 울음소리가 터져 나왔다.

하민아의 감정이 진정되길 기다렸다가 남편이 누군가에게 원한을 샀거나 누군가와 금전적으로 얽히지 않았는지, 한마디로 남편을 죽였을 만한 용의자가 있는지 물었다. 하지만 하민아는 고개를 천천히 저을 뿐이었다.

"지금은 아무 생각도 안 나요. 집에 가서 쉬고 싶어요. 생각나면 연락할게요."

어쩔 수 없었다. 나와 송 형사는 택시를 잡아 하민아와 딸을 태워 보내고 다시 아모르 모텔로 돌아갔다.

내가 하민아를 만나는 사이 아모르 모텔 주차장에 코로나 간이 검사소 같은 커다란 천막 두 동이 설치되어 있었다. 천막 안에는 접이식 책상과 노트북 몇 대, 불붙은 가스난로가 한 대씩 놓여 있었다. 임시 수사본부였다. 형사 몇 명이 외장하드가 연결된 노트북 앞에 앉아서 복사한 모텔 CCTV 영상과 주차장의 자동차들에서 수거한 자동차 블랙박스 영상들을 돌려보고 있었다.

"뭐 좀 나왔나?"

내가 긴장한 목소리로 묻자 노트북 모니터를 들여다보던 형사들이 일제히 나를 힐끔 쳐다보고 나서 다시 시선을 모니터로 가져갔다.

"아직요……."

입구 쪽 곽 형사가 대표로 대답했다.

러브호텔에 드나드는 사람들은 대부분 CCTV에 찍히는 걸 좋아하지 않는다. 그 때문에 아직도 CCTV가 없는 숙박업소도 있고, 있는 업소도 최소한의 장소에만 카메라를 설치한다.

아모르 모텔에는 CCTV가 세 대 있었다. 하나는 엘리베이터, 하나는 주차장 입구, 하나는 모텔 출입문 안쪽에 있었다. 그런데 엘리베이터 CCTV는 15년쯤 된 것이었고 나머지 두 대의 CCTV도 10년쯤 된 것이어서 모두 화질이 좋지 않았다.

어젯밤 아모르 모텔에 투숙한 사람들은 생각보다 많았다. 객실 열두 개에 35명 정도가 투숙했다. 그중 몇 팀은 술꾼들이었다. 코로나로 술집 영업시간이 9시로 제한되자 9시 이후 술꾼들이 삼삼오오 짝을 지어 모텔로 몰려왔다.

세 대의 CCTV 앞을 오고 간 사람들은 약 120명 정도였다. 투숙객들이 술이나 담배를 사려고 드나들어서 중복으로 찍힌 결과였다.

코로나는 수사에 장점이기도 했고 단점이기도 했다. CCTV에 찍힌 사람들 모두가 마스크를 썼다는 점은 단점이었고 코로나 방역법에 따라 모텔 입구에 설치되어 있는 QR코드 스캐너는 장점이었다.

모텔에 드나든 사람들의 신원 파악은 먼저 QR코드 체크인 기록과 수기로 남긴 연락처를 이용하고, 다음으로 주차장 입구 CCTV에 찍힌 자동차 번호판을 참고하기로 했다. 그런데 문제는 자가용을 이용하지도 않고 QR코드 체크인 대신 코로나 방역명부에 수기로 전화번호를 남긴 사람들이었다. 기존의 수사 경험으로 볼 때 숙박업소에 수기로 남긴 전화번호는 반 이상이 가짜였다.

어젯밤 모텔 투숙 사실을 숨기고 싶었던 나와 하민아도

QR코드 체크인 대신 수기로 가짜 전화번호를 남겼다.

사람들은 배우자의 불륜이 의심되면 신용카드 명세서부터 살피게 마련이고, 숙박업소에서 결제한 내역이 있으면 이혼 소송을 할 때 법원에 해당 숙박업소의 CCTV 영상 증거 보전 신청부터 한다. 모텔 CCTV에 이성과 함께 드나드는 장면이 찍혔다면 이혼 소송에서는 치명적이었다.

이런 사실을 누구보다 잘 아는 경찰이기에 나는 하민아와 모텔에 갈 때 반드시 방값을 현금으로 지불했고, CCTV에 얼굴이 찍히지 않도록 노력했고, 연락처도 당연히 가짜로 남겼다.

나는 해야 할 업무가 따로 있음에도 모니터를 들여다보고 있는 형사들 뒤에 서서 CCTV 녹화영상을 계속 주시했다. 나와 하민아가 CCTV에 어떻게 찍혔는지 확인하고 대책을 세워야 했다.

어제 나와 하민아는 3층 308호로 이동할 때 밀폐된 엘리베이터보다 코로나 감염 위험이 적은 비상계단을 이용했고 아침에도 비상계단으로 내려왔다. 주차장 입구 쪽으로는 가지 않았으니 하민아와 나의 모습은 모텔 입구 CCTV에만 찍혔다.

드디어, 죄인 같이 고개를 푹 숙인 채 모텔로 들어가는 하민아와 내 모습이 모니터에 나타났다. 다행히도 하민아는 모텔에서 나올 때처럼 점퍼 모자를 푹 눌러쓰고 있어 얼굴이 보이지 않았다. 카운터 앞 코로나 방역 출입명부에는 내가 내 연락처와 하민아의 연락처를 적었다. 모두 가짜였다. 방값은 내가 현금으로 계산했다. 우리는 카운터 앞에서 1분 정도 머물렀다가 카드키를 받아 들고 계단 입구로 사라졌다.

하민아는 모자에 마스크를 쓰고 고개까지 숙이고 있어 하민아를 잘 아는 지인이라도 알아볼 수는 없을 것 같았다. 문제는 나였다. 마스크를 눈 밑까지 올려 써서 얼굴을 알아보기는 어렵겠지만 지금 입고 있는 상의와 하의, 신발이 모니터 속의 복장과 똑같았다. 튀는 옷은 아니었으나 누군가가 모니터 속의 남자와 내 옷을 비교하면 같은 옷이라는 걸 금방 눈치챌 것 같았다.

'어떻게 하지? 집에 가서 옷을 갈아입고 올까?'

하민아의 정체가 드러나지 않더라도, 어젯밤 내가 어떤 여자와 모텔에 투숙했다는 사실이 알려지면 일이 복잡하게 꼬일 수밖에 없었다. 어젯밤 나와 같이 투숙한 여자가 죽은 자의 아내라는 것을 숨기려면 술집 종업원이라도 내세워서 가짜 불륜녀를 만들어내지 않을 수 없는데, 일이 잘못되어 내가 피해자의 아내와 바람피운 걸 숨기려고 용의자를 바꿔치기하고 거짓말한 것이 드러나면 파면될 수도 있었다.

나로서는 하민아의 관계가 드러나기 전에 신속히 살인범을 잡는 것이 최선이었다.

곽 형사가 모니터 속의 모자를 푹 눌러쓴 하민아와 QR코드 코로나 방역 체크인 대신 수기로 연락처를 적는 내 행동이 수상했는지 나와 하민아가 모텔 입구로 들어오는 장면을 몇 번씩 돌려봤다. 나는 목덜미가 서늘해졌다.

"이 남자, 어디서 본 듯한 사람인데……?"

"봤을 수도 있지. 투숙객 대부분이 우리 관할구역 사람들 아니겠어."

등 뒤에서 갑자기 들려온 내 목소리에 곽 형사가 뒤돌아봤다. 곽 형사의 시선이 내 옷을 살피는 것 같아 나는 더욱 긴장되었다.

"표정이 왜 그래요? 형님, 어디 안 좋으세요?"

곽 형사가 마스크로 가려진 내 안색을 살피며 물었다.

"어제 술을 좀 마셨더니 피곤해……."

"찾았습니다! 범인은 바로 이 갈색 머리입니다."

조 형사의 외침에 나를 비롯한 형사들이 우르르 조 형사의 모니터 앞으로 몰려갔다.

조 형사가 등 뒤 형사들에게 108호로 들어가는 흐릿한 모습의 갈색 머리 남자를 반복해 보여줬다.

모텔 1층 출입문 안쪽에 설치되어 있는 CCTV는 광각이어서 카운터 방 앞에서부터 1층 복도 끝까지 카메라에 잡혔다. 어젯밤 살인사건이 일어난 복도 끝 108호는 투숙객 두 명이 한 시간 간격으로 각각 방으로 들어갈 때만 출입문이 열렸다가 닫혔다. 방에 있던 두 사람 중 한 사람이 시체로 발견되었으니 나머지 한 사람이 범인임이 자명했다.

CCTV를 보면, 살해된 우태권이 아모르 모텔 안으로 들어간 시각은 어젯밤 10시 32분이었다. 검은 마스크를 쓴 우태권은 검은 점퍼에 검은 양복바지, 검은 스포츠 가방을 들고 있었다.

여주인도 CCTV만큼이나 우태권의 모습을 선명히 기억하고 있었다.

카운터 방 안에서 텔레비전을 보다가 모텔로 들어서는 우태권을 본 여주인은 "어서 오세요!" 인사한 뒤 창문 앞 테이블에 놓여 있는 코로나 방역 QR스캐너를 가리켰다. 우태권은 주머니에서 휴대전화를 꺼내 화면에 QR코드를 띄우며 텔레비전 연속극에서 눈을 떼지 못하고 있는 여주인에게 물었다.

"방 있죠?"

"혼자세요?"

"아뇨. 좀 있다가 한 명 더 올 겁니다."

"어느 방으로 드릴까요? 1층 실버는 4만 원, 2층 골드는 5만 원, 6층 VIP는 6만 원입니다."

"방값 차이가 뭐죠?"

"시설 차이예요. 늦게 오실 분이 여자분이면 3층으로 하시죠?"

"아뇨, 남잡니다. 남녀 손님은 대부분 3층에 묵는 모양이죠?"

"대부분은 그래요."

우태권이 고개를 옆으로 돌려 출입문 옆 엘리베이터를

쳐다봤다. 뭔가 망설이는 것 같았다.

"3층으로 드릴까요?"

"아뇨. 그냥 1층으로 주세요. 이왕이면 저기 맨 끝방이 좋을 거 같군요."

"1층은 창문에 방범 창살이 있어 답답한데……."

"괜찮습니다."

여주인은 늘 하던 대로 비싼 방을 권유해 보았지만 우태권은 돈 낭비라는 듯이 짧게 대답했다.

여주인은 실내를 둘러보는 우태권의 눈빛에서 뭔가 불안한 기색을 느껴 그를 유심히 살폈다. 마스크 때문에 나이를 가늠하기 어려웠는데 눈빛은 선해 보였다. 하의 양복바지는 주름이 거의 없었고 점퍼도 싸구려는 아닌 듯했다. 계산대 맞은편 비상계단 옆 거울을 통해 보니 신고 있는 신발은 구두가 아닌 흰색 운동화였다. 새 신발처럼 보였다. 요즘은 양복바지에 운동화를 신는 젊은이들이 많다 보니 눈에 띄는 복장은 아니었다. 옷이 든 것으로 보이는 두툼한 스포츠 가방을 들고 있는 모습에, 타지에서 업무차 출장 온 사람이 아닌가 싶었다. 가방과 함께 들고 있는 편의점 비닐봉지 밖으로 오징어 다리 하나가 삐져나와 있었다.

"전에 우리 모텔에 묵은 적 있으세요?"

여주인이 우태권이 내민 신용카드를 단말기에 끼우며 물었다.

"7, 8년쯤 전에 한 번 온 적이 있습니다. 3층에서 묵었었죠."

"아, 그래요. 호호, 그땐 여자분하고 오셨었나 보군요."

"외부는 그대론데 실내는 인테리어가 바뀌었군요."

말하는 동안 우태권의 마스크가 조금씩 코 아래로 흘러 내려 갔다. 남자는 피부가 검은 편이었는데 농부처럼 착해 보였다. 얼굴에 별 특징이 없는, 어디서나 볼 수 있는 흔한 얼굴이었다. 다만 역시 좀 초조해 보이는 것 같기는 했다.

여주인은 신용카드를 돌려주며 칫솔 두 개와 1층 끝방 카드키를 내줬다.

"퇴실은 11시예요."

"예. 한 시간쯤 뒤 다리를 저는 남자가 한 명 올 텐데, 제 방으로 안내해 주세요."

"예."

여주인은 창가에서 물러나 다시 연속극을 보기 시작했다.

이후 몇 사람이 더 투숙했고 또 투숙했던 사람들이 술과 안주를 사기 위해 밖으로 나갔다가 돌아왔다.

11시 20분쯤 왼쪽 다리를 저는 남자가 모텔 안으로 들어왔다. 검은 야구 모자에 회색 점퍼, 청바지, 검은색 뿔테 안경, 흰색 마스크를 쓰고 있었다. 마스크와 안경 때문에 얼굴이 거의 보이지 않았지만 50세쯤 되어 보였다. 베토벤의 머리 같은 갈색 파마머리에 모자를 눌러 쓴 걸 보니 모자를 벗으면 머리 가운데 부분에 탈모가 심한 대머리 같기도 했다. 손에는 두툼한 검은색 비닐봉지가 들려 있었다.

"어서 오세요!"

하지만 갈색 머리 남자는 돈이 되는 손님이 아니었다.

"한 시간쯤 전에 우태권이라는 사람이 1층에 방을 잡겠다고 했는데여."

쉰 듯한 목소리였고 말투에서 경상도 억양이 느껴졌다.

"아, 이름은 모르겠고, 검은 옷에 검은 가방 든 남자분요? 저기 끝방 108호로 가보세요. QR 체크인하시고요."

"제가 휴대폰을 깜빡하고 안 가져왔는데……."

남자가 흘러내린 뿔테 안경을 밀어 올리며 말했다. 밖이 추운지 돋보기로 보이는 안경알에 흰색 마스크에서 올라온 김이 뿌옇게 서려 있었다.

"거기에 전화번호 적으면 돼요."

여주인은 QR코드 스캐너 옆에 있는 코로나 방역 출입명부를 손가락으로 가리킨 뒤 다시 텔레비전으로 시선을 돌렸다.

CCTV 속 남자는 왼손잡이였다. 코로나 방역 출입명부에 코를 박다시피 엎드려 왼손으로 연락처를 적고 난 남자는 108호로 가서 초인종을 눌렀다. 등을 보인 채 잠시 문 앞에 서 있던 남자가 문손잡이를 밀어 문을 열고 안으로 들어갔다. 그 장면이 복도 반대쪽 출입문 위에 있는 해상도 낮은 CCTV에 희미하게나마 찍혔다. 이후 아침에 시체가 발견될 때까지 108호 출입문은 한 번도 열리지 않았다.

아침 7시 50분쯤 오토바이를 타고 출근한 남자 직원이 주차장 구석에 오토바이를 세우다가 108호 방범창 창살이 밖으로 젖혀져 있는 것을 발견했다. 열려 있는 창문으로 다가가 방 안에 사람이 쓰러져 있는 것을 봤고 여주인과 함께 마스터키로 108호 문을 열고 들어가 피투성이 남자가 칼에 찔렸다는 것을 확인하고 119와 경찰에 신고했다.

CCTV 영상을 보면 범인은 어젯밤 코로나 방역 출입명부와 볼펜, 108호 초인종, 출입문 손잡이를 만졌다. 그런데 세 곳 모두에서 범인의 지문이 채취되지 않았다. 볼펜은 이후 다른 사람들이 만졌으니 지문이 지워졌다고 쳐도 108호 초인종과 출입문 손잡이를 마지막으로 만진 사람은 갈색 파마머리였다. 그런데 먼저 투숙한 우태권의 지문뿐이었다. 범인이 장갑을 끼지 않았는데 지문이 남지 않은 걸 보면 손가락과 손바닥에 투명 매니큐어나 고무풀 같은 걸 바르고 있었던 것 같았다.

오후에 경찰견이 뒷산 골짜기 산책로 바로 옆에서 무언가가 불에 탄 흔적을 발견했다. 불탄 자리에 남아 있는 것들은 드라이버와 펜치, 돋보기 안경알, 가방과 점퍼의 지퍼, 불에 타다만 지갑의 일부, 불탄 지갑에서 나온 것으로 보이는 5백 원짜리 동전 하나, 부서진 휴대전화 등이었다.

나중에 밝혀진 거지만 불에 탄 지갑과 휴대전화는 우태권의 것이었다. 휴대전화는 일부러 돌 또는 펜치로 내리쳐서 망가트린 데다 불에 태우기까지 해서 복원이 불가능해 보였다. 드라이버와 펜치는 아모르 모텔 108호의 창문 쇠창살을 뜯어내는 데 사용한 도구였고 돋보기안경 알은 범인이 변장하느라 썼던 뿔테 안경의 알로 추정되었다.

갈색 머리는 모텔에 들어올 때 이미 돋보기안경을 쓰고 있었다. 가까이 있는 물체는 크고 선명하게 보이지만 멀리 있는 물체는 오히려 흐리게 보이는 돋보기안경을 실외에서 쓰고 다니는 사람은 거의 없다. 변장을 위해 준비한 안경임이 분명했다.

피해자가 모텔에서 가운만을 입은 채 범인을 맞이한 것과 범인이 피해자의 휴대전화기를 일부러 망가트린 걸 보면 범인은 면식범이 틀림없었다.

범인이 뒷산에서 범행 증거들을 불태웠다는 점에서 범인의 도주로는 뒷산 등산로였을 가능성이 컸다. 뒷산인 월출산에는 등산로가 거미줄처럼 뻗어 있었다.

사람들을 만나 탐문하고 곳곳을 들쑤시고 다니던 형사들은 오후 5시가 되자 수사본부가 차려진 양청경찰서로 모여들었다. 수사 회의는 양청경찰서 강당에서 수사본부장인 경찰서장과 형사과장 등 50여 명의 경찰이 참석한 가운데 진행되었다.

이번 사건 해결의 핵심은 아모르 모텔 108호에 두 번째로 들어간 갈색 파마머리 남자의 정체를 파악하는 일이었다. 인상착의는 키 175cm 내외, 몸무게 80kg 정도, 눈에 띄는 갈색 파마머리, 뿔테 안경, 회색 점퍼, 청바지, 흰색 운동화, 걸을 때 왼쪽 다리를 조금 절고, 쉰 듯한 목소리, 말투에 경상도 억양이 있는 사람이었다.

하지만 뒷산에서 발견된 불에 탄 안경과 옷가지 등의 흔적을 보면 범인은 변장했던 게 분명했다. 말투도 일부러 경상도 억양을 썼을 수 있었다. 다만 다리를 저는 것은 연기가 아니었던 것 같았다. 어젯밤 살해된 우태권이 모텔에 투숙할 때 여주인에게 다리를 저는 남자가 자신을 찾아올 거라고 말했었다. 범인과 우태권이 잘 아는 사이라면 우태권의 말대로 범인은 진짜 다리를 저는 사람일 가능성이 컸다.

그런데 어젯밤 모텔 CCTV에 찍힌 범인의 영상을 제외하고 인근 도로나 골목 CCTV 어디에도 다리를 저는 사람이 찍히지 않았다. 범인은 오토바이나 자동차를 이용한 것 같았다.

범인이 피해자의 휴대전화를 고의로 파괴한 것을 보면 피해자의 휴대전화에 범인에 대한 단서가 있을 수 있었다. 그런 생각으로 형사들은 피해자의 최근 통화 기록과 문자 기록, 카카오톡 기록 등을 꼼꼼히 조사 중이었다.

죽은 우태권과 마지막으로 통화한 사람은 그의 장모였다. 어젯밤 우태권이 아모르 모텔에 투숙하기 직전 장모가 우태권에게 전화를 걸어 2분 정도 통화했다. 그리고 우태권의 휴대전화가 꺼진 시각은 밤 12시 5분이었다.

도시에서 누군가의 동선을 파악할 때 유용한 통신사 기

지국 접속기록은 가청읍 일대에서는 별 쓸모가 없었다. 사건이 일어난 아모르 모텔 반경 2km 이내에는 특정 통신사 기지국이 두 개 있었지만 아모르 모텔, 피해자의 집, 인근 술집 등이 같은 기지국을 사용하고 있었다. 게다가 유력한 용의자인 갈색 파마머리는 모텔 투숙 시 여주인에게 휴대전화를 놓고 와서 QR코드 체크인을 할 수 없다고 말했다. 동선 추적을 피하려고 휴대전화를 꺼놓았거나 실제로 현장에 가져오지 않았다면 통신사 기지국 접속기록은 아무 쓸모가 없었다.

CCTV와 목격자 탐문을 통해 피해자의 어제 하루 동선이 대충이나마 파악되었다.

우태권은 어제 낮 5시쯤 스포츠 가방을 들고 방학 중인 초등학교 1학년 딸을 데리고 집을 나와 빵집에 들러 아이가 좋아하는 케이크를 샀다. 아이를 데리고 인근 처가에 들른 우태권은 친구 아버지가 돌아가셔서 급히 지방에 내려가야 한다며 아이를 장모에게 맡기고 케이크를 건넸다. 아이는 저녁때 아내가 찾으러 올 것이라고 말했다. 이후 행적은 알 수 없었고 7시쯤 읍내 술집에서 혼자 술을 마셨다. 코로나 방역 수칙에 따라 술집들이 문을 닫는 9시에 술집을 나와 9시 15분쯤 편의점에 들러 맥주 두 캔과 마른오징어를 샀다. 편의점에서 나온 우태권은 걸어서 양송리 아모르 모텔 앞으로 이동한 뒤 인근에서 장모로부터 걸려 온 전화를 받았다. 장모가 전화를 건 이유는 밤에 딸을 데리러 오기로 한 하민아와 통화가 되지 않아서였다. 장모와는 몇 마디 안 나눴고 딸과 2분가량 통화했다. 이후 행적은 알 수 없고, 밤 10시 30분쯤 아모르 모텔 1층 108호에 투숙했다. 그리고 아침 8시께 칼에 찔려 사망한 변사체로 발견되었다.

마이크를 들고 회의를 주도하던 홍성준 팀장이 형사들을 둘러보다가 내게 질문했다.

"어제 피해자 아내는 뭘 하고 있었나? 왜 아이를 아내가 아닌 피해자가 처가에 맡긴 거지?"

마이크가 내게 넘어왔다.

"그게 말입니다. 오전에, 피해자 아내를 시체안치실로 데려가 남편 시체를 확인하게 했는데, 너무 큰 충격을 받은 상태여서 뭘 물어볼 수가 없었습니다. 다른 사람들에게 수소문해 보니, 근래 백수로 지내던 피해자가 집에서 살림하며 애를 돌봐왔고 아내는 보험설계사 일을 했답니다. 내일 다시 아내분을 만나서 원한 관계, 금전 관계 등 여러 가지를 종합적으로 알아보겠습니다."

다음은 박 형사 차례였다.

"피해자 우태권은 사망 시 10억 정도 받을 수 있는 종신보험에 가입되어 있었습니다. 근데, 가입한 지가 얼마 안 되었습니다. 보험 가입일이 석 달 전이었습니다."

"그래? 백수였다면 금전적으로 쪼들렸을 텐데? 한 달 납입액은 얼마나 되지?"

"50만 원 정도 됩니다."

"우태권 씨가 스스로 가입한 건가?"

"KBC보험이던데, 시간이 부족해 그것까지는 아직 조사 못 했습니다."

박 형사가 대답을 못 하자 내가 손을 들고 끼어들어 보충 설명을 했다.

"KBC보험이면, 아내분이 KBC보험 설계사이니 아내에게 들었을 겁니다. 3개월 전이면 아내분이 막 보험설계사 일을 시작했을 무렵과 맞아떨어집니다."

다음은 홍 형사 차례였다.

"살인에 쓰인 과도는 오래도록 칼을 만들어온 '카르코'라는 국내 회사가 20년 전에 출시한 '골든 나이프'라는 제품입니다. 골든 나이프는 부엌칼과 과도를 나무상자에 넣어 세트당 3만 원에 팔았는데, 1천 세트를 생산했답니다. 살인에 쓰인 과도는 사용한 흔적이 없는 새것인데, 범인이 최근 어딘가에서 구했을 가능성보다는 예전에 구입해서 장기간 보관해 오지 않았나 싶습니다. 오래전에 생산된 칼이고 많이 생산되지 않았으니, 살인에 쓰인 골든 나이프 과도와 한 세트인 골든 나이프 부엌칼을 가지고 있는 자가 있다면 바로 그 사람이 범인일 확률이 높습니다."

사건이 벌어진 지 하루가 지났다.

형사들이 아모르 모텔 살인범으로 단정하고 있는, 왼발을 절고 경상도 말투를 쓰는 갈색 파마머리가 찍힌 CCTV

를 하나 더 찾아냈다.

우태권이 살해되던 날 밤 갈색 파마머리는 아모르 모텔 인근 철물점에 들러 펜치와 드라이버를 사고 현금을 냈다. 시간상으로 보면 갈색 파마머리가 아모르 모텔에 들어가기 직전이었다. 하지만 그 CCTV는 철물점이 아니라 그 옆 가게에 설치된 것이었다. 너무 멀리서 찍힌 것이어서 다리를 전다는 것과 옷차림의 특징 정도만 알아볼 수 있었다.

새로운 의문이 하나 더 추가되었다. 범인은 가발과 안경으로 변장하고 살인에 쓸 칼을 미리 준비해 왔으면서 방범창을 뜯어낸 도구는 왜 모텔 인근에서 구한 것일까? 늦은 시각이었으니 철물점이 닫혔더라면 도구를 구하기가 쉽지 않았을 것이다.

갈색 파마머리의 정체는 여전히 오리무중이었다. 사건이 일어나기 전에 우태권과 통화나 문자, 카카오톡을 주고받은 사람 중에 당일 행적이 수상하거나 우태권에게 원한이 있을 만한 사람은 없었다.

형사들은 갈색 파마머리를 찾기 위한 수사와 함께 범죄 동기를 파악하려고 노력하고 있었다.

'우태권이 죽어서 가장 이익을 보는 사람은 누구일까?'

형사들 중에는 하늘에서 떨어진 듯 아모르 모텔에 나타나서 살인을 저지르고 연기처럼 사라진 갈색 파마머리를 누군가의 지시나 교사를 받은 전문 킬러로 추측하는 사람도 있었다. 만약 이 사건이 살인 교사라면 죽어서 말을 못

하는 우태권이 아니라 그 주변 사람들에게서 답을 얻어야 할 수도 있었다.

우태권의 부검은 살인사건인지라 국과수에서 신속하게 이루어졌다. 종합 결과는 한 달 정도 뒤에 나오겠지만, 부검을 참관한 형사들의 말을 들어보니 부검의의 소견도 시체를 검시한 검안의의 소견과 크게 다르지 않았다고 했다.

부검이 끝난 시체는 가족들에 의해 다시 양청장례식장 시체안치실로 옮겨졌다. 이제 장례를 치를 수 있었다.

나는 우태권의 삼일장이 진행되는 동안 장례식장에 조문을 가지도 않았고 하민아를 상대로 수사하러 가지도 않았다. 대신 범인의 흔적을 찾기 위해 사건 현장인 아모르 모텔 주변과 인근 마을들을 밤낮으로 헤매고 다녔다.

범인이 월출산 계곡에서 불태운 증거들 때문에 형사들은 범인의 도주로를 월출산 등산로로 추정하고 월출산을 둘러싸고 있는 주변 마을들의 CCTV를 꼼꼼히 조사했다. 하지만 곧 수사의 방향이 잘못되었다는 것이 밝혀졌다.

살인사건이 일어나기 전날 월출산에 동작감지센서가 달린 10여 대의 적외선 카메라가 정상을 비롯해 등산로 곳곳에 설치되었다. 얼마 전 월출산에서 등산객 한 명이 천연기념물인 산양으로 추정되는 동물을 휴대전화로 촬영했고 그 사진을 입수한 모 방송국 자연 다큐멘터리 촬영팀이 산양을 찍기 위해 곳곳에 카메라를 설치한 것이었다. 그런데 당일 밤 그 어떤 카메라에도 다리를 저는 사람은 물론 사람 그림자조차도 찍히지 않았다.

범인은 아모르 모텔 뒤쪽 월출산 계곡에서 변장 용품과 우태권의 휴대전화 등을 불태운 뒤 산을 넘어 다른 마을로 가지 않고 다시 산 아래로 내려온 게 확실했다. 그렇다면 범인이 CCTV를 피할 방법은 없었다. 그런데 아모르 모텔 인근 어디에서도 다리를 저는 범인의 모습은 찍히지 않았다.

다리를 저는 갈색 파마머리는 아모르 모텔 인근 철물점에 갑자기 나타나 모텔 방범창 창살을 뜯어낼 연장을 산 뒤 아모르 모텔에 투숙해 살인을 저지르고 정말 연기처럼 사라졌다.

"범인은 모텔 투숙객인지도 몰라?"

형사들은 다시 원점으로 돌아갔다. 하지만 모텔 투숙객이 1층 출입구의 CCTV에 찍히지 않고 모텔 밖으로 나가 갈색 머리로 변장하고 108호로 들어가 우태권을 살해하고 창문 쇠창살을 뜯고 빠져나가 다시 자기 모텔방으로 돌아가는 것은 현실적으로 불가능했다.

당일 새벽 1시쯤 퇴실한, 이미 조사가 끝난 술집 여종업원과 남자를 제외하고 나머지 투숙객들은 2층과 3층에만 있었다. 2층이나 3층 투숙객이 창문을 통해 밖으로 빠져나갔다가 다시 창문을 통해 자기 방으로 돌아가려면 모텔 구조상 밧줄이나 사다리 없이는 불가능했다. 변장까지 한 범인이 과연 살인을 저지른 뒤 사다리나 밧줄을 타고 다시 자기 방으로 돌아가는 그런 위험한 방법을 선택했을까? 겨울 밤이니 누군가에게 목격될 확률이 낮다고 해도 투숙객 누군가가 무심히 창밖을 내다보기라도 한다면 범인은 곧바로 체포되어 남은 평생을 교도소에서 살아야 했다. 계획적인 살인범이 자기 남은 인생을 그렇게 운에 맡기려고 했을까?

다른 가능성도 조사했다.

모텔에 투숙하지 않은 범인이 모텔 인근에서 갈색 머리로 변장하고 108호로 들어가 우태권을 살해하고 쇠창살을 뜯고 창문으로 빠져나가 모텔 뒷산에서 증거를 불태운 뒤 모텔로 돌아와 투숙했을 가능성……. 하지만 그 누구든 모텔에 투숙하는 것만으로도 용의자 명단에 오르게 되는데 이미 살인을 끝낸 범인이 굳이 다시 모텔로 돌아와 투숙할 이유가 있을까?

혹시 공범이 있었던 게 아닐까?

모텔 투숙객 누군가가 살인자를 자동차 트렁크에 태우고 와서 자신은 애인과 함께 모텔에 투숙해 알리바이를 만들고 살인자가 한밤중에 변장하고 자동차 트렁크에서 나와 108호로 가서 살인을 저지른 뒤 창문 쇠창살을 뜯고 모텔을 나와 증거물들을 불태우고 다시 자동차 트렁크로 돌아간 거라면? 살인자는 밤새 트렁크 안에서 추위에 떨다가 아침에 공범과 함께 사라진 거라면?

하지만 투숙객 중에 아내인 하민아 이외에는 그 누구도 우태권과 안면이 있는 사람은 없었다. 그리고 그날 하민아는 자가용을 이용하지 않았다.

우태권의 장례가 끝난 다음 날 하민아를 만나기 위해 연락했다.

현재 수사가 가장 미진한 사람이 바로 죽은 자의 아내 하민아였다. 나는 수사를 위해 하민아를 만나 꼬치꼬치 캐묻는 것이 심리적으로 부담되었지만 더는 시간을 끌 수 없었다. 빨리 범인을 잡지 못하면 그녀의 남편이 살해되던 날 밤 그녀가 나와 함께 아모르 모텔에 있었다는 사실이 드러날 위험이 점점 커졌다.

나는 이미 송 형사를 비롯한 동료 형사들에게 하민아의 알리바이가 확인되었다고 거짓말해 놨다. 그리고 하민아에게는 그날 밤 아모르 모텔 인근의 혼자 사는 사촌 동생 집에서 술을 마시고 잠을 잤다는 알리바이를 만들어놓으라고 일러뒀다. 하지만 범인이 잡히지 않으면 다른 형사들이 나서서 하민아의 알리바이를 재차 점거할 테고 그럼 하민아가 사촌 동생과 제아무리 입을 잘 맞추더라도 허점이 드러날 수밖에 없었다.

내가 전화 걸었을 때 하민아는 자기네 집 앞에 있는 커피숍에서 만나자고 했다가 잠시 뒤 다시 내게 전화를 걸어 장소를 맥줏집으로 변경했다. 낮술을 한잔하고 싶다고 했다.

나는 송 형사에게는 말하지 않고 혼자 하민아를 만나러 갔다.

하민아는 약속 시각에서 30분쯤 지나 모습을 드러냈다.

"미안! 술집에 아이를 데리고 올 수 없어 친정엄마에게 맡기고 오느라 늦었어."

하민아는 말 그대로 얼굴이 반쪽이 되어 있었다. 화장하지 않은 얼굴이어서 더욱 창백해 보이는 것 같기도 했다. 그녀가 민얼굴로 나를 만나는 건 처음이었다. 그런데 내 눈에는 화장하지 않은 수수한 얼굴이 더 예뻐 보였다.

"여기 맥주 한 병 더 주세요."

나는 맥주를 추가로 시키고 나서 "장례는 잘 치렀냐?"라는 말로 입을 열었다. 그녀는 말없이 고개를 끄떡이고 나서 창밖을 보며 남 이야기하듯 물었다.

"수사는 어떻게 되어가?"

나는 수사 상황에 관해 대충 이야기했다.

우태권이 모텔에 투숙할 때의 상황과 한 시간 정도 지나서 우태권을 만나러 온 범인의 인상착의 등을 이야기했다. 하지만 칼에 몇 번 찔렸고 어떻게 찔렸고 하는 등의 이야기는 하지 않았다.

"범인은 남편을 살해한 뒤 지갑, 핸드폰, 가방 등 남편의 소지품을 모조리 가지고 창문을 부수고 빠져나가 주차장 담을 넘어 뒷산으로 도망갔어. 그리고 거기서 남편의 소지품, 창문을 부술 때 썼던 연장 등을 불에 태웠어."

하민아는 창밖으로 시선을 향한 채 말없이 듣기만 했다.

"왜 그랬을까?"

"뭐가?"

하민아가 내게로 시선을 돌렸다.

"범인은 왜 남편의 소지품들을 다 태웠을까?"

내가 물었다.

"글쎄? 남편의 소지품을 없애야만 할 이유가 있었나 보지."

하민아가 시큰둥하게 말했다.

"그리고 또 범인은 모텔에 들어갈 때는 출입문으로 갔으면서 왜 도망갈 때는 굳이 번거롭게 방범창을 뜯고 나간 걸까?"

"옷에 피라도 묻었던 걸까? 핏자국이 남들의 눈에 띌까 봐……."

하민아는 핏자국을 발음하며 미간을 찡그렸다.

"그건 아닌 거 같아. 범인은 모텔에 투숙하기 직전에 방범 창살을 부술 도구를 구했어. 계획대로 움직인 거야."

"우발적인 살인이 아니라 계획된 살인이란 거지?"

"그래. 모든 증거가 그래. 혹 남편이 원한을 샀을 만한 사람 없어?"

하민아가 바로 고개를 옆으로 저었다.

"며칠 곰곰이 생각해 봤는데, 남편은 누구에게 원한을 살 만한 사람이 아니야. 성격이 꽤 소심해. 다른 사람이 잘못했어도 자기가 먼저 사과하는 사람이야. 무능력해도 마음은 착한 사람이었어."

"본의 아니게 원한을 샀을 수도 있잖아?"

"그랬을지도 모르지."

"금전 관계는?"

"글쎄? 남편에게 얼마간의 빚이 있긴 하지만 사채는 아닌데……."

잠시 생각하던 나는 맥주 한 모금을 마시고 나서 다시 입을 열었다. 껄끄러운 질문이었지만 짚고 넘어가지 않을 수 없었다.

"남편이 거액의 사망 보험에 가입되어 있던데 어떻게 된 거야?"

"푸후훗……."

하민아가 입에 가져다 대던 맥주잔을 도로 내려놓으며 억지로 웃는 듯한 웃음소리를 냈다.

"아, 그러고 보니 나도 유력한 용의자구나? 내가 의심스러워?"

"그런 건 아니고……."

"그래. 나도 유력한 용의자고 범석 씨도 유력한 용의자야. 뉴스 보면 계획된 살인사건은 죄다 돈 때문이거나 치정 때문에 일어나지 않던가? 범석 씨는 가끔 우리 남편이 죽었으면 좋겠다는 생각 안 해봤어? 잠자리할 때 보면 우리 남편에게 꽤 질투를 느끼는 것 같던데?"

말투는 농담 같았지만 하민아는 진지한 표정으로 말을 이어갔다.

"내가 보험쟁이가 되었을 때 누가 가장 먼저 보험을 들었을까? 내연남? 남편? 후훗, 남편 보험은 실적을 올리기 위해 내가 가입시킨 거야. 우리 형편에는 4, 50만 원도 부담스러워서 몇 달 뒤 해지할 생각이었어. 그런데 이런 일이 생긴 거지."

하민아가 맥주를 단번에 들이켰다.

"크, 오랜만에 술 마시니 속이 다 시원하네. 남편이 죽었다는 소식을 들었을 때 내가 무슨 생각을 한 줄 알아? 장례 치르는 내내 슬프기만 했을 것 같아? 그래, 씨발. 잘된 거야. 그렇게 애지중지하던 딸에게 마지막으로 큰 선물을 주고 떠난 거지. 살아 있어봤자 거지같이 살며 가난만 대물림했을 텐데 딸에게 큰 선물을 주고 간 거지. 씨발!"

하민아의 입에서 아무렇게나 흘러나온 말이 내 머릿속에서 의미가 되는 순간 갑자기 뭔가가 내 뒤통수를 때리는 느낌이었다. 머리가 아찔했다. 여러 가지 의문들과 흐릿한 CCTV 화면이 동시에 내 뇌리를 스쳐갔다.

나는 급히 휴대전화를 꺼내 네이버 지도를 띄우고 가청읍 은평리가 잘 보이도록 확대했다. 우태권이 살해되기 직전 저녁에 술을 마신 식당은 '양청해장국'이었다. 그다음은 인근 편의점에 들러 캔맥주와 오징어를 샀고, 마지막으로 양송리의 아모르 모텔에 투숙했다.

양청해장국을 찾아 지도를 확대하니 예상대로 바로 앞에 '만리장성 양꼬치'가 있었다. 동선이 겹쳤다. 우태권이 죽던 날 나와 하민아, 우태권이 움직인 동선이 똑같았다. 하민아와 내가 만리장성 양꼬치에서 술을 마실 때 하민아의 남편 우태권은 맞은 편에 있는 양청해장국에서 술을 마셨고 하민아와 내가 편의점에 들러 술을 사서 나온 뒤 바로 우태권이 들어가 캔맥주 두 캔과 오징어를 샀다. 그리고 우리가 아모르 모텔 3층 308호에 투숙하고 나서 얼마 있다가 우태권이 아모르 모텔 1층 108호에 투숙했다.

갑자기 술기운이 한꺼번에 올라오는 것처럼 머리가 어지러웠다.

"왜 그래?"

하민아가 내 표정을 보고 물었다.

"자기, 집에서 쓰는 칼 상표가 뭐야?"

"칼? 부엌칼?"

"부엌칼이든 무슨 칼이든 상표가 골든 나이프인 칼 없어?"

"골든 나이프?"

하민아가 시선을 허공에 두고 잠시 생각했다.

"그래. 우리 부엌칼이 골든 나이프였던 거 같아. 왜?"

"그거 세트로 판매했던 건데, 집에 골든 나이프 과도도 있어?"

"과도? 글쎄?"

"그 칼은 부엌칼과 과도가 한 세트로 팔리던 거야."

"맞아, 기억나. 오래전 일이지만, 결혼할 때 엄마가 사준 거야. 그게 왜?"

하민아가 불안한 표정으로 물었다.

나는 말없이 휴대전화에 저장해 놓은 아모르 모텔 CCTV 동영상을 띄웠다. 모텔 입구 CCTV에 찍힌 갈색 머리 살인범의 모습이었다. 동영상의 해상도가 낮고 모자에, 입김이 낀 돋보기안경, 마스크를 쓰고 있어 얼굴을 알아볼 수 없었다.

"잘 봐. 다리를 저는 이 사람이 살인범이야. 머리는 아마도 가발일 거야."

하민아는 모자를 쓴 갈색 파마머리가 모텔 입구로 들어와 코로나 방역 출입명부에 왼손으로 가짜 전화번호를 남기고, 108호 초인종을 누른 뒤 출입문을 열고 들어가 사라질 때까지 휴대전화 화면에서 눈을 떼지 않았다.

"여길 다시 자세히 봐."

나는 갈색 머리가 108호 출입문을 여는 장면을 확대해서 느리게 보여줬다.

"나도 방금 막 깨달은 건데, 108호 출입문을 열고 들어갈 때 누군가가 안에서 출입문을 열어준 게 아니야. 갈색 파마머리가 직접 문을 열고 안으로 들어간 거야. 문이 잠겨 있지 않았던 거지."

"그 말을 들으니 그런 것 같기도 하네. 안에서 문을 열어줬다면 문이 조금이라도 열린 뒤 밖에 있는 사람이 문손잡이를 밀고 들어갔을 거 같은데, 그렇지 않은 걸 보면……."

"자, 이 갈색 파마머리가 누군 거 같아?"

나는 다시 영상을 앞으로 돌려 갈색 파마머리가 카메라 바로 앞에 있을 때의 가장 선명한 모습을 하민아에게 보여줬다.

"누구라니?"

"모자에 가발, 돋보기안경, 마스크를 쓰고 빈틈없이 변장했지만 어딘지 눈에 익지 않아?"

"내가 아는 사람이라고?"

"김이 서린 흐릿한 안경 속 눈매를 잘 봐. 그리고 키나 덩치도 살펴보고. 행동도……. 누구 같아?"

휴대전화 액정을 들여다보고 있는 하민아의 표정이 점점 일그러졌다.

"자기 남편 맞지? 남편은 누군가에게 살해된 것이 아니라 자신에게 살해당한 거야!"

하민아가 손에 들고 있던 내 휴대전화를 벌레 털어내듯 테이블 위에 털썩 떨어트렸다.

"뭐? 자살이라고?"

나는 하민아에게 남편의 죽음이 자살일 수밖에 없는 단서들을 이야기했다. 자살이라면 그동안 내가 이상하다고 생각했던 모든 의문점이 다 설명되었다.

범인은 장갑을 끼지 않았는데 현장 어디에서도 지문이 나오지 않았다. 초인종, 문손잡이 등에서 우태권의 지문만 채취되었다. 범인이 손가락에 매니큐어 같은 걸 칠하고 있었던 게 아니었다. 범인은 그냥 맨손이었다.

범인이 굳이 번거롭게 창문으로 도망친 이유도 자살이면 설명이 되었다. 또 범인이 변장하는 데 썼던 옷, 가발, 가방, 그리고 피해자인 우태권의 휴대전화와 지갑을 형사들이 수색하면 쉽게 발견할 만한 산책길 옆에서 불태운 것도 설명이 되었다.

사건을 시간의 흐름에 따라 재구성해 보면 이러했을 것이다.

그날 오후 5시, 우태권은 세트로 산 칼이지만 집에서 오래 사용해 온 부엌칼과 달리 한 번도 사용하지 않고 나무상자 속에만 들어 있던 날카로운 과도와 변장에 쓸 옷과 가발 등을 스포츠 가방에 넣어 들고 딸아이의 손을 잡고 집을 나섰다. 아내를 살해하는 현장에 사랑하는 딸을 데려갈 수는 없어 딸은 처가에 맡겼다. 장모에게는 아내가 저녁 늦게 딸을 데리러 올 거라고 말했다. 정말 아내가 너무 늦지 않게 집에 돌아와 딸아이가 집에 없는 것을 보고 처가에 연락해 딸을 데려간다면 남편이 바람난 아내를 죽이는 비극은 일어나지 않을 수도 있었다.

우태권은 아내가 바람피우는 것을 알고 나서 아내의 휴대전화에 위치추적 프로그램을 깔아놓았기에 아내를 찾는 것은 그리 어려운 일이 아니었다. 곧 우태권은 번화가에서 외간 남자와 술을 마시고 있는 아내를 찾아냈다. 그는 그 술집이 잘 보이는 맞은편 술집으로 들어가 술을 마시며 창문을 통해 아내와 남자를 감시했다. 아내는 표정이 밝고 즐거워 보였다. 아내는 내연남에게 갖은 애교를 떨어댔다. 안주를 먹여주기도 했다. 아내는 남편인 자기에게는 지금까지 한 번도 하지 않은 행동들을 내연남에게는 자연스레 하고 있었다. 아마 잠자리에서도 그러리라. 우태권은 당장 달려가 준비해 온 과도로 두 연놈을 찔러 죽이고 싶은 충동을 느꼈으나 꾹 참았다. 불륜 현장을 두 눈으로 확인하고 죽여야 마땅했다.

술집들이 문을 닫는 시각인 9시가 되자 아내와 남자가 술집에서 나왔다. 우태권은 적당히 거리를 두고 두 사람을 미행했다. 아내의 휴대전화에 위치추적 프로그램이 깔려 있으니 두 사람을 놓쳐도 다시 찾아내면 된다.

아내와 불륜남은 편의점에 들러 술을 샀다. 두 사람이 나온 뒤 우태권도 편의점으로 들어가 술을 샀다. 두 사람이 술을 사 들고 어디로 갈지 모르니 두 사람이 하는 대로 따라 한 것이었다.

두 사람은 걸어서 아모르 모텔로 이동했다. 우태권은 멀리서 두 사람이 모텔 안으로 들어가는 것을 지켜봤다. 곧 3층 객실 하나에 불이 켜졌다. 308호였다.

우태권은 준비해 온 갈색 파마머리 가발과 모자, 안경 등으로 변장했다. 점퍼와 바지도 준비해 온 예전 옷으로 갈아입었다. 날카로운 과도를 꺼내 바지 허리춤에 찔러넣었다.

변장은 완전 범죄를 하기 위함이 아니라 불륜 현장을 덮치기 전에 아내에게 먼저 발각되는 상황을 피하기 위해서였다. 남편이 코앞에 서 있어도 누구인지 알아보지 못해야 했다. 아내와 불륜남을 죽인 뒤에는 자살할 생각이었다.

모텔을 향해 걸어가는데 전화벨이 울렸다. 무시했다. 하지만 전화벨은 끊이지 않고 계속 울렸다. 휴대전화를 꺼내 살펴보니 장모 전화였다. 장모에게 연락이 오리라는 것은 해연을 장모에게 맡길 때부터 이미 예상한 바였고 일말의 희망이 사라졌음을 알리는 조곡이었다. 그런데 끊임없이 울리는 전화벨 소리가 마치 해연이 아빠를 간절히 부르는 가냘픈 목소리처럼 들렸다. 딸의 목소리를 마지막으로 한 번 더 듣고 싶었다. 결국 통화 버튼을 눌렀다.

"여보세요?"

"우 서방인가? 어찌 된 일인지 민아가 아직도 해연이를 데리러 오지 않아서……. 아까 두 번이나 전화했는데 받지 않더니, 방금 또 전화했더니 전화기가 꺼졌더라고."

"아, 친구들하고 술 마신다고 제게 전화 왔었어요. 아마 배터리가 떨어졌을 겁니다. 죄송합니다만, 해연이는 내일 아침에 데리러 갈 테니 오늘 밤은 어머님이 좀 데리고 주무셔주세요."

"그래, 그러지."

"해연이 아직 안 자죠?"

휴대전화에서 전화를 그대로 끊을세라 다급히 아빠를 부

르는 해연의 목소리가 들려왔다.

"아빠, 아빠!"

"그래, 해연아!"

"아빠 보고 싶어, 언제 와?"

"오늘은 할머니하고 자. 내일 데리러 갈게."

"아빠 자장가 불러줘."

"아빠 지금 밖이라 그럴 수 없어."

"아잉, 아빠가 자장가 안 불러주면 나 또 오줌 싼단 말야."

어쩔 수 없었다. 우태권은 휴대전화에 대고 자신이 어렸을 때 어머니가 불러줬던 자장가를 부르기 시작했다.

"엄마가 섬 그늘에 굴 따러 가면, 아기가 혼자 남아 집을 보다가……."

눈에서 눈물이 주르륵 흘러내렸다. 노랫소리에 조금씩 울음소리가 섞였다.

"왜 그래, 아빠?"

아이도 아빠의 목소리가 이상하다고 느낀 것 같았다.

"잘 자, 해연아……. 잘 자!"

전화를 끊으려 했지만 차마 종료 버튼을 누를 수 없었다. 아이가 몇 번 아빠를 불러대다 대답이 없자 장모가 전화기를 건네받아 "여보세요?" 하고 한 번 불러본 뒤 전화를 끊었다.

우태권은 그대로 서서 한참 동안 손에 들린 휴대전화를 들여다봤다.

아내가 내게 끔찍하게 살해되고 나도 죽고 나면 자폐아

해연, 사랑하는 딸 우해연은 어떻게 될까?

우태권은 모텔 안으로 걸음을 옮기지 못하고 모텔 옆에 한참을 서 있었다.

결국 우태권은 아내를 죽이기 위해 허리춤에 꽂았던 칼을 빼내 다시 스포츠 가방에 넣었다.

이제 아내를 죽이고 싶지 않았다. 그냥 혼자 죽는 게 여러모로 나았다. 아내는 남편에게는 악녀일지 몰라도 해연에게 있어서만큼은 꼭 필요한 좋은 엄마였다.

'그래, 나만 죽으면 다 해결돼.'

혼자 죽으면, 그동안 아무것도 해주지 못한 사랑하는 딸 해연에게 10억 원을 유산으로 남길 수도 있었다.

우태권은 모텔 주차장 뒤편 오솔길에서 아내와 남자가 투숙한 308호를 올려다봤다. 아내와 남자가 지금 무슨 짓을 하고 있을지 상상하니 다시 죽이고 싶은 충동이 일었다. 하지만 복수와 해연에게 물려줄 10억 중에 딱 하나만 선택할 수 있었다. 아내와 내연남에게 복수하면 딸의 행복이 사라지고, 아내와 내연남에게 복수하지 않으면 딸이 행복해질 수 있었다. 선택은 이미 정해져 있었다.

그때 그의 눈에 108호의 방범창 창살이 들어왔다. 좋은 아이디어가 떠올랐다. 아내가 바람을 피우고 있는 모텔에서 남편이 끔찍하게 살해되는 것도 아내와 내연남에게 훌륭한 선물이 될 것 같았다.

우태권은 일부러 다리를 절뚝이며 인근 철물점에 들러

경상도 말투를 써가며 방범창 창살을 뜯어낼 도구를 샀다.

모텔 뒤 오솔길에서 다시 원래대로 옷을 갈아입고 변장을 해제하여 우태권으로 돌아간 그는 모텔 안으로 들어가 미리 점찍어 둔 108호에 투숙했다. 그리고 철물점에서 산 드라이버와 펜치로 방범창 창살을 뜯어내고 변장 도구와 옷이 든 가방을 들고 창문을 빠져나가 인적이 없는 곳에서 다시 가발을 쓰고 모자를 쓰고 안경을 쓰고 색깔이 다른 마스크를 쓰고 옷을 갈아입었다. 다시 다리를 절며 모텔 출입구로 들어가 경상도 말투로 여주인과 대화한 뒤 108호로 갔다. 108호 출입문은 잠금장치 틈에 접은 종이를 끼워놓아 잠겨 있지 않았다. 초인종을 누른 뒤 잠시 기다리는 척하다가 108호 출입문을 열고 안으로 들어간 우태권은 휴대전화를 끄고 자신의 원래 옷이 든 가방을 들고 망가트려 놓은 창문을 통해 밖으로 빠져나가 뒷산에서 옷을 갈아입은 뒤 변장 도구와 옷, 망가트린 휴대전화, 지갑, 마스크, 창문을 뜯는 데 사용한 연장 등을 경찰이 발견하기 쉬운 장소에서 불에 태웠다. 다만 지갑은 완전히 태우지 않고 타다 만 것처럼 조금 남겨놓았다. 그는 옷에 흙이 묻지 않게 조심하며 모텔로 돌아와 다시 창문을 통해 모텔 안으로 들어갔다. 이후 신발에 묻은 흙을 꼼꼼히 제거한 뒤 캔맥주를 하나 마시고 나서 목욕가운으로 갈아입었다. 칼에 지문이 남지 않도록 과도 손잡이를 모텔 수건으로 감싸 쥐고 타인이 찌른 것처럼 목욕가운 위로 가슴을 한 번 찌르고 목을 두 번 찔렀다. 하지만 상처가 깊지 않자 가슴 맨살에 칼끝을 대고 벽에 수건을 감은 칼손잡이를 댄 뒤 몸을 앞으로 전진시켜 자살에 성공했다. 말 그대로 성공이었다.

'내 사랑! 나의 딸 해연아, 안녕!'

내 이야기를 듣고 난 하민아는 말없이 맥주를 연거푸 들이켰다. 눈에 눈물이 고여 있었다. 나는 하민아의 빈 잔에 몇 번 술을 따라줬다.

"이제 어쩔 거야?"

하민아가 눈물을 훔치며 내게 물었다.

"글쎄?"

나는 대답을 회피했다.

내가 알아낸 사실을 수사본부에 보고하면 이 사건은 우태권이 보험을 타기 위한 자작극, 자살사건으로 종결되고 나와 하민아의 불륜관계는 영원히 들통나지 않을 것이다. 그리고 나는 내년에는 경감으로 진급할 수 있을 것이다. 하지만 하민아와는 다시는 잠자리를 할 수 없을 것이다.

만약 내가 입을 다문다면 하민아와 그녀의 자폐아 딸은 금전적으로 여유 있는 삶을 살 수 있을 테지만 앞으로의 수사 과정에서 나와 하민아의 불륜관계가 들통날 위험이 있었다. 또 나는 속궁합 잘 맞는 하민아와 계속 내연관계를 유지할 수 있을 테지만 내년에도 점수가 부족해 진급은 하지 못할 것이다.

잠시 뒤 나는 어떻게 할지 결정하고 입을 열었다.

"집에 들어가자마자 남편 가슴에 꽂혀 있던 과도와 한 세트인 그 골든 나이프 부엌칼, 그 칼을 종이나 휴지에 잘 싸서 쓰레기봉투에 넣어 사람들의 눈에 띄지 않게 은밀히 버려. 그럼 아버지가 원하던 대로 딸이 아버지의 사망보험금을 탈 수 있을 거야."

"고, 고마워……."

하지만 나는 하민아에게 고맙다는 말을 듣고 싶지는 않았다.

"나 먼저 간다. 수사 회의가 있어."

나는 자리에서 일어나 마스크를 눈 밑까지 올려 쓴 뒤, 늘 하던 버릇대로 현금으로 술값을 내고 서둘러 술집을 빠져나왔다. 수사 회의는 핑계였다.

나는 경찰서 쪽으로 걸어가며 휴대전화에 있는 하민아의 전화번호를 지웠다. 사적으로는 이제 다시는 하민아와 만나지 않을 생각이었다. 내가 나쁜 놈이긴 해도 남편을 죽여놓고 죽은 자의 아내와 계속 바람을 피울 만큼의 인간 말종은 못 되었다.

차가운 바람이 목덜미를 파고들었다. 기침이 나왔다. 감기 같았다. 차라리 코로나에 걸린 거면 좋겠다는 생각이 들었다.

개티즌

제목: 임신부의 배를 발로 찬 남자

저는, 어려서 외국에 입양된 뒤 성장하여 한국을 찾아오는 입양아들을 안내하고 통역하는 자원봉사자입니다.

오늘 한국을 방문한 입양아 두 명을 관광시키며 한국의 좋은 이미지를 보여주기 위해 땀을 뻘뻘 흘려가며 돌아다녔는데… 막판에 지하철 안에서 만난 노매너 청년 때문에 한국 이미지가 완전히 똥 됐습니다.

20대 초중반의 신체 건장한 청년이 노약자석에 버티고 앉아 있었고, 술에 취한 것처럼 보이는 머리 희끗한 할아버지가 노약자석 옆에 서 있는 30대 후반쯤의 어떤 임신부를 보고 노약자석에 앉아 있는 청년에게 자리를 양보해 주는 것이 어떻겠냐고 했습니다. 그러자 그 청년이 기분 나쁘다는 듯이 할아버지를 째려봤습니다. 그러다 전철이 흔들려 술에 취한 할아버지가 비틀거리며 청년의 이어폰 줄을 손으로 잡았는데 청년이 자리에서 벌떡 일어나며 소리쳤습니다.

"아, 정말 더러워서! 돈 한 푼 안 내고 공짜로 탄 주제에..."

"뭐야? 이런 싸가지 없는 놈이..."

술에 취한 할아버지가 버럭 소리를 지르자 그 청년이 할아버지의 멱살을 잡아 의자에 쓰러트렸습니다. 큰일이라도 나겠다 싶었는지 옆에 서 있던 임신부가 청년을 말리자 그 청년이 임신부의 배를 발로 걷어찼고, 바닥에 쓰러진 임신부를 향해 갖은 욕을 퍼부어 대며 전철에서 내렸습니다.

위 사진은 배를 걷어차여 쓰러진 임신부와 임신부를 발로 찬 남자를 핸드폰으로 찍은 것입니다.

한국에서 태어나 부모에게 버림받고 외국으로 입양되었다가 다시 고국이라고 찾아왔는데, 한국에서 이런 꼴을 봤으니 그들이 한국 사람들을 어떻게 생각할지 참...

(퍼온 글)

▼ 댓글 (6)

이쁜이 10/12 14:32

어머, 정말 말이 안 나오네요. 세상에 별 미친놈이 다 있네요.

유지니 10/12 14:36

헉! 사이코패스가 틀림없다. 사진 잘 봐뒀다 피해야지…

holiday 10/12 14:50

변태 새끼네. 덩치도 좋고 얼굴 멀쩡한 인간이…

말뚝이 10/12 15:21

헉! 엽기다.

또 사고 치기 전에 찾아내서 정신병원에 집어넣어야 할 텐데.

두유좋아 10/12 15:40

정말 충격이네요. 이 글 퍼갑니다!

짭쪼롬 10/12 15:52

사진의 임신부가 제 친구의 친구의 언니래요.

결혼 10년 만에 인공수정으로 임신했는데 지금 유산 위기래요.

*

서울에서 열한 명을 태우고 간 관광버스가 멈춘 곳은 남해 바닷가의 어느 작은 선착장이었다.

"자, 모두 배에 타세요!"

누군가가 외치는 소리에 고개를 돌려보니 선착장 한쪽에 10톤 정도 되는 어선이 대기하고 있었고 어선 갑판 위에 한 남자가 서 있었다. 선장인 것 같았다. 그런데 여기에도 방송국 관계자는 기다리고 있지 않았다. 서울에서 내려온 우리 게스트들뿐이었다.

"방송 관계자들은 어디에 있죠?"

제일 먼저 배에 올라탄 40대 남자가 선장에게 물었다.

"예? 저는 전화로, 관광버스에서 내리는 분들을 섬으로 실어 나르라는 말만 들었는디요."

"이 사람들 참……."

"아, 방송국 사람들이야 먼저 갔겠죠. 촬영이라는 게 그냥 할 수 있는 것이 아니잖아요? 미리 가서 세트도 만들고 촬영하기 적당한 장소도 물색하고……. 지금 정신없이 준비하고 있을걸요."

파마머리의 남자가 대화에 끼어들어 방송 일에 경험이 많은 사람처럼 이야기했다.

"아, 그래도 그렇지. 안 하겠다는 사람에게 출연해 달라고 몇 번씩 그렇게 사정할 때는 언제고……. 방송 출연은 모두 초보인 것 같은데, 인솔자라도 한 명 보내는 것이 예의지."

"그러게 말이에요. 출연해 달라고 사정할 때는 언제고……."

"아, 인솔자가 뭐 필요해요. 이렇게 척척 다 준비되어 있으면 된 거죠. 일단 가봅시다."

"자, 출발합니다."

사람들이 자리를 잡고 나자 선장이 곧바로 배를 출발시켰다.

버스에서는 잠만 잤기에 나는 사람들과 대화하고 싶었으나 그럴 상황이 아니었다. 파도가 꽤 거칠었다. 어선이 놀이기구처럼 널을 뛰었다.

배가 선착장을 떠난 지 세 시간쯤 지나서 멀리 작은 섬 하나가 눈에 들어왔다. 바위 절벽 위에 등대가 하나 서 있는 것이 보였다.

"이거 날씨가 점점 안 좋아지는디요."

조타실 안의 선장이 창문 밖으로 머리를 내밀고 하늘을 올려다보며 중얼거렸다.

"태풍이 중국 내륙으로 올라갈 거라더니 우리나라 쪽으로 오는 건 아닌지 모르겠습니다."

피부가 검은 40대 남자가 하늘을 올려다보며 근심스러운 표정으로 대꾸했다.

섬의 간이 선착장에 배를 대려니 거친 파도가 바위를 치고 돌아 나와 배를 고정하기가 쉽지 않았다. 어선은 몇 번의 노력 끝에 바위를 대충 쌓아 만든 선착장에 겨우 뱃머리를 붙일 수 있었다.

"즐거운 시간 되십쇼!"

상자 몇 개와 사람들을 서둘러 내려놓은 어선은 곧바로 선수를 돌려 거친 바다로 나갔다. 파도의 계곡을 넘나들며 멀어지는 배가 거친 물결에 흔들리는 종이배처럼 위태위태하게 보였다.

“여기도 우리를 기다리는 사람이 없네요?”

곱슬머리 남자가 사람들을 둘러보며 중얼거렸다.

“우리가 언제 도착할지 몰라 마중을 나오지 않은 것이겠죠. 전화 걸어보죠.”

피부가 검은 남자가 휴대전화를 꺼내 들었다.

“어, 먹통이네. 핸드폰 신호가 잡히지 않는데요.”

사람들이 모두 휴대전화를 꺼내 들여다봤다.

“어, 제 것도 그런데요.”

“제 것도요.”

“섬 위쪽에서는 신호가 잡힐지도 몰라요. 술도 있네. 이 박스들은 우리 식량 같은데, 하나씩 들고 올라갑시다.”

바위로 된 선착장에서 가파른 절벽을 20미터쯤 걸어 올라가니 평지가 나왔다. 그곳에서 1백 미터쯤 떨어진 절벽 위에 하얀 등대가 서 있었고 그 옆으로 낡았지만 아담한 이층집이 한 채 있었다.

“아니, 무인도라더니 웬 이층집이야?”

뒤따라오던 누군가가 중얼거렸다.

“아, 2박 3일간 촬영하는데 우리가 묵을 숙소가 없다면 그게 더 이상하죠.”

“2년 전까지만 해도 이 등대섬은 무인도가 아니었습니다. 저 집에 한 가족이 살았었죠. 등대지기와 아내, 두 명의 어린아이들이 말입니다.”

서른 살 정도의 키 큰 남자가 이 섬에 대해 잘 아는 것처럼 말했다.

"혹시, 방송 관계자십니까?"

"아니, 저도 일반 참가잡니다. 얼마 전에 '미스터리'라는 잡지에서 남해에 있는 어느 등대섬에 관한 기사를 읽은 적이 있는데, 생긴 모양과 지도상의 위치로 봐서 이 섬이 틀림없군요."

"등대지기 가족은 등대가 폐쇄되어 다른 곳으로 이사 갔나 보죠?"

"그런 게 아니고……. 2년 전쯤, 저 집에서 끔찍한 살인사건이 있었답니다. 등대지기가 어느 날 갑자기 미쳐서 가족들을 모두 죽이고 자신도 바다에 뛰어들어 자살했답니다. 그 사건 이후 지원자가 없는 데다 GPS 등 항해 기술의 발달로 등대가 꼭 필요한 것도 아니어서 운영을 중단한 거죠."

"저런! 그런데 모두 죽었다면서 그 사실을 어떻게……?"

"물론 모두 죽었으니 추측일 뿐입니다. 사건의 진실은 아무도 모르죠."

"아니 그럼, 그런 끔찍한 사건이 일어난 집에서 이틀씩이나 묵어야 한단 말이에요?"

"난 재밌을 것 같은데요."

"어쩐지 아까부터 목덜미가 서늘하더라……."

우리는 곧 등대 옆 이층집 앞에 도착했다. 그런데 이곳에도 사람의 모습은 보이지 않았다.

"도, 도대체 어떻게 된 거죠?"

당혹스럽지 않을 수 없었다.

"아직 안 온 건가?"

우리는 집 앞에 짐을 내려놓고 섬을 둘러보았지만 사람 그림자도 보이지 않았다. 이 섬에는 오로지 우리뿐이었다.

나는 막 화가 나려고 했다. 기가 막혔다. 방송 출연이고 뭐고 다 때려치우고 당장 집으로 돌아가고 싶었다. 하지만 돌아갈 방법이 없었다.

"집 안으로 들어가 기다려 봅시다. 곧 누군가 나타나겠죠."

"혹시 이거 몰래카메라 아닐까요? 이 집에 카메라를 설치해 놓고 우리가 어떻게 대처하는지 관찰하는 그런 거?"

"허허, 참……."

다행인 것은 낡은 이층집은 그런대로 쓸 만하다는 점이었다. 1층은 커다란 거실 하나와 주방 하나, 방이 세 개였고, 1층 거실에서 계단으로 이어져 있는 2층은 거실 하나에 방이 네 개였다.

이곳에서 미친 등대지기가 가족들을 죽이고 자살만 하지 않았다면 분명 누군가가 이 이층집을 사들여 펜션 사업을 하고 있었을 게 분명했다. 경치가 아름다운 것은 물론 작은 섬인데도 우물에 먹을 물이 충분했다.

날이 어두워지는데도 섬으로 다가오는 배는 보이지 않았다.

"파도가 너무 높아 오지 못하는 건가?"

"그럼 우리는 뭡니까? 어선이 뜨지 못하면 경찰 경비함이라도 타고 와야지."

"상황이 어떻게 될지 모르니, 오늘 밤 여기서 묵을 준비를 해두는 게 좋을 거 같습니다."

우리는 낡은 빗자루를 찾아내 청소를 시작했다.

귀신이라도 나올 것 같던 집이 비질과 걸레질을 몇 번 하고 나자 시골 민박집 같은 분위기로 바뀌었다. 우리는 2층을 치우는 것이 번거로워 1층만 사용하기로 했다. 중형 평수의 아파트 정도 되는 공간이었지만 가구가 없어 거실까지 이용하면 열한 명이 충분히 잘 수 있을 것 같았다.

배에서 내린 몇 개의 상자 속에는 쌀, 라면, 술 등의 음식과 미니 가스레인지, 냄비 등 조리 기구들이 들어 있었다. 모기향, 램프, 손전등 등도 준비되어 있어 열한 명이 며칠 지내기에 충분해 보였다.

"이왕 이렇게 된 거, 휴가 왔다고 생각하고 즐겁게 놀다 갑시다."

이름이 김차애라고 했던, 20대 중반쯤으로 보이는 여자가 팔을 걷어붙이고 부엌으로 들어가며 웃어 보였다.

저녁을 해서 먹으려는데, 섬에 도착하자마자 낚시 장비를 챙겨 들고 갯바위 쪽으로 갔던 남자 두 명이 커다란 돌돔과 우럭 몇 마리를 들고 나타났다.

"와, 크다! 술맛 나겠는데요."

우리는 촛불을 켜놓고 싱싱한 회와 매운탕, 삼겹살을 안주로 밤늦게까지 소주를 마셨다. 사람들의 몸속으로 술이 들어가자 저녁때의 그 우울했던 분위기는 온데간데없이 사라지고 친한 사람들끼리 휴가라도 온 것 같은 분위기가 되었다.

나처럼 방송 관계자의 끈질긴 설득에 넘어가, 일반인들이 참여하는 주말 예능프로그램인 '2박 3일'에 출연하기 위해 이 무인도에 온 사람들은 20대 초반부터 60대 중반까지 나이도 가지각색이었고 직업도 가지각색이었다. 일반 회사원, 대기업 간부, 고등학교 교사, 변호사, 백수, 학생, 주부 등.

"이런! 술을 엎질렀으면 닦아야지 개똥녀처럼 그렇게 가만히 있으면 어떻게 해요?"

파마머리의 안길식 씨가 실수로 소주잔을 엎자 50대의 김내성 씨가 휴지로 바닥을 닦으며 농담 투로 말했다.

"개똥녀요? 에이, 비유를 하셔도 그렇지 그런 재수 없는 여자와……."

"개똥녀가 뭐 재수 없다고 그래요? 사진을 보니 예쁘게만 생겼더구먼."

"얼굴만 예쁘면 뭐 해요. 인간성이 개똥인데. 자기 개가 전철 바닥에 똥을 눴으면 치워야지, 개똥 치우라고 건네준 휴지로 자기 개 똥구멍만 닦고 전철에서 내려버린 그런 사람이 제대로 된 사람은 아니죠. 그 개똥은 나중에 어떤 할아버지가 치웠다잖아요."

"그 개똥녀는 잘 살고 있나 모르겠네? 인터넷을 통해 그렇게 얼굴이 팔렸으니 얼굴을 들고 돌아다니기가 쉽지는 않았을 텐데. 네티즌들이 좀 심하긴 했어. 무슨 죽을죄를 진 것도 아니고 개똥 좀 치우지 않은 것뿐인데 사진을 여기저기 퍼다 올리고, 신상털이를 하고, 그렇게 욕을 해댔으니……."

"뭘 너무해요. 욕 얻어먹을 짓을 했으니 당해도 싸죠. 그리고 그런 뻔뻔한 인간들은 사람들이 아무리 욕을 해대도 기가 죽기는커녕 오히려 자신이 유명 인사라도 된 줄 알고 으스대며 다닐걸요. 안 그래요, 은요일 씨?"

목소리를 높이던 안길식 씨가 나와 눈이 마주치자 내 의견을 물었다.

"에이, 세상에 그런 실수 안 하고 사는 사람 있나요. 여기 계신 분들 중 술 마시고 골목길이나 남의 가게 앞에 오바이트하고 치워보신 분 있어요? 또 급해서 으슥한 골목길 담벼락에 오줌 누고 휴지나 손수건으로 담벼락 닦아보신 분 있어요? 다들 그냥 가시곤 하잖아요?"

"하긴 뭐……. 살아가면서 거리에 침 한 번, 껌 한 번, 담배꽁초 한 번 버리지 않는 사람은 없지."

"아, 사실 임신부를 발로 찬 남자, 임찬남에 비하면 개똥녀 정도는 애교죠."

옆에서 다른 사람들과 이야기하던 20대 후반의 박광규 씨가 우리 이야기에 끼어들고 싶은지 불쑥 한마디 던졌다.

"그 임찬남 사건은 어떻게 마무리되었죠? 잡아서 족쳐야 한다며 그놈을 잡아보겠다고 나선 네티즌들이 한두 명이 아니었던 것 같았는데?"

"어떻게 되긴, 뭘 어떻게 되어요. 한동안 시끌벅적하다가 몇 달 지나니 잠잠해졌죠."

"임찬남의 발에 차인 그 임신부는 어떻게 되었나요? 어디서 보니 유산을 했다는 이야기도 있던데?"

"글쎄, 거기까지는 잘……."

"임찬남 같은 놈은 잡아서 공개로 능지처참해야 하는데, 세상이 너무 관대해요."

"그러게요. 그때 내가 그 자리에 있었으면 놈의 목덜미를 잡아 확 비틀어버렸을 텐데……. 주변에 있던 사람들은 도대체 뭘 하고 있었나 몰라."

"요즘 누가 남의 일에 참견하려고 하나요. 내 일 아니면 죄다 모르쇠지."

"놈도 그 사건 이후 한동안 시달리긴 했을 겁니다. 사진이 그리 쫙 퍼졌으니, 남들이 몰라보도록 성형수술이나 변장하지 않고는 집 앞 슈퍼도 가지 못했을걸요."

소주를 기울이며 한마디씩 떠들어대는 그 이야기에 끼어들지 않은 사람은 나, 그리고 시종일관 침묵을 지키고 있는 김차애 씨뿐이었다. 김차애 씨는 말을 아끼는 것이 아니라 임찬남 사건을 처음 들어본다는 표정이었다. 그래서 더욱 흥미로운지 사람들의 말에 열심히 귀를 기울이며 인상을 찡그렸다 폈다 하고 있었다. 하지만 나는 '임찬남'이라는 말을 듣는 것조차 거북했다. 결국 나는 도망치듯 밖으로 나가 집 주변을 서성거렸다.

밤이 깊어지자 갑자기 거센 빗줄기가 쏟아지기 시작했다.

비는 다음 날도 계속 내렸다. 휴대전화는 불통이었지만 라디오는 잘 잡혔는데 중국으로 올라갈 것이라던 태풍이 진로를 바꿔 남해안 쪽으로 북상 중이고 또 다른 중형급 태풍이 연달아 올라오고 있다고 했다. 태풍이 완전히 지나갈 때까지는 배가 우리를 데리러 올 수 없었다.

"젠장! 낚시라도 할 수 있으면 좋을 텐데……. 갑자기 태풍이 두 개씩이나 올라올 게 뭐야. 집 안에만 갇혀 있으려니 정말 미칠 지경이군."

"지금 낚시가 문젭니까. 출근도 며칠 못 하게 생겼는데, 제길!"

"정말 이러다 우리도 등대지기처럼 미쳐버리는 게 아닌지 모르겠어요."

"아이, 무슨 그런 끔찍한 소리를 하세요."

"나는 벌써 반쯤 미친 것 같아요. 몇 년 만에 공짜로 휴가다운 휴가를 왔다고 생각했는데 이렇게 비좁은 집 안에만 갇혀 있으니 돌지 않으면 그게 더 이상하죠."

그 괴이하고 미스터리 한 사건이 일어난 것은 두 번째 날 저녁이었다.

초저녁에 잠들었다가 저녁 9시쯤 깬 나는 배 속이 출출하기도 했고 술 생각도 났다. 인터넷도 쓸 수 없고 텔레비전도 볼 수 없으니 모두들 방에 들어가 일찍 자는지 거실에는 아무도 없었다.

부엌에 놓여 있는 음식 박스들을 살펴보니 소주는 많았지만 적당한 안줏거리가 없었다. 나는 라면을 끓이기로 했다. 커다란 냄비에 물을 안쳤다.

"할 일도 없는데 바둑 한판 두자니까요."

여자 말소리가 들려와서 거실을 내다보니 어디서 찾아냈는지 바둑판을 든 김차애 씨가 남자 방에 있던 김내성 씨를 거실로 불러내고 있었다.

"두 분, 라면 드실래요?"

"라면 좋죠!"

김차애 씨가 대답했다.

쏴아아…….

빗소리 속에서 막 라면 물이 끓기 시작했을 때 눈앞의 촛불이 꺼질 듯 흔들리며 어디선가 덜커덩거리는 소리가 들려왔다. 아마도 태풍에 2층 창문이 열려 비바람이 실내로 들이치고 있는 것 같았다. 누군가가 2층에 올라가 봐야 할 것 같았다.

끓는 물에 라면을 넣으려던 내가 냄비 뚜껑을 든 채 거실을 내다보니 거실에는 여전히 바둑을 두고 있는 김차애 씨와 김내성 씨밖에 없었다.

"저기요!"

내가 크게 외치자 머리를 맞댄 채 장고하던 김내성 씨와 김차애 씨가 나를 돌아봤다.

"저는 라면을 끓이는 중이라서 그러는데, 누가 2층에 좀 올라가 봐야 할 것 같은데요."

그제야 두 사람은 그 덜커덩거리는 소리를 들었다는 듯이 2층으로 올라가는 계단을 힐끔 쳐다보고 나서 다시 시선을 바둑판에 고정했다.

"뭐가 이리 시끄러운 거야?"

"창문이 열린 것 같은데요."

김차애 씨가 별일 아닐 거라는 듯이 건성으로 대답했다.

나는 다시 소리치지 않을 수 없었다.

"유리창이 깨져 비바람이 들이치기라도 하면……."

"아, 알았어요. 잠깐만……."

바둑판에 바둑돌 하나를 조심스럽게 올려놓고 난 김내성 씨가 자리에서 일어났다. 김내성 씨는 주위를 두리번거려 거실 구석에 놓여 있는 손전등을 찾아 들고 2층 계단을 성큼성큼 올라갔다. 김차애 씨는 여전히 바둑판 앞에 앉아서 다음 수를 생각하고 있었다.

나는 다시 주방으로 돌아와 끓는 물에 라면을 넣고 부엌칼로 김치를 썰기 시작했다. 김내성 씨의 날카로운 비명이 들려온 것은 바로 그때였다.

"아악! 으아악!"

2층에서 어떤 안 좋은 일이 벌어진 게 틀림없었다. 내가 부엌칼을 든 채 거실을 내다보니 역시 비명을 들은 김차애 씨가 어두운 2층 계단을 빠르게 뛰어 올라가는 것이 보였다.

"무슨 일입니까?"

하지만 김차애 씨는 나를 힐끗 돌아봤을 뿐 대꾸하지 않았다. 나는 김차애 씨를 따라 급히 2층으로 올라가려고 했으나 라면 국물이 끓어 넘쳤다. 치이익.

다시 주방으로 들어간 나는 미니 가스레인지의 불을 끄고 나서 계단을 뛰어 올라갔다.

활짝 열려 있는 2층 창문 앞에 떨어져 있는 손전등이 어두운 거실을 밝히고 있었고 먼저 뛰어 올라간 김차애 씨가 등을 보인 채 움직임 없이 서 있었다. 내가 김차애 씨 옆으로 다가가니 손전등 옆에 김내성 씨가 무릎을 꿇은 채 앉아 있는 것이 보였다. 두 손으로 가슴을 움켜쥐고 있었다. 김차애 씨를 쳐다보던 김내성 씨가 시선을 돌려 막 2층 거실로 올라온 나를 보고 더욱 겁에 질린 표정을 지었다. 김내성 씨의 무릎 앞에 떨어져 있는 손전등 불빛에 뭔가가 후두두둑 떨어져 내리는 것이 보였다. 피! 피였다. 가슴을 움켜쥔 손가락 사이로 줄줄 흘러내리고 있는 검붉은 피! 칼에 가슴을 찔린 것이 틀림없었다.

"이, 이게, 무, 무슨 일이죠?"

내가 질문을 던지려는 순간 김차애 씨가 나를 돌아보며 물었다.

“어떻게 된 거죠?”

상황 파악을 위해 내가 김내성 씨에게 다가가자 김내성 씨가 뒤로 주춤주춤 물러나며 다가오지 말라는 듯이 손을 내저었다.

“어어, 어어어!”

바로 그 순간 나는 미끄러운 무엇인가를 밟고 미끄러졌다. 나는 크게 엉덩방아를 찧으며 넘어졌다. 상체를 일으키는데 바닥을 짚은 손에 미끄럽고 끈적끈적한 액체가 만져졌다. 칼을 들지 않은 왼손을 눈앞에 대고 살펴보니 손바닥이 온통 피투성이였다. 바닥의 미끄럽고 끈적끈적한 것이 모두 피였다.

피투성이가 된 내가 피로 얼룩진 거실 바닥에서 일어서고 있을 때 손전등을 든 사람들이 약간의 시차를 두고 차례로 2층으로 뛰어 올라와 내 앞에 일렬로 늘어섰다. 그들은 모두 공포에 질린 표정으로 피투성이 김내성 씨와 나를 번갈아 쳐다봤다. 겁에 질린 저 표정들……. 그제야 나는 사람들의 시선을 따라 내 손을 내려다봤고 손에 피 묻은 커다란 부엌칼이 들려 있다는 사실을 깨달았다.

“오, 오지 마! 내, 내가 그런 것이 아니야!”

나는 나도 모르게, 본능적으로 칼을 쥔 손을 휘저어 사람들이 다가오지 못하도록 위협했다. 그건 정말 치명적인 실수였다. 오해받을 만한 행동을 했다는 사실을 깨달은 내가 칼을 바닥에 떨어트리려는 순간 누군가가 나를 향해 달려들었다.

"이얏!"

기합 소리와 함께 날아든 쇠 파이프가 칼을 쥔 내 손을 후려쳤다.

"아악!"

엄청난 통증과 함께 내 손에 들려 있던 부엌칼이 날아가 김내성 씨의 무릎 앞 마룻바닥에 탁 꽂혔다. 그 순간 김내성 씨가 부엌칼 위로 푹 쓰러졌다.

정말 빌어먹을 일이었다. 나는 영문도 모른 채 순식간에 살인범이 되어 기둥에 단단히 묶이는 신세가 되었다.

"제기랄! 내가 그런 것이 아니라니까! 그 칼은 김치를 썰다 뛰어나와……."

그러나 내 변명이 먹힐 리 없었다.

"김차애 씨! 말 좀 해봐. 내가 그런 게 아니라는 걸 두 눈으로 똑똑히 봤잖아! 김차애 씨나 나나 비명을 듣고 뛰어 올라간 거잖아!"

내가 범인이 아니라는 사실을 증명해 줄 사람은 나보다 먼저 2층으로 뛰어 올라간 김차애 씨밖에 없었다. 하지만 김차애 씨는 넋이 나간 표정으로 1층 거실 구석에 멍하니 앉아 있을 뿐이었다. 충격을 받아 마치 바보가 된 것 같았다.

김차애 씨는 내가 끓여놓은 통통 불어 터진 라면을 안주 삼아 소주를 몇 잔 들이켜고 나서야 혈색이 돌아왔다.

"맞, 맞아요. 은요일 씨의 말이 맞아요. 비명을 듣고 내가 2층으로 올라갔을 때는 칼에 찔려 피를 흘리고 있는 김내성 씨 이외에는 아무도 없었어요. 아마도 은요일 씨는 내 뒤를 따라 올라왔을 거예요. 다른 분들이 올라왔을 때 이미 은요일 씨가 2층에 있었다니, 내 뒤를 따라 2층으로 올라갔다는 은요일 씨의 주장이 맞을 거예요."

그러나 사람들은 김차애 씨의 말조차 믿으려 하지 않았다.

"확실히 저놈이 부엌에 있을 때 김내성 씨의 비명이 들렸나요? 김차애 씨가 저놈보다 먼저 2층에 올라간 게 확실해요?"

"아마도……."

"이자가 범인이 아니면 그럼 누가 범인이죠? 김내성 씨에게 2층으로 올라가 보라고 시킨 사람도 바로 이 사람이지 않습니까?"

박광규 씨가 손에 든 1미터 정도 길이의 쇠 파이프로 나를 가리키며 의문을 제기했다.

"내 생각은, 범인은 은요일 씨가 아닌 거 같은데요."

소주병을 들고 간간이 병나발을 불던 술주정뱅이 김영강 씨가 고개를 갸웃거리며 끼어들었다.

"어째서요?"

"김차애 씨의 증언과 상황으로 보아, 김내성 씨가 칼에 찔려 비명을 지를 때 은요일 씨는 부엌에 있었는데, 아니, 설사 부엌에 없었다고 해도, 2층에서 김내성 씨를 칼로 찌르고 다시 재빨리 1층으로 내려왔다가 다시 2층으로 그렇게 빨리 올라갈 방법이 있을까요? 1층 안방에 누워 있다가 김내성 씨의 비명을 들은 내가 거실로 나왔을 때 은요일 씨는 계단을 올라가고 있었어요."

김영강 씨의 말에 사람들의 표정이 굳었다. 범인은 따로 있다고 생각하기 시작한 것 같았다.

"그럼 저 사람보다 뒤늦게 거실에 나타난 우리 중에 범인이 있다는 말입니까? 설마……?"

"설마가 사람 잡습니다. 만약 저 사람이 범인이 아니고 우리 중에 범인이 있고, 그 사람이 연쇄살인을 저지를 계획을 하고 있다면……?"

사람들이 서로를 쳐다봤다. 서로 의심하기 시작한 것 같았다.

"확인해 보면 명확해지겠죠."

들고 있던 술을 한 모금 마시고 난 김영강 씨가 술병을 거실 바닥에 내려놓더니 손전등을 들고 성큼성큼 2층으로 걸어 올라갔다.

김영강 씨는 5분 정도 있다가 내려왔는데 양손에 피가 묻어 있었다. 그는 곧장 화장실로 들어가 양동이의 물로 손을 씻고 나왔다.

"칼자국을 조사해 봤는데, 부엌칼에 찔린 자국이 아니었습니다. 과도나 잭나이프같이 폭이 더 작은 칼에 찔린 자국이었습니다. 범인은 준비해 온 칼로 김내성 씨를 찌르고 나서 증거를 없애려고 칼을 뽑아 창밖의 바다에 버린 게 아닐까 싶습니다. 혹시 누군가가 잭나이프나 어떤 칼을 가지고 있는 걸 보신 분 있습니까?"

사람들이 다시 서로의 얼굴을 쳐다봤다. 아무도 대답하지 않았다.

"그럼 살인사건이 났을 때 누가 2층에 제일 늦게 나타났죠?"

김영강 씨가 다시 사람들을 둘러보며 물었다.

"나, 나는 범인이 아니에요."

김영강 씨의 시선이 30대 중반의 최설휘 씨에게 머물자 뭔가 찔리는 게 있는지 변명하고 나섰다.

"저는 그때 거실 화장실에서 양동이에 든 물로 샤워하고 있었어요. 비명을 듣긴 했지만, 별일 아닐 거로 생각했어요. 옷을 입느라 2층에 늦게 올라간 게 사실이지만, 화장실에는 작은 창문밖에 없는데 어떻게 밖으로 빠져나가 2층에서 김내성 씨를 죽이고 다시 거실로 돌아와 뒤늦게 2층으로 올라갈 수 있겠어요?"

"최설휘 씨가 범인이라면, 굳이 화장실 창문으로 빠져나갈 필요가 있었을까요?"

의혹을 제기한 사람은 20대 후반의 김지아 씨였다.

"그게 무슨 말이죠?"

"화장실 문을 열고 그냥 유유히 걸어 나와 거실을 통해 2층으로 올라가, 창문을 열어 김내성 씨를 유인해 죽인 뒤, 2층 창문을 통해 밖으로 나갔다가 1층 출입문으로 들어와 목욕하고 나온 것처럼 목에 수건을 걸치고 뒤늦게 2층에 나타났을 수도 있잖아요? 그랬다면, 몸 어딘가에 묻었을지도 모르는 피를 1층 화장실에서 깨끗이 씻고 2층으로 올라갈 시간적 여유도 있었을 테고요."

"말, 말도 안 돼요. 거실에 사람들이 있었는데 거실을 통해 2층으로 올라갔다면 분명 누군가가 봤겠죠."

"글쎄, 그럴까요? 그때 거실에는 바둑판에 눈을 박고 있던 두 명밖에 없었는데, 이미 한 명은 죽었고……."

공격을 받은 최설휘 씨는 당혹스럽다는 표정을 지으며 당시 거실에 있었던 김차애 씨를 쳐다봤다.

"김차애 씨! 그때 내가 화장실에서 나오는 거 봤어요? 못 봤죠?"

"글, 글쎄……. 그때 나와 김내성 씨는 바둑에 온 정신을 팔고 있어서……."

"기억을 더듬어 똑바로 좀 말해요! 생사람 잡게 하지 말고!"

최설휘 씨가 목소리를 높이자 김차애 씨가 시선을 바닥으로 깔았다.

"그, 그래요. 못 본 것 같아요. 최설휘 씨가 화장실에서 나와 2층으로 올라갔다면 분명 못 봤을 리 없는데, 못 본 것 같아요."

"나는 그렇다 치고……, 김지아 씨는 어디에 있었죠?"

이제 자신의 공격 차례라는 듯이 최설희 씨가 김지아 씨를 노려보며 물었다.

"저는 1층 출입문 밖에 서서 바다를 구경하고 있었는데요."

"누구, 그때 김지아 씨가 출입문 밖에 서 있는 걸 본 사람 있어요?"

최설휘 씨가 사람들을 둘러보며 묻자 이번에는 김지아 씨가 당혹스러워했다.

"2층으로 올라가는 방법은, 1층 거실을 지나 저 계단으로 올라가는 방법과 벽을 타든지 사다리를 타고 2층 어느 방 창문으로 들어가는 방법이 있을 거예요. 하지만 범인이 밖에서 2층으로 올라갔다면 옷이 젖지 않을 수 없었을 겁니다. 비가 저렇게 오는데……. 그런데 저는 보다시피 이렇게 마른 옷을 입고 있지 않습니까? 옷을 갈아입을 시간이 있었던 것도 아니고……."

김지아 씨가 패션쇼의 모델처럼 팔을 벌린 채 제자리에서 한 바퀴 돌아 보였다. 정말 옷은 조금도 젖지 않았다. 김지아 씨의 옷을 살피던 사람들이 바로 시선을 돌려 주변 사람들의 옷을 살피기 시작했다. 몇 사람이 젖은 바지를 입고 있었다. 그리고 현관에 놓여 있는 몇 개의 슬리퍼와 신발도

흠뻑 젖어 있었다.

"아, 아닙니다. 우리는 아닙니다."

뭔가 찔리는 것이 있는지 김주동 씨가 손을 마구 저어 댔다.

"우리 네 명은 그때 단체로 저쪽 절벽에 올라가 폭풍우 치는 바다를 잠시 구경하다 돌아온 참이었습니다. 그래서 바지와 신발이 흠뻑 젖은 겁니다. 우비와 우산을 쓰고 있었지만 비바람이 심해서……. 우리는 비명도 못 들었고 살인 사건이 일어난 줄도 모르고 집 안으로 들어왔다가 2층이 시끄러워 뒤늦게 2층으로 올라간 겁니다."

"맞아요. 우리 네 명은 같이 있었습니다. 설마 우리 네 명이 공범이라고 생각하는 건 아니겠죠?"

"네 명 모두 잠시도 떨어져 있지 않았나요?"

쇠 파이프를 든 박광규 씨가 물었다.

"꼭 그런 것은 아니지만……."

알리바이를 말한 사람들 이외의 나머지 사람들은 방에 틀어박혀 책을 읽거나 잠을 자고 있었다는데 중간에 누가 일어나 방을 나갔다 돌아왔는지 그런 세세한 것은 기억나지 않는다고 했다. 김내성 씨의 비명이 들렸을 때는 비명을 들은 사람들은 2층으로 뛰어 올라가기 바빴고 2층의 소란에 뒤늦게 잠이 깬 사람들은 주의 깊게 보지 않아 누가 옆에 있었는지 기억하지 못하는 것 같았다.

"어쨌든 저 사람은 범인이 아닌 것 같으니 풀어줍시다.

저 사람은 범행을 저지를 시간적 여유가 없었습니다."

술주정뱅이 김영강 씨가 턱으로 나를 가리켰다. 하지만 나를 풀어주려고 움직이는 사람은 없었다. 잠시 뒤, 못마땅한 표정으로 나를 풀어준 사람은 내가 변명할 때마다 쇠 파이프로 배를 꾹꾹 찌르거나 발로 정강이를 걷어찼던 박광규 씨였다.

"이거 미안합니다. 오해해서……."

"그, 그럴 수도 있죠, 뭐. 상황이 그랬으니. 범인을 아는, 죽은 김내성 씨조차도 부엌칼을 들고 달려드는 나를 보고 비명을 질렀으니……. 자신을 칼로 찌른 사람과 내가 공범이라고 착각했던 거겠죠."

나를 풀어주고 난 박광규 씨가 사람들의 앞으로 나섰다.

"이 섬은 무인도고, 우리 이외에 다른 사람이 이 섬에 있다고 생각하기는 어렵습니다. 지금부터는 혼자 행동하지 마시고 두 명 이상 짝을 지어 움직이시기를 바랍니다. 범인이 우리 중에 있다면 독에 갇힌 생쥐나 다름없습니다. 내일 경찰이 와서 조사하면 범인이 밝혀지겠죠."

"둘이 같이 다니다가 한 사람이 살인자면 어떻게 해요? 경찰이 올 때까지 모두 여기 모여 있어야 안전할 거 같아요."

김지아 씨가 무섭다는 듯이 목을 움츠리며 말했다.

"범인의 범행 동기가 뭘까요? 살인 동기 말입니다. 왜 범인은 김내성 씨를 죽인 걸까요? 김내성 씨의 순한 성격으로 보아 원한 같은 걸 샀을 거 같지 않은데……?"

술병을 든 채 말하는 김영강 씨는 전직 경찰이라도 되는 모양이었다.

사람들은 한 시간 넘게 각자의 의견을 피력하였으나 모두 추측일 뿐이었다.

"말만 들어봐서는 누가 범인인지 알 수가 없군요. 자, 현장을 한번 조사해 봅시다. 무슨 증거가 남아 있는지."

술병을 든 김영강 씨를 따라 우리는 2층으로 몰려 올라갔다. 모두 나처럼 2층에는 두 번 다시 발을 들여놓고 싶지 않았을 테지만, 범인을 잡으려면, 또 범인으로 몰리지 않으려면 어쩔 수 없었다.

시체는 얇은 이불을 뒤집어쓴 채 바다 쪽 창문 앞에 그대로 누워 있었다.

2층에는 먼지가 가득했는데 사람들의 발자국이 여기저기 어지럽게 널려 있었다. 처음부터 발자국을 살펴보았더라면 범인을 잡을 수 있었을지도 모르는데 이제 어느 발자국이 언제 찍힌 것인지 알 수 없었다.

2층 거실은 창문이 두 개였는데 마주 보고 있었다. 바다 위 절벽 쪽으로 난 창문과 반대쪽으로 난 창문 모두 안으로 열리는 창이었다.

범인이 밖에서 침입했다면 바다 반대쪽 창문을 통해 들어왔을 텐데 잠겨 있는 그 창문은 열린 흔적이 없었다. 창문에는 거미줄, 창턱에는 뽀얀 먼지가 그대로였다.

김영강 씨가 바다 반대쪽 잠긴 문을 열고 밖을 잠깐 살펴보다가 다시 문을 닫고 잠금장치를 잠갔다.

2층 방의 나머지 창문들도 모두 잠겨 있었고 열었던 흔적이 없었다.

"범인은 분명 살인사건이 일어나기 전에 2층으로 올라와 이 창문을 열어놨을 겁니다. 바람에 창문이 덜컹거리는 소리를 들은 누군가가 닫으러 올라오도록 유인하기 위해서 말입니다."

"아니, 그렇게 생각하기에는 좀 이상하지 않아요? 범인은 창문의 덜컹거리는 소리를 듣고 어떻게 김내성 씨가 올라올 걸 알았을까요? 열어놓은 창문을 닫으려고 김내성 씨가 아닌 다른 사람이 올라올 수도 있잖아요? 범인이 아무나 죽일 계획이었다면 몰라도?"

"그건 그렇군요."

"김내성 씨가 올라오면 죽이고 그렇지 않으면 말려고 했는데, 김내성 씨가 올라온 건가?"

안길식 씨의 말을 듣고 난 김영강 씨가 고개를 옆으로 흔들었다.

"그건 아닐 겁니다. 범인은 거실에 김차애 씨와 김내성 씨 둘밖에 없다는 사실을 알고 2층 창문을 열어놓아 덜커덩거리게 했을 수도 있습니다. 남자와 여자 둘이 있는 상황에서 누군가가 2층에 올라가야 한다면 당연히 남자가 올라가지 않겠어요?"

"아, 그렇군요!"

"그럼 역시 살인 표적은 김내성 씨……."

"그런데 범인은 2층에서 어디로 그리 빨리 도망갔을까요?"

"안쪽 창문들은 열렸던 흔적이 없으니 바다 쪽 창문을 통해 도망갔을 텐데, 암벽 타기 전문가가 아니고서야……?"

"아무리 암벽 타기 전문가라고 해도 폭풍우 치는 날 밤에 바위를 타는 건 쉽지 않죠. 누군가를 죽이기 위해 자기 목숨을 거는 경우는, 철천지원수가 아니고는 불가능할 것 같은데요."

"원한 때문에 벌어진 범죄일까요?"

"혹시 밖에 옥상으로 올라갈 수 있는 줄사다리 같은 게 있지 않았을까요?"

창문을 열고 밖을 살펴보았으나 줄사다리 같은 건 없었다. 물론 있었다고 해도 범인이 이미 치웠겠지만.

"범인이 그때 도망간 것이 아니라 2층 어딘가에 숨어 있었던 게 아닐까요? 방이나 어디에 숨어 있다가 우리가 우왕좌왕하는 틈에 슬그머니 나와서, 방 안에는 아무도 없습니다, 하면 우리는 그 사람이 우리 눈앞에 계속 있었다고 착각할 수도 있잖아요?"

박광규 씨의 말에 사람들이 다시 서로를 쳐다봤다. 사건이 벌어지고 곧바로 내가 범인으로 몰렸던 탓에 2층 수색이 전혀 이루어지지 않았다.

"우리 중에 범인이 있다면, 그랬을 가능성이 크겠군요."

사람들은 계속 갖은 추측을 해댔다. 하지만 증거를 기반으로 한 추측은 없었다.

"그런데 왜 구조대가 오지 않는 거죠?"

김지아 씨가 화제를 바꿨다.

"그거야 태풍 때문에 배가 뜰 수 없으니……."

"그럴까요? 그런데 이상한 게 한둘이 아니잖아요? 우리를 불러 모아 이곳으로 데려온 사람은 우리가 알고 있기로 방송 관계자인데, 여기 오기 전에 방송 관계자 누구 만나본 사람 있어요?"

"난 전화로만 통화해서……."

"저도요."

"나도!"

모두 여러 차례 전화 통화만 했다고 했다.

"거봐요. 실제로 만나본 사람은 아무도 없잖아요. 우리를 이곳으로 데려온 사람이 방송 관계자가 아니라면 정말 큰일인데요. 구조대도 오지 않을 테고. 사람들이 우리가 이 섬에 갇혀 있는 걸 알기나 할는지?"

"그러니까, 우리를 이곳으로 부른 사람이 방송 관계자가 아니고 우리 중 누군가……, 살, 살인자일 수도 있다는 건가요?"

"설, 설마……."

사람들은 1층 거실에서 서로를 의심하며 뜬눈으로 밤을

지새울 수밖에 없었다. 그러다 새벽 무렵 한 사람이 방으로 들어가 자리에 눕자 눈치를 보던 다른 사람들도 하나둘 거실에서 사라졌다.

나는 초저녁에 몇 시간 잠을 잤던 터라 그리 졸리지 않았다.

나는 술기운에 박광규 씨가 들고 다니던 쇠 파이프를 집어 들고 2층 계단을 올라갔다. 나는 검도 3단이다. 손에 쇠 파이프 하나만 들고 있으면 살인자에게 당할 염려는 없었다. 검도 2단을 막 땄을 무렵 병을 깨 들고 벌 떼처럼 달려드는 동네 깡패 열댓 명을 대걸레 자루 하나로 순식간에 때려 눕힌 적도 있었다.

2층 거실에 들어서자 술에 취했는데도 등골이 오싹했다. 거실 한쪽에 이불을 덮은 시체가 누워 있었고 바닥에는 흥건한 검붉은 피.

나는 2층 거실 입구에 서서 내가 김내성 씨의 비명을 듣고 2층에 올라왔을 때의 상황을 곰곰이 생각해 보았다. 공포에 질려 있던 김내성 씨의 눈빛, 그리고 나를 돌아보던 김차애 씨의 그 눈빛.

나는 손전등으로 2층 거실을 이리저리 비춰보다가 덜커덩거리는 소리를 내서 김내성 씨를 유인했던 바다 쪽 창문으로 다가갔다. 잠금장치를 풀고 창문을 활짝 열었다. 밖은 불빛 한 점 없는 시커먼 바다였다.

비바람에 창문이 다시 덜커덩거리기 시작했다.

"여기서 뭐 해요?"

나는 깜짝 놀라며 뒤를 돌아봤다. 언제 올라왔는지 등 뒤에 김차애 씨가 서 있었다.

"아, 뭔가 마음에 걸리는 것이 있어서 살펴보려고요."

"창문 소리에 사람들 다 깨겠어요."

"아, 그래서 올라오셨군요. 죄송합니다."

나는 창문을 닫기 위해 다시 창문으로 다가섰다.

"으앗!"

왼쪽 발바닥에서 날카로운 통증이 몰려왔다.

"왜? 왜 그러세요?"

나는 절룩거리며 몇 걸음을 걸어가 비교적 깨끗한 마룻바닥에 주저앉아 왼쪽 발바닥을 들여다봤다. 김차애 씨가 다가와 내 발바닥을 향해 손전등을 비췄다. 발바닥 한가운데에 압정이 박혀 있었다.

"이런, 제길! 압정에 찔렸어요!"

나는 압정 머리를 확 잡아채서 단번에 뽑아 들고 들여다봤다. 발바닥을 찌른 압정에는 녹이나 때가 전혀 없었다. 광택이 자르르 흘렀다. 최근에 생산된 거였다.

순간, 아찔한 생각이 뇌리를 스쳤다. 나는 자리에서 벌떡 일어나 절룩거리며 김내성 씨의 시체로 다가가 이불을 확 걷어 젖혔다. 그리고 김내성 씨의 발바닥 앞에 쪼그리고 앉아 손전등을 발바닥에 비추며 살폈다. 발바닥에 검붉은 피가 엉겨 붙어 있어 확인이 어려웠다.

"뭘 하는 거예요?"

김차애 씨가 다가와 물었으나 나는 대답하지 않고 시체를 덮고 있는 이불로 김내성 씨의 발바닥을 몇 번 문질렀다. 그리고 다시 발바닥을 들여다봤다.

'헉!'

오른발과 왼발 모두에 압정에 찔렸었던 붉은 반점들이 선명히 남아 있었다.

김내성 씨가 2층에서 비명을 질렀던 것은 칼에 찔렸기 때문이 아니라 창문을 닫으려다가 창문 밑에 떨어져 있던 압정 몇 개를 밟았기 때문이었다.

나는 재빨리 고개를 뒤로 돌려 등 뒤에 서 있는 김차애 씨를 올려다봤다. 김차애 씨가 차가운 시선으로 나를 내려다보고 있었다. 그리고 이미 김차애 씨의 손에 뭔가가 들려 있었다. 김차애 씨가 눈도 깜빡이지 않고 오른손을 한 번 꿈틀하자 주먹 속에서 은빛 칼날이 척 튀어나왔다. 잭나이프였다. 내가 1층에서 가지고 올라온 쇠 파이프는 내 손이 미치기에 너무 멀리 떨어져 있었다.

"아까 줍는다고 주워 없앴는데 아직 압정이 남아 있었나 보군."

혼잣말하듯 김차애 씨가 중얼거렸다.

"왜, 왜……?"

나는 동작을 멈춘 그대로 김차애 씨를 올려다보며 물었다.

"그걸 정말 몰라서 묻나? 내 남편을 죽인 살인마!"

그날 김차애의 남편 명정섭은 아르바이트하느라 아침부터 저녁까지 온종일 서 있었다. 얼마 전 오토바이 배달 일을 하다가 넘어져 다친 발목 관절이 꽤 시큰거렸다.

정섭은 평소처럼 귀에 이어폰을 꽂은 채 신도림역에서 전철을 탔다. 다리가 아파 앉아 가고 싶었지만 일반 좌석에는 빈자리가 없었고 노약자석만 비어 있었다. 정섭은 비어 있는 노약자석으로 가서 앉았다. 노약자가 타면 그때 자리를 비켜줄 생각이었다.

피곤했기 때문일까? 정섭은 자리에 앉자마자 자신도 모르는 사이 잠들었다가 시끄러운 소리에 깼다. 정차했던 전철이 막 출발하고 있었다. 여기가 어느 역이지? 주위를 두리번거리는 정섭의 앞에 5, 60세쯤 되어 보이는 술에 취한 남자가 나타났다. 정섭을 노려보는 폼이 자리에서 일어나라는 것 같았으나 그 사람도 자리를 양보받을 만큼 나이가 들어 보이지는 않았다. 그래도 정섭은 자리에서 일어나려고 했다. 바로 그때 술에 취한 남자가 귀에 거슬리는 말을 내뱉었다.

"사지가 멀쩡한 놈이 경로석에 왜 앉아 있어?"

그 말 한마디에 기분이 몹시 상했다. 정섭은 자리를 양보하려던 생각을 바꿔 고개를 옆으로 돌리며 잠을 청하는 사람처럼 눈을 감았다. 이게 노약자석이지 경로석이야?

"어허!"

정섭이 여전히 그대로 앉아 있자 술에 취한 남자가 한탄하며 손가락으로 정섭의 머리를 툭 밀었다. 정섭은 기분이 몹시 상했으나 이번에도 모르는 체했다.

"어허, 이런 싸가지 없는 놈 봐라!"

급기야 정섭이 눈을 뜨고 고개를 치켜들어 나이 든 남자를 노려봤다.

"어허, 어린 것이 귀를 처먹었나."

남자가 정섭의 이어폰 줄을 확 잡아챘다. 순간 가슴에 있던 화가 머리끝까지 치솟아 올라왔다.

"에이 씨! 더러워서 정말!"

정섭이 자리에서 벌떡 일어나 술에 취한 남자를 의자 쪽으로 밀쳤다. 하지만 술에 취한 남자는 그대로 쓰러지지 않고 정섭의 멱살을 잡고 늘어졌다.

"어어어, 이런 호래자식을 봤나."

남자가 노약자석 의자에 비스듬히 드러누워서 정섭의 멱살을 잡은 채 정섭의 얼굴을 향해 주먹을 휘둘러댔다. 정섭이 손으로 방어하며 멱살을 움켜쥔 남자의 손을 떼어내려는데 뒤에 있던 여자가 달려들어 정섭의 머리채를 잡아당겼다. 남자의 딸인 모양이었다.

"새파랗게 젊은 게 어른한테 무슨 짓이야?"

한 사람도 벅찬데 둘이 덤비니 정섭은 정신이 하나도 없었다. 정섭은 머리채를 잡고 흔들어대는 여자의 허벅지를 뒷발질로 걷어찼다. 사타구니를 걷어차인 여자가 뒤로 물러나며 바닥에 주저앉았다.

겨우 술에 취한 남자의 손을 떼어냈을 때 전철이 멈추며 문이 열렸다. 정섭은 재빨리 출입문으로 걸어갔다. 그리고 그제야 전철 바닥에 쓰러져 있는 여자의 배가 불룩하다는 것을 깨달았다. 임신부 같았다. 하지만 발로 걷어찬 부분이 사타구니였기에 큰 충격을 받지는 않았을 것 같았다.

전철 문을 무사히 빠져나온 정섭은 구겨진 옷을 손으로 툭툭 털어댔다.

"에이, 재수 없어!"

정말 재수 없는 날이었다.

모든 일이 그렇게 끝난 줄 알았다. 그런데 며칠 뒤 친구에게 전화가 걸려 왔다.

"야, 네가 임신부를 발로 차는 사진, 인터넷에서 난리 났다! 너 맞지? 왜 그랬냐?"

뭔가 불길한 예감. 휴대전화로 인터넷에 접속해 보니 블로그에 수백 개의 욕이 올라와 있었다.

짐승만도 못한 놈, 쓰레기 같은 놈, 사이코패스, 인간 말종…….

자주 가는 사이트의 검색어 1위에 '임찬남'이 있어서 클릭해 보니 그날 전철에서 누군가가 휴대전화로 찍은 사진과 그 사진을 찍은 사람이 쓴 글, 그리고 '임찬남 사진'이라며 정섭의 블로그에 가져온 여러 장의 사진들, 정섭의 주민등록번호와 현재 사는 곳, 가족 관계, 페이스북 주소, 메일 주소, 전화번호, 다녔던 대학과 학과가 적힌 개인정보가 인기 연예인의 프로필과 사진들처럼 수없이 올라왔다. 그것들은 수많은 사람에 의해 퍼 날라지며 다시 추가되고 재생산되어 전염병처럼 퍼져나가고 있었다. 그리고 그 글 밑에 달린 수많은 댓글은 모두 욕과 비난뿐이었다. 가짜 목격자들까지 등장해 정섭을 패륜아로 몰아가고 있었다.

열혈남 10/15 13:30

저도 그 임찬남과 함께 전철에 타고 있었어요. 그 쓰레기 같은 새끼가 임신부의 배를 발로 걷어차며 씩 웃는데 악마가 따로 없더라고요. 온몸에 소름이 쫙… 임찬남은 전철에서 내려서도 전철을 향해 갖은 욕을 해대며 가운뎃손가락까지 펴 보였어요. 정말 기가 막혀서…

한강대 10/16 10:26

한강대학교에 다니는 학생입니다. 우리 대학 휴학생이 이런 개망나니라니 한강대학교 학생으로서 정말 부끄럽습니다. 제가 대신 무릎 꿇고 사과를 드립니다. 정말 죄송합니다. 학교에서도 조사하고 있다니 곧 퇴학 처리가 될 겁니다.

이 사건은 채 일주일이 지나지 않아 인터넷 최고의 화젯거리가 되었고 개똥녀, 패륜녀, 루저녀 같은 사건들처럼 텔레비전 9시 뉴스에까지 나왔다.

이 사건으로 정섭은 직장에서 잘렸고, 더는 아르바이트조차도 할 수 없었다. 사람들이 자신을 알아보고 해코지할 것 같아 밖에 나갈 수조차 없었다. 피해망상에 시달리며 온종일 감옥 같은 방 안에만 틀어박혀 있어야 했다. 우울증이 날로 심해져 갔다.

"내가 세상에서 가장 사랑했던 사람, 우리가 피임 실패로 계획에 없던 임신을 하자 다니던 대학을 무기한 휴학하고 나와 배 속의 아이를 먹여 살리려고 아르바이트를 세 개씩이나 하며 그리 노력했던 남자. 하지만 그 일로 충격과 스트레스를 받은 나는 그만 유산하고 말았어. 이후 남편은 피해망상증과 우울증이 심해져 결국 스스로 목숨을 끊고 말았지. 나 또한 한동안 정신병원을 들락거려야 했고. 바로 너 때문에!"

김차애 씨가 증오에 찬 눈으로 나를 노려봤다. 나는 뒤통수를 쇠몽둥이로 얻어맞은 기분이었다.

"죄, 죄송해요. 이렇게 될 줄 정말 몰랐어요."

"사과로 끝나기에는 이미 늦었어."

"그, 그런데 김, 김내성 씨는 왜 죽인 거죠? 반복해 악플이라도 달아댔나요?"

"그래. 임신부의 배를 발로 차며 웃었다는 둥 헛소문을 퍼트린 장본인이 바로 내 손에 죽은 저 새끼지. 저 새끼는 별 이유도 없이, 남편의 발에 차인 임신부가 유산했다는 거짓말을 진짜처럼 퍼트렸어."

"그럼, 여기 모인 사람들은 다……?"

"아래에 있는 연놈들은 사건의 진실도 모르면서 반복해 퍼 나르고 악플을 달아댄 사람들이지. 무심히 던진 돌이 개구리 일가족을 몰살시킬 수도 있다는 생각을 하지 못하고……."

"그래서, 악플러들을 이 무인도에 불러 모아 죄의 정도에 따라 죽일 사람은 죽이고 좌절과 공포를 맛보게 하려고 이런 일을 꾸민 건가요?"

"잘 아는군. 이제 네 차례야!"

"정, 정말 죄송해요. 난, 난, 그냥……. 정말, 악의는 없었어요. 전철에서 찍은 사진을 늘 하던 대로 그냥 인터넷에 올렸을 뿐인데, 사건이 그렇게 커질 줄 정말 몰랐어요. 사건이 커지는 것을 보고 나도 얼마나 후회했는지 몰라요. 살려주세요."

전철에서 술에 취한 노인과 싸우는 젊은이를 보고 집으로 돌아온 나는 정말 기분이 나빴다. 어찌 젊은 사람이 그렇게 예의가 없을까?

모니터를 통해 전철에서 찍은 사진을 확대해 보니 그때의 불쾌한 기분이 다시 생생히 떠올랐다. 이런 녀석은 욕을 먹어도 싸다는 생각이 들었다.

나는 사진과 함께 전철에서 있었던 일을 적어 내가 자주 이용하는 인터넷카페 게시판에 올려놓았다. 전철에서 소란이 벌어지고 나서야 임찬남과 임신부를 봤으니 그 전에 무슨 일이 있었는지는 보지 못했고, 글도 좀 부풀려서 자극적으로 표현한 면이 있지만 사진에 찍힌 것처럼 임찬남이 임신부를 발로 찬 것은 사실이었다.

내 글에 대한 반응은 꽤 좋았다. 예상대로 내 글 밑에 젊은 남자를 욕하는 수많은 댓글이 달렸다. 사람들이 내가 올린 글을 보고 모두 임찬남을 욕하자 속이 펑 뚫리는 느낌, 카타르시스 같은 것이 느껴졌다.

아무 일도 없이 하루가 지나고 이틀이 지나갔다. 3일 뒤, 포털사이트의 메인화면을 살피던 나는 깜짝 놀랐다. 내가 쓴 글이 포털사이트의 메인에 노출되어 있었다. 내가 쓴 글을 누군가가 퍼 날랐고 그 글에 대한 반응이 좋으니 사이트 관리자가 메인에 띄운 것이었다.

일은 예상하지 못한 방향으로 흘러가고 있었다. 일이 너무 커지고 있었다. 두려움이 서서히 고개를 들기 시작했다.

나는 글과 사진을 올려놓았던 인터넷카페에 접속해 게시물을 삭제했다. 하지만 이미 엎질러진 물이었다. 이미 수많은 사람이 내 글을 카피해 나도 모르는 어딘가에 수없이 올렸고, 지금도 계속 퍼 나르는 중이었다. 내가 그 사진과 글을 올린 사람이었지만 이제 그 글과 사진은 내 것이 아니었다. 나는 더 이상 컨트롤할 방법이 없었다.

처음에는 임신부를 구타한 사람에 대한 비난만 이어졌다. 그런데 시간이 지나니 예상치 못한 댓글들이 달리기 시작했다.

우낀애 10/15 14:45

이 사진을 찍고 이 글을 쓴 놈도 똑같은 놈 아닌가? 노인과 임신부가 서 있는 것을 봤으면 얼른 일어나서 자리를 양보해 줘어야지, 임신부와 노인은 꼭 노약자석에만 앉아야 한단 말인가? 또 노인과 임신부가 맞고 있는 상황에서 가만히 앉아서 핸드폰 꺼내 사진만 찍고 있었으니, 이놈도 임찬남과 다를 바 하나 없는 인간쓰레기 아닌가…

강한남 10/16 11:57

내가 이 글을 최초로 올린 사람을 아는데 자원봉사자는 무슨… 받을 돈 다 받아 가면서도 뺀질거리는 놈으로, 자원봉사 같은 걸 할 놈이 아닙니다. 이 녀석은 평소에도 거짓말을 어린애 우유 먹듯 입에 달고 사는 놈이죠. 사람이 물에 빠져 죽어가는 상황에서도 구할 생각은 안 하고 동영상을 찍어 페이스북에 올릴 놈입니다. 이 인간은 임찬남보다 더 인간성이 나쁘면 나빴지, 좋은 놈이 아닙니다.

당시의 상황을 잘 알지도 못하면서 일방적으로 욕을 해대는 악성 댓글들 때문에 나는 충격을 받지 않을 수 없었다.

또 나를 알지도 못하는 놈들이 마치 나를 잘 아는 것처럼 쓴 글들을 보고 있노라니 울화가 치밀어서 참을 수가 없었다. 악플을 다는 놈들을 모조리 경찰에 고소라도 하고 싶은 심정이었다. 하지만 그럴 수 없었다. 내가 그들을 고소하면 그 글과 사진을 인터넷에 최초로 유포한 사람이 바로 나라는 것을 온 세상에 광고하는 것이나 다름없었다. 그렇지 않아도 네티즌들은 임찬남 사진을 올린 사람이 누구인지 신상털이를 하겠다며 갖은 추측과 조사를 해대고 있었다. 나는 네티즌들이 몰려와 우리 집 창문에 돌을 던져대는 꿈까지 꿨을 정도로 예민해져 있었다.

그렇게 1년의 시간이 흘러갔다.

시간이라는 것은 마음의 만병통치약이다. 시간이라는 지우개는 내 머릿속의 그 기억들도 예외 없이 흐릿하게 지우고 있었다. 그런데…….

"저, 저도 결국 피해자예요. 그 글을 올리고 나서 저를 비방하는 악플들을 보며 얼마나 큰 충격을 받고 스트레스에 시달렸는지 몰라요. 저도 정말 악플러들을 다 찾아내 모조리 죽이고 싶은 심정이었어요."

"흥, 네가 피해자라고? 지나가던 개가 다 웃겠다."

그때 아래층에서 인기척이 들려왔다.

"무슨 일 있어요?"

김차애 씨가 흠칫 놀라는 표정을 지으며 고개를 뒤로 돌려 계단 쪽을 살폈다. 나에게 있어서는 두 번 다시 오지 않을 절호의 기회였다. 나는 자리에서 벌떡 일어나며 김차애 씨를 힘껏 밀쳤다. 김차애 씨가 바닥에 쓰러지는 찰나, 나는 총알처럼 튀어 나가 바닥에 떨어져 있던 쇠 파이프를 집어 들었다.

휴, 살았다!

"무슨 일이에요?"

사람들이 2층 계단을 올라오고 있었다.

"그만 포기하시지?"

자리에서 일어나는 김차애 씨를 향해 승자인 내가 낮은 목소리로 말했다. 검도 3단에 고등학교 때 검도 선수까지 한 적이 있는 나는 손에 쇠 파이프 하나만 들려 있으면 이런 여자가 아니라 건장한 남자 열 명이 회칼을 들고 덤빈다고 해도 얼마든지 상대할 자신이 있었다. 전에 대걸레 자루 하나로 열댓 명의 깡패를 순식간에 때려눕혔던 것처럼…….

그런데 내가 쇠 파이프를 겨누자 김차애 씨의 얼굴에 당혹스러움이 아니라 나를 비웃는 듯한 미소가 천천히 피어오르는 게 아닌가! 저게 도대체 무슨 의미일까? 어둠 속에서 내가 김차애 씨의 미소를 보았다고 생각하는 찰나, 김차애 씨가 아래층을 향해 날카로운 비명을 질러대기 시작했다.

"제발 살려주세요! 김내성 씨를 죽이는 걸 봤다는 말을 절대 하지 않을게요. 아악! 아아악!"

겨우 이거였나?

그런데 날카로운 비명의 울림이 채 가시기도 전에 김차애 씨는 다시 나를 조롱하듯이 빙그레 웃으며 쥐고 있던 잭나이프의 날 끝이 자기 가슴을 향하도록 고쳐 잡고 두 팔을 힘껏 굽혔다.

"헉! 왜, 왜……?"

나는 아차 하는 순간 진검 칼날에 뒤통수를 베이기라도 한 것 같은 충격과 공포에 휩싸였다.

김차애 씨는 칼을 가슴에 꽂은 채로 공포에 휩싸여 있는 내 눈을 쳐다보며 천천히 뒤로 물러났다. 곧 낮은 창턱에 김차애 씨의 엉덩이가 걸렸다. 바로 그때 사람들이 몰려 올라와 손전등으로 겁에 질려 있는 나, 그리고 손가락으로 나를 가리키고 있는 김차애 씨를 번갈아 비춰댔다.

"무슨 일이죠?"

손전등 불빛은 결국 잭나이프가 꽂혀 있는 김차애 씨의 가슴에 고정되었다.

"아악!"

누군가가 비명을 지르는 순간 낮은 창턱에 엉덩이를 걸치고 있던 김차애 씨의 입술이 보일 듯 말 듯 달싹거렸다.

"개티즌들……."

김차애 씨가 힘겹게 뜨고 있던 눈을 스르르 감으며 곧바로 상체를 뒤로 뉘었다. 그러자 김차애 씨의 두 다리가 번쩍 쳐들리며 몸 전체가 낮은 창턱을 넘어가 벼랑 아래 바다로 떨어져 내렸다.

"악, 안 돼!"

나는 창문을 향해 달려가며 손을 뻗어보았지만 소용없는 일이었다.

"이 살인마!"

개티즌들이 두 사람을 죽인, 아니, 김차애 씨의 남편과 김차애 씨의 배 속 아이까지 네 사람을 죽인 나를 포위하기 시작했다.

이제 남은 것은 내 선택뿐이었다. 이대로 개티즌들에게 잡혀 두들겨 맞고 육지로 끌려가 사형판결을 받은 뒤 평생을 교도소에서 썩을 것인가, 아니면 손에 쥔 이 쇠 파이프로 개티즌들을 모조리 때려죽이고 시체를 잘 처리한 뒤 나 혼자서 이 섬을 탈출할 것인가…….

개티즌들을 겨누고 있는 쇠 파이프 끝이 파르르 떨렸다.

작가의 말

남녀 간의 완전범죄를 테마로 한 단편집《완전 부부 범죄》에 수록한 추리소설 여덟 편은 잡지 등에 게재했던 기발표작도 있고 막 집필한 따끈한 신작도 있다. 테마는 같지만 재미는 다양한, 다양한 소재에 다양한 개성을 가진 작품들을 선보이려고 노력했다.

〈결혼에서 무덤까지〉는 치매 노인의 심리를 따라가는 심리 추리소설이다. 치매로 단기 기억상실증을 앓는 여자, 머릿속이 하얗게 리셋되고 나서 정신이 드는 순간 눈앞에 끔찍하게 살해된 남편의 시체가 누워 있다. 그녀의 주머니에 들어 있는 완전범죄 설계도, 그리고 모든 현장 상황은 그녀가 범인임을 암시한다. 하지만 그녀는 남편을 죽일 이유가 없다.

〈인생의 무게〉는 일본 최고의 추리소설 전문지《하야카와 미스터리 매거진》에 실렸던 작품이다. 이 액자소설에서는 '#'로 시작하는 메모 문장에 중요한 의미가 담겨 있다. 소설 맨 마지막 '#' 문장은 독자마다 해석이 다를 듯한데, 작가(황세연)가 소설 끝에 그 메모를 남긴 의도를 알아챈 독자가 있다면 천재 프로파일러라고 할 수 있을 것이다.

〈범죄 없는 마을 살인사건〉은 20년 동안 범죄가 단 한 건도 일어나지 않아 해마다 표창과 포상을 받아온 범죄 없는 마을에서 일어난 살인사건을 다루고 있다. 2018년 '교보문고 스토리 공모전 대상' 수상작인 장편 추리소설《내가 죽인 남자가 돌아왔다》와 같은 공간과 시대적 배경을 공유하지만, 사건과 분위기는 판이하다.

〈진정한 복수〉는 부도덕한 아내가 꼴도 보기 싫은데 절대 이혼은 할 수 없는 상황의 남자가 '어쩔 수 없이' 아내를 죽이기 위해 '진정한 복수'를 덫으로 이용하는 이야기이다. 문학 평론가 백휴는《계간 미스터리》2022년 봄호〈황세연론〉에서 이 작품을 '변증법적 추리소설의 수작'이라고 평가했다.

〈비리가 너무 많다〉는 한국추리작가협회에서 매년 여름에 개최하는 여름 추리소설 학교에 참석했다가 어느 선배 작가님의 실화를 바탕으로 한 농담에서 모티브를 얻어 쓴 소설이다. "코난 도일을 쓴 작가 셜록 홈스가 어느 날 무작위로 선정한 열두 명의 유명인들에게 전보를 쳤다. '들켰다, 튀어라!' 그 결과는……."

〈보물찾기〉는 낯선 시골 동네의 흉가로 이사 온 남자가,

강도가 그 집에 숨겨 놓은 보물을 찾기 위해 고군분투하는 이야기다. 한국추리작가협회에서는 매년 그해에 발표된 단편 추리소설 중 우수작 한 편을 골라 '황금펜상'을 수여하는데, 2020년 황금펜상을 수상한 〈흉가〉와 일부 아이디어가 겹친다. 두 작품을 비교해 보면 재미있을 것이다.

〈내가 죽인 남자〉는 사회 부조리와 휴머니즘, 밀실 트릭이 뒤섞여 있는 소설이다. 사회파 추리소설이라고 할 수 있다. 어느 겨울밤 모텔에서 한 남자와 여자가 뜨거운 밤을 보냈는데 아침에 그 모텔에서 여자의 남편이 살해된 변사체로 발견된다. 남자는 그 살인사건을 수사해야 하는 형사이고 모텔은 밀실이다.

〈개티즌〉은 클로즈드 서클 형식의 추리소설이다. 처음 만난 다양한 나이대의 사람들이 무인도에 갇히게 되고 괴이한 살인사건이 일어난다. 물론 범인은 내부인이다. 여기까지는 애거사 크리스티의 《그리고 아무도 없었다》와 같은 클리셰지만 사건 진행과 결말은 절대 평범하지 않다. 당신이 무인도에서 이 소설의 결말과 같은 상황에 놓이게 된다면 어떤 선택을 하겠는가?

오래전, 어느 유명 소설가가 해준 조언이 있다.

"소설 제목은 읽고 나서 재미있는 제목보다는 읽기 전에 재미있는 제목이 훨씬 더 좋다. 제목은 내용과 달라도 상관없다."

나는 지금도 그 말을 진리라고 믿고 있다. 하지만 작품의 완성도를 생각하면 차선을 선택할 수밖에 없는 경우도 있다.

〈인생의 무게〉는 고심해서 제목을 지어놓고 보니 읽고 나면 의미 있는 제목이지만 읽기 전에는 진부하고 문학적(?)이어서 아무도 읽으려 들지 않을 것 같았다. 다시 고심 끝에 그나마 나은 듯한 '천생연분'으로 제목을 바꿨다. 그런데 뒤늦게 이 소설을 읽은 어느 작가님이 이 소설의 제목은 원래 제목인 '인생의 무게'여야 한다며 마치 자기 작품인 양 큰소리쳤다. 그래야 평작이 명작이 된다나? 듣고 보니 맞는 말인 듯하여 다시 원래 제목으로 변경했다.

〈진정한 복수〉도 제목을 지어놓고 보니 너무 식상하고 촌스러워 아무도 읽으려 하지 않을 것 같았다. '진정한 복수'하면 떠오르는 게 상대를 용서하고 내가 잘 사는 게 진정한 복수 아니던가. 이 얼마나 읽고 싶지 않은 제목인가. 그래서 그나마 낫다고 생각되는 '복수의 법칙'으로 제목을 수정했다. 그런데 역시 소설을 읽은 모 작가님이 "제목도 작품의 일부다. 이 소설 제목도 원래 제목인 '진정한 복수'여야 한다"라고 주장했다. 이 역시 맞는 말인 듯하여 원래대로 되돌리지 않을 수 없었다.

〈보물찾기〉는 아내와 공동으로 집필한 작품이다. 작품을 반쯤 썼을 때 심한 독감에 걸려 끙끙 앓느라 마감에 맞추기 어려운 상황이 되었다. 그러자 아내가 구원 투수로 나섰다. 줄거리를 듣고 난 아내가 자기 취향에 맞는다며 밤새 써서 완성했다. 나중에 내가 한번 손을 보긴 했지만, 소설 앞쪽과 뒤쪽의 문체, 말투, 분위기에 어떤 차이가 있는지 살펴보면 재미있지 않을까 싶다.

이 책의 소설 한 편에 '최순석'이라는 인물이 등장한다. 그런데 집필 시에는 소설 거의 전부에 최순석이 등장했다. 편집자가 한 권의 책에서 같은 이름 '최순석'이 형사, 살인자, 목격자, 시체 등으로 반복해 등장하면 독자들이 혼란스러워할 것 같다고 하여 교정을 보며 한 작품을 제외하고 나머지 최순석은 다른 이름으로 수정했다.

그런데 왜 최순석을 모든 소설에 등장시킨 것일까?

최순석은 나의 친한 친구 이름이다. 최순석은 나의 첫 장편소설 《나는 사랑을 믿지 않는다》에 자기 이름이 형사로 등장한다는 사실에 고무되어 책을 열 권이나 샀다. 그게 이유다. 책에 계속 이름을 넣어주면 앞으로도 계속 책을 열 권씩 사지 않을까…….

〈인생의 무게〉를 읽고 작가 황세연과 결혼할까 말까 심각하게 고민했다는 아내, 아빠가 세상에서 소설을 제일 잘 쓴다고 생각하는 개구쟁이 아들, 늘 성원을 아끼지 않는 양가 부모님들과 형제들, 존경하는 출판사 관계자분들, 가끔 막걸리도 사주시고 헛소리도 들어주시는 권, 김, 박, 백, 서, 손, 송, 윤, 이, 정, 조, 최, 한, 홍 님께 심심한 감사의 말씀을 올린다.

작품 해설

소극(笑劇), 변증법을 통해 드러난 황세연의 정신세계

백휴(추리소설 평론가)

(스포일러 있습니다.)

사카구치 안고[1]는 속는 쾌감에 대해 이야기한다. 인간에게는 누가 자기를 좀 속여 줬으면 하는 본능이 있다는 것이다. 일본 무뢰파(無頼派)[2] 작가로 알려진 그는《불연속 살인사건》외에 몇 편의 추리소설을 썼는데, 역시나 독자를 깜박 속게 만드는 데 출중한 재주가 있었던 애거사 크리스티를 높게 평가한다.

속고 난 뒤 뒤늦게 진실을 깨달았을 때의 놀라움. 어른이 되어서도 철들지 않은, 때 지난 아이인 추리소설 독자는 기꺼이 반전의 매력에 빠져든다. 도미니크 노게[3]는 기대된 행로로 흘러가던 사건의 진상이 전도되어 놀라움과 충격을

1 坂口安吾(1906~1955): 다자이 오사무, 오다 사쿠노스케와 함께 제2차 세계대전 이후 일본 무뢰파를 대표하는 소설가, 평론가, 에세이스트.

2 일본 근대 기성 문학 전반에 대해 비판적인 시각을 가진 그룹. 이들을 대표할 만한 상징적인 잡지(동인지 같은)가 없었기에 범위와 집단이 엄밀히 구분되지는 않는다.

3 Dominique Noguez:《삶의 기쁨들》의 저자.

불러일으키는 것이 예술작품의 주된 가치라고 주장한다. 고전 추리소설은 바로 이 수단(수수께끼 풀이 과정에서 예상치 못한 반전에 의한 놀람, 쾌감)에 올인함으로써 자신의 정체성을 구현하는 동시에 한계를 드러내는 장르일 것이다.

〈범죄 없는 마을 살인사건〉과 〈내가 죽인 남자〉는 이런 부류에 속하는 작품이라고 보아도 무방하다. 작가가 기발한 구성력과 정보를 동원해 생각지도 못한 반전의 묘미를 독자에게 선사하는 것이다. 만족스러운지는 전적으로 독자의 평가로부터 점수가 매겨진다.

한편 황세연을 이런 보편적 추리 문법의 틀 속에서만 이해하면 그의 독특한 개성을 다 누릴 수 없다. 그의 매혹적인 서술방식은 반전의 묘미, 즉 설득된다면 기꺼이 속아주는 독자의 쾌감을 유도하는 데 국한되지 않는다.

한데, 무료한 시간을 때우기 위해 추리소설을 읽는 독자가 굳이 작가의 고유한 특성과 작가가 표현하려는 밑바닥 메시지까지 알아야 할 필요가 있을까? 그렇다. 정당한 반문임을 인정하자. 그런데도 황세연의 개성은 아주 강렬해서 우리를 꼼짝없이 유혹해 자신의 세계 안으로 끌어들이고, 우리에게 질문하고, 자신의 세계관을 거부한다면 '너는 대체 어떤 세계 속에서 살고 있는지' 묻고 있는 것 같다.

황세연의 작품은 유머로 넘쳐난다. 그 풍부한 해학성이 내실을 다져 정점에 오른 작품이 2018년 '교보문고 스토리 공모전'에서 대상을 수상한《내가 죽인 남자가 돌아왔다》이다. 이 작품에는 데뷔작인 〈염화나트륨〉에서부터 발휘된 그의 역량이 총동원돼 있다. 황세연 추리소설의 맛을 제대로 느껴보려면 반드시 읽어야 할 작품이다.

흥미로운 것은 그의 독특한 유머 감각이 변증법에서 비롯된다는 점이다.

> 사고방식의 소유자치고
> 유머 감각이 없는 사람은 없다. (B. 브레히트)

황세연의 정신세계에 딱 들어맞는 말이다. 그는 한 사물(인물)이나 사건의 정체성은 변증법적 과정을 거치고 나서야 드러날 수 있다고 본다. 신춘문예 당선작이기도 한 〈염화나트륨〉의 예를 들어보면, 염화나트륨(소금)의 용도(정체성)는 성폭행을 당한 여고생의 불결한 몸을 정화하는 물질(그러나 정화에 실패!)이었다가 살인 도구(헤어드라이어)가 욕조에 던져졌을 때 전기를 통하게 하는 매질 즉 전해질(살인에 성공!)로 변한다. 이 이야기의 전개에서 보듯 한 사물의 완결된 정체성이 드러나기 위해서는 변증법적 과정(정화물질→전해질)을 반드시 거쳐야 한다는 것이 황세연의 지론이자 세계관이다. 〈황당 특급〉에서 긴 형태로 딱딱하게 뭉쳐 말린 밥풀이 성 기구(딜도 대용)였다가 살인 흉기로 밝혀지는 과정 또한 크게 다르지 않다.

변증법은 정체성을 드러내는 시간을 요구하며, 인식의

전환 또한 요구한다. 부자가 되라고 '황금만'이라고 이름을 지었더니(〈보물찾기〉) 금은방 털이범이 되고 말았다는 허탈한 말장난(언어유희)에서처럼 변증법이 아주 가볍게 혹은 부분적으로 내속[4]하는 작품이 있는가 하면, 황세연 특유의 변증법적 단어[5]라 볼 수 있는 치매(알츠하이머)[6]를 통해 스토리의 결말을 매조지하는 작품(〈결혼에서 무덤까지〉)도 있고, 〈진정한 복수〉에서처럼 사랑이라는 테마를 매개 항 삼아 인간의 내면과 외면의 변증법을 다루고 있기까지 하다. 본인한텐 사랑하는 척(내면의 세계)에 불과하지만, 남한텐 진정한 사랑(행위)으로 이해된 외면의 세계. 양자의 변증법적 다툼.

한 발 더 나가보자.

4 〈비리가 너무 많다〉는 도입부가 훨씬 더 흥미롭다. 국방의 '의무와 권리'의 변증법적 아이러니. 군대에 한 번 더 가겠다는 황세연다운 역발상!

5 황세연의 변증법적 어휘 목록: 예수상, 황금만, 대걸레 자루(쇠 파이프), 염화나트륨, 팔말 담배, 시(詩), 만우절, 40원, 황세연 등등(황세연론, 계간 미스터리 2022 봄호). 놀랍게도 황세연은 자신의 이름까지 변증법적 어휘 목록에 올린다. 본 작품집에서는 독자에게 혼란을 주지 않기 위해 예컨대 작품마다 반복해 등장하는 '최순석'이라는 이름을 '최범석'으로 고치기도 했는데, 황세연이 같은 이름을 반복해 사용하는 이유는 작명의 고충과 게으름 때문이 아니라—황세연의 실제 친구인 최순석이 자신의 장편 처녀작을 열 권이나 사주는 바람에 앞으로는 더 많이 사주길 바라는 마음에서 계속해 사용했다는 농담과는 별도로—그의 변증법적 사고와 무관하지 않기 때문이다.

6 알츠하이머 환자의 머릿속을 휘젓는 '기억과 망각'의 길항과 투쟁. '기억: 그림만큼은 자기가 그린 게 틀림없다. 망각: 비밀번호가 생각나지 않았다.'

사건, 사물, 인간의 정체성을 드러내기 위한
변증법적 과정이 그의 주요 작품을 관통한다.

이 명제는 그럴듯해 보이는 데다 아주 틀린 말은 아니지만, '작품'이라는 단어의 추상성 속에 갇혀 그 진의가 모호해지는 것 또한 사실이다.

바깥이 없는 자기 완결적인 세계! 이 세계에서 가장 먼 여행은 원주를 따라 원을 한 바퀴 도는 일이다. 원 밖으로 나갈 샛길이나 출구는 없다.

〈결혼에서 무덤까지〉의 치매 환자 여주인공에겐 현실과 가상이 구분되지 않는다. 다른 말로 하면, 바깥이 없는 세계의 잿빛 그림자 속을 그녀는 몽롱하게 헤맨다. 〈인생의 무게〉의 마지막 장면은 고통의 미화[7](죽어가는 자신을 예술작품으로 인식하는)를 통해 세계란 본디 바깥이 없음[8]을 증언한다.

질문은 이렇다. 고슴도치 상(像)은 쓰레기인가, 예술작품인가? 남편은 쓰레기라 주장하고 지영은 예술작품이라고 반론을 펼친다. 그러나 두 의견은 한쪽의 양보나 수긍 없이 팽팽히 맞선다.

7 운명애(amor fati)라는 니체의 개념. 인간의 고통은 더 이상 구원의 대상이 아니다. 세상은 인간의 불행과 고통을 구원할 신(바깥)의 따뜻한 손길을 필요로 하지 않는다. [...] 바깥이 없는 닫힌(내면화된) 세계. 일원적 세계. 운명애란 고통스러운 삶을 기꺼이 받아들이라는 삶의 미학화에 다름 아니다. 지영의 삶은 마지막 순간 미학화된다.

감상하는 주체(지영)와 대상(예술작품)이 분리(이원적 세계) 되었을 때는 예술작품이라고 주장만 했을 뿐 확신이 없었다. 하지만 이제 예술작품과 한 몸이 된(일원적 세계) 상태에서는 지영이 더 이상 감상하는 주체가 아니라 스스로 예술작품임을 느낀다.

〈진정한 복수〉는, 남자 주인공이 김낙인의 '복수의 법칙'을 악용해 아내의 뒤통수를 치려고 했지만 정작 뒤통수를 얻어맞은 것은 자신이라는 '원환적인 이야기'로 볼 수 있다.

닫힌 세계, 출구가 없는 폐쇄된 세계, 끝없이 직진하면 결국 자신의 출발점으로 되돌아오는 원환적인 세계 내에서 작동하는 변증법적 원리란 무엇일까? 이게 황세연의 궁극적 물음이 아닐까?

고조된 상승과 심연을 뛰어넘는 초월이 가능한 이원적 세계 내에서 작동했다면 황세연의 변증법적 원리는 표 나게 삶의 고양감과 인식의 점진적 진보에 대해 말할 수 있었을 것이다. 이와 달리, 일원적 세계 내에서의 변증법적 원리

8 '아내의 무덤'이라는 액자소설—나중에 '인생의 무덤'으로 제목이 바뀐다—의 내용은 현실 부부의 가족 구성과 처한 상황이 유사하다. 죽은 아들과 개(매리/올리브)를 키우는 것까지. 따라서 지영이 다음과 같이 느끼는 것도 무리가 아니다. '소설이 현실이 되어가고 있었다.' 현실과 가상(소설)이 분별되지 않는 세계. '현실/가상'의 경계를 무너뜨리기 위한 황세연의 또 다른 전략이 있다. 자칫 첫인상이 장난으로 느껴질 수도 있지만, 가볍게 보아 넘길 일이 아니다. 실존 인물의 이름을 알고 있는 사람만 이 눈치챌 수 있게 빌려 와 쓰거나—김차애(추리소설가), 김내성(추리소설가), 박광규(추리문학 평론가), 김주동(추리소설가)—이름을 살짝 변형시켜(작가 정명섭→명정섭, 작가 최현정→최하정) 사용한다.

는 소극(笑劇, farce)의 형태로 전개될 수밖에 없다.

소극이란 누군가를 희생양 삼아 웃음을 불러일으키는 장르이다. 진지함보다는 해프닝에 더 열중한다.

악플의 원인 제공자이자 자신 또한 악플의 희생자가 되는 〈개티즌〉의 은요일, 기억이 리셋되어 형사의 추궁을 무의미하게 만드는 알츠하이머 환자의 반문[9](“여기가 어디죠?”, 〈결혼에서 무덤까지〉), 아내를 위해(무슨 수를 쓰든지 돈을 벌어 아내의 불만을 잠재우려는 애처롭고 위험한 노력) 불특정 다수에게 보낸 협박 문구 ‘들켰다, 튀어라!’가 아내를 겁박하게 만든 어처구니없는 상황(〈비리가 너무 많다〉), ‘사랑하는 척’이 ‘찐사랑’이 되어버려 실소가 나오고 마는 해프닝(〈진정한 복수〉) 등등.

소극은 해프닝을 필요로 하며, 해프닝은 우연을 필요로 한다.

〈스탠리 밀그램의 법칙〉은 황세연이 우연의 문제와 정면 승부를 겨룬 작품인데, 사건의 우연적인 정황들은 본 작품집 곳곳에도 산재해 있다. ‘들켰다, 튀어라!’는 협박 문구를 우연찮게 아내가 읽던 소설책 갈피에 끼워 넣었다던지, 빠져 있던 연통을 원래대로 고쳐놓았다던지(〈범죄 없는 마을 살인사건〉), 남편이 하필 평소 안 하던 음주운전을 했다던지

9 형사가 기억을 전제한 물음을 던질 때(“그 골프채는 누구 겁니까?”), 최하정은 망각 속으로 빠져든다(“내가 왜 경찰서에 있는 거유?”).

(〈인생의 무게〉), 시체 상태를 살펴보다 손과 옷에 묻은 피 때문에 살인자로 몰린다던지(〈개티즌〉), 보물을 찾다 시체를 발견한다던지(〈보물찾기〉)……. 모두 우연의 개입이 사건의 진행 방향을 바꾸거나 결말에 이르는 데 결정적인 한몫을 하는 것으로 그려진다.

총 여덟 작품을 골라 모아놓은 본 소설집은 〈개티즌〉을 제외하고는 부부간의 살인과 갈등이 사건(요소)으로 드러나고 때로는 가족사의 쓰라린 삶의 풍경을 구성한다.

2000년 〈인생의 무게〉가 일본 《하야카와 미스터리 매거진》에 실렸을 때—국내 작가의 몇몇 작품들이 번역, 수록되었다—한국 추리소설은 가정 내 부부간의 살인사건 이야기가 주를 이룬다는 독후감이 나왔다. 다양성이 부족하다는 비판의 뉘앙스일 수도 있고, 한국적인 특성이라는 객관적 평가일 수도 있다.

사실 세상사의 이치가 그러하듯, 굵직한 살인 동기란 그리 많지 않다. 돈, 질투, 복수, 불륜, 야망 등등. 어느덧 동기 없는 범죄에 대한 인식의 폭이 넓어지면서 사소한 살인 동기를 소재로 한 작품이나—예컨대, 비좁은 길을 걷다가 어깨를 부딪쳤을 뿐인데 째려보았다는 이유로—소소한 일상 미스터리가 인기를 누리기도 한다.

하지만 오래전부터 줄곧, 부부간의 애증 관계야말로 인간의 관심을 끌어온 살인 충동의 원초적 동력이지 않았는가? 그런 의미에서 '부부간의 살인'이라는 테마로 본 소설

집을 구성한 것은 시사하는 바가 크다. 많은 독자의 호응을 기대하며 다음 말을 덧붙이고 싶다.

소극, 유머, 우연은 서로가 서로에 대한 거울상인 것처럼 서로를 반영한다. 흉내 낼 수 없는 이런 개성적 측면이야말로 황세연이 독특한 자기만의 방식인 변증법으로 구축한 세계이다.

우리가 황세연을 존경할 이유가 있다면 바로 이 변증법적 사고방식 때문이며, 혹시 그를 비판할 이유가 있다면 그 또한 바로 이 변증법적 사고방식 때문일 것이다.

완전 부부 범죄

초판 1쇄 발행 2024년 1월 18일

지은이 황세연
펴낸이 안병현 김상훈
본부장 이승은 **총괄** 박동옥
책임편집 박윤희 **디자인** 용석재
마케팅 신대섭 배태욱 김수연 **제작** 조화연

펴낸곳 주식회사 교보문고
등록 제406-2008-000090호(2008년 12월 5일)
주소 경기도 파주시 문발로 249
대표전화 1544-1900 **주문** 02)3156-3665 **팩스** 0502)987-5725

ISBN 979-11-7061-089-2 (03810)
책값은 표지에 있습니다.

·'북다'는 기존 질서에 얽매임 없이 다양하게 변주된 책을 만드는 종합 출판 브랜드입니다.